LET ME TELL YOU A STORY
A LIFETIME IN THE GAME

让我说个故事给你们听

里德·奥尔巴赫的篮球人生

[美] 约翰·费恩斯坦 [美] 里德·奥尔巴赫 | 著
傅婧瑛 | 译

作家出版社

(京权) 图字：01-2016-4843

图书在版编目（CIP）数据

让我说个故事给你们听：里德·奥尔巴赫的篮球人生 /（美）约翰·费恩斯坦（美）里德·奥尔巴赫 著；傅婧瑛 译. -- 北京：作家出版社，2016. 10

书名原文：Let me tell you a story：a lifetime in the game

ISBN 978-7-5063-9057-6

Ⅰ. ①让… Ⅱ. ①约… ②里… ③傅… Ⅲ. ①传记文学－美国－现代 Ⅳ. ①I712. 55

中国版本图书馆CIP数据核字（2016）第179133号

让我说个故事给你们听：里德·奥尔巴赫的篮球人生

作　　者：[美]里德·奥尔巴赫　[美]约翰·费恩斯坦

译　　者：傅婧瑛

责任编辑：赵　超

特约营销：李　奇

装帧设计：异一设计

出版发行：作家出版社

社　　址：北京农展馆南里10号　　**邮　　编：**100125

电话传真：86-10-65930756（出版发行部）

86-10-65004079（总编室）

86-10-65015116（邮购部）

E-mail:zuojia@zuojia.net.cn

http://www.haozuojia.com（作家在线）

印　　刷：三河市紫恒印装有限公司

成品尺寸：142×210

字　　数：213千

印　　张：8.625

版　　次：2016年10月第1版

印　　次：2016年10月第1次印刷

ISBN　978-7-5063-9057-6

定　　价：36.00元

本书献给多萝西·奥尔巴赫与赞恩·奥尔巴赫……

其中的每一个故事，他们都深谙于心

目 contents 录

序

故事开始于一个极为尴尬的场合。

我受一家本地电视台邀请，去他们的每周体育节目上谈谈即将开始的NCAA大学篮球锦标赛。多年的经验让我明白，电视台的这群人绝不会告诉你什么时候真正开始做节目。他们会让你早早抵达摄影棚，这样他们就不必担心你可能迟到。我们之间通常会有如下对话：

“什么时候轮到我?”

“这个……我们希望您七点前能到。”

“我问的不是这个。我什么时候能真正上节目?”

“呃，节目7点半开始。”

“我那部分几点开始?”

“最早可能在7点35。”

“最晚可能是几点?”

“我不清楚。”

这就是现实。制片人对我说，他几乎可以确定我要上的是7点35分第二阶段的节目。他建议我不晚于7点到摄影棚，不过他们更希望我6点45就到。我说我会在7点20前赶到。

我按时抵达了摄影棚，接着被带到后台休息室。“你是第一个到的。”女化妆师对我说，“第一个嘉宾晚到了几分钟。”

“第一个嘉宾?”

“是的，一个名叫里德·奥尔巴赫的家伙。”

这个情况真的不能更好了。我不仅做的是第二阶段的节目，我还要跟自己最不愿意见到的人、也就是里德·奥尔巴赫分享一个休息室。我不是因为从小在纽约长大、将威利斯·里德—沃尔特·弗雷泽—戴夫·德布斯切尔—比尔·布拉德利组成的尼克斯视为生命，从而痛恨波士顿凯尔特人而不愿意看见里德。也不是因为他点燃那该死的胜利雪茄给我的童年留下栩栩如生的惨痛记忆而不想见到他。

我不想见里德，只是因为他几年前对我的朋友丹·肖纳西说的一些话，那时候丹准备写一本有关他的书。但肖纳西第一次接触里德寻求他的许可时，里德对他说：“行啊，我同意。只是别像那狗娘养的对鲍比·奈特那样对我就行了。”

那个“狗娘养的”就是我。肖纳西愉快地转告我之后，还把这句话写进了自己的书里。我觉得里德对肖纳西说的这句话，仍然能准确描述那时他对我的感觉。

坐在沙发上，我假装读着什么。当里德走进房间时，我正绞尽脑汁思考该说什么话。我很少因为见人而紧张。我的年龄够大了，也见过够多的人了。现在我却紧张了。我站起来，伸出手说：“嗨，教练。我是约翰·费恩斯坦。”

他会拒绝握手吗？会叫我“狗娘养的”吗？里德是一个在很多问题上都相当传奇的人物，直言不讳就是其中一点。

“嘿，约翰，你好吗?”他说道，一边微笑一边和我握手，对于一个81岁的老人来说，他的手出人意料的稳，“你也来做节目?”

然后，他开始为迟到道歉。我感觉自己放松了下来。我想，也许他已经忘了我是谁。里德开始接受化妆，制片人走进来对他说，十分钟内就要轮到他了。“好，好，行了，无所谓了。”里德说道。

里德回到休息室，坐下，不出意料地点了根雪茄。接着，他又冲着我微笑了一下。

他把嘴里的雪茄拿下来，“话说回来，你最近和自己的兄弟聊过吗?”

“我的兄弟?”

后来我才知道，里德的那种笑有着一种恶作剧的意思，那是他准备给别人下套的信号。

“是啊，你的兄弟，鲍比·奈特。”

我的老天啊，他从来没忘记过。现在我又开始紧张了。

“教练，我们交流得没那么频繁。”我说。

这时候他大笑了起来，“是啊，谁说不是呢。别担心，他恨的人很多。”

“不过他爱你。”我用了很多时间，听奈特谈论奥尔巴赫的天才与慷慨。

他抽了一口雪茄，“那不过因为我从来没写过任何有关他的东西。”

我也笑了。接下来的几分钟，我们聊了即将开始的NCAA全国锦标赛，聊到了他认为排名第一的杜克大学被高估的事（康涅狄格大学赢得冠军也证明了他的观点）。等到工作人员进来叫他去录节目时，我真心希望节目能再推迟一个小时。

整个录节目的过程，里德的雪茄都没有离手。自然，也没有人敢告诉他整栋大楼有禁烟规定。轮到我进去录节目时，里德在走出去停了一下。“很高兴见到你。”他说，“继续努力。”

他又一次露出了顽皮的笑容：“我会替你向你兄弟问好。”

作为一个了解里德的人，我觉得他真的这么做了。

80年代初杰克·科瓦岑在天主教大学做篮球教练时，我就和他成了朋友，科瓦岑现在在乔治·华盛顿大学担任运动部门主管。杰克从1983年开始不再担任教练，他先在乔治·梅森大学做了运动部门主管，接着在1994年得到乔治·华盛顿大学的这份工作。无论何时，只要我去看乔治·华盛顿大学的比赛，想不注意到里德这个坐在第十排、还是乔治·华盛顿大学历史上最著名的毕业生（1940届）都是不可能的。

“他不会错过任何一场比赛。”有一天晚上当我问科瓦岑，里德回来看母校比赛的频率有多高时，他这样回答我，“有机会真正去了解他，是这份工作最了不起的特权之一。”

“你和他在一起交流过?”

“我每周二都和他一起吃午饭。不光是我，有一群人。摩根·伍腾（德玛沙高中的传奇教练）大部分时候会参与；萨姆·琼斯也在；一些里德在伍德蒙特的朋友也会参加。这就是一个关系紧密的小团体。他坐在那里，总是在讲故事。太不可思议了。”

“他现在还记得过去的事?”

“记得过去的事？你在搞笑吧？他什么都记得。”

那天晚上做完节目开车回家的路上，我想起了杰克跟我说过的周二午餐的事。那时候，我正在为《华盛顿邮报杂志》撰写专栏。事实上，如果里德不认为我是“狗娘养的”，也许他会允许我参加一次他的午餐会然后写出一篇专栏文章。撇开其他不谈，听他聊天也会很有意思。

于是我给杰克打了个电话，我跟他说了周六晚上录电视节目时发生的事。吃顿午饭行吗？我想知道答案。

“我不知道。”他说，“我可以问问他，但参加午餐会的都是关系很亲密的人。”

就在我准备打消这个念头时，杰克提出了一个想法。“你知道啊，如果摩根去问他的话，我敢打赌他会同意。我的话，他也许会说不，但他对摩根不会。”

于是，我把电话打给了伍腾，我和他的友谊可以追溯到我在《华盛顿邮报》报道高中篮球那会儿。“我很高兴能帮你问。”伍腾说，“最糟的不过是他拒绝我而已。明天吃午饭时我就问。”

我真的为这事感到特别紧张。如果里德拒绝了，我会觉得周六晚上我们俩之间那段让我感到温暖而真实的对话，不过是里德的礼貌之举。“别操之过急。”我对摩根说，“如果他有一点不满意的表现，那就算了。”

“别担心。”摩根回答，“没人能逼迫里德。”

摩根在第二天晚上给我回了电话。“你可以来了。”他说，“下周二中午11点‘中国多尔’见。”

“11点?”我说道，“我还以为是吃午饭。”

“是午饭。”摩根说道，“里德11点5分左右就开始点菜了，别迟到。哦，还有一件事：无论做什么，你都别想着自己买单或掏钱请客。那么做会保证你再也不会接到邀请。”

我也没准备再得到邀请，不过不管怎样，我在心里记下了摩根的警告。

“中国多尔”位于华盛顿西北部的H大街，在第六街和第七街之间。这家餐馆位于华盛顿市中国城的中心地带，在这段两个街区大小的中国城里，大概有十几家中餐馆。我曾经在那边吃过几次饭，两个街区外的MCI中心1997年开始投入使用，我会在比赛结束后去中国城吃饭。我准时在11点走进了“中国多尔”。

这家餐馆的光线有点昏暗，大门右边是一个烘烤食品柜台，接着是一个小吧台。沿着墙往左是几张餐桌，走到吧台的尽头，屋子一下变大了。吧台后面就是一个圆桌，在那个时间，那是唯一一张坐了人的桌子，大概有十多个人围坐在一起。

我很高兴地在其中看到了五个熟人：里德；坐在里德左边的摩根·伍腾；坐在摩根旁边的杰克·科瓦岑；还有汤姆·潘德思和乔·麦基昂，他们分别是乔治·华盛顿大学男女篮主教练。我记得杰克跟我说过，里德总是在对方有时间的时候，邀请乔治·华盛顿大学的人跟他一起吃午饭。

里德对面的椅子没人坐。

“这儿，孩子，坐吧。”里德说道，他的意思是让我坐那个椅子。椅子右边坐着一个身材矮小、戴着厚厚的眼镜和一个凯尔特人棒球帽的人。

“赞恩·奥尔巴赫。”他边说边伸出手，“没想到像我这么英俊的人会是里德的兄弟，是吧?”

我被介绍给了其他的人，不过他们的名字我过去都没听说过。有两个人穿着深色西服，给人感觉他们刚刚被选中去电影里扮演特勤局特工一样。这两个人分别是皮特·道林和鲍勃·坎贝尔。后来我才知道，他俩真的是特勤局特工。其他大部分人都是老人，都七、八十岁了。其中有一个人，我听别人叫他“海米”，我刚坐下没多久他就开始冲我大喊大叫。

“快看那个笔记本。”当我掏出一个本子时他说，“他居然带了一个该死的笔记本。好像这个老王八蛋——”他指着里德，“说过什么有意义的话一样。这是我见过的最不可思议的事。孩子，如果这家伙是你所能想到的最好的写作素材，那你的职业生涯一定糟糕极了。”

我看向里德，想知道他对这个局面会有什么反应。“别在意海米。”他说，“他还在战争创伤恢复期。”

我又看了一下那个人，他看上去和里德一个年纪。

“哪场战争？”我问道。

“二战。”里德说。

“哪场战争？”海米吼道，“南北战争。哪场战争？说真的，有人掏钱让你做记者吗？”

坐在我另一边，赞恩冲海米喊道：“我跟你说过，今天要规矩些。你干吗每周都要坚持毁掉我们的午餐？”

“闭嘴吧你个老家伙。”海米回答。

11点5分了。“艾玛。”里德说着，一个迷人的亚裔女性朝他走去，“开始点菜吧。”

接下来九十分钟的娱乐程度一点也不比前五分钟差。等待上菜的过程中，每个人都在谈论当天的热门事件，话题从莫妮卡·莱温斯基到里克·皮蒂诺。有人提到了拉里·伯德的名字。他当时在印第安纳步行者队主教练的位置上干得相当不错。

摩根转头看里德。“哪个操作更好？伯德还是麦克海尔与帕里什的交易？”

里德笑了笑，“麦克海尔和帕里什的交易。”他说的是1980年，他用很水的乔·巴里·卡罗尔换来了未来的名人堂成员凯文·麦克海尔和罗伯特·帕里什。“如果有人告诉你，当年他们就知道伯德一定能取得后来的成就——包括我，这种人都是骗子。”

我开始疯狂记笔记，海米在一旁怒视着我，里德开始滔滔不绝地聊起伯德、麦克海尔和帕里什。“不过拉塞尔的交易应该排在第一。”摩根说道，他替我说了我想说的话。

“哦，是啊。”里德说。他对我说：“你知道我是怎么弄来拉塞尔的，不是吗？”

还没等我回答，赞恩拿胳膊肘碰了碰我。“无论你做什么，别跟他说你知道。”他轻声对我说道。

我对那笔交易有所了解，知道那涉及1956年与圣路易斯老鹰的交易，凯尔特人换来了拉塞尔的选秀权。

“你用两名伟大的球员换来了他，是吧?”我说。尽管有赞恩提醒，但我也不想表现得太无知。

“是，但那不过是最简单的部分。”他说，“我把艾德·麦考利和克里夫·黑根给了老鹰，换到了二号选秀权。但罗切斯特皇家队仍然拥有一号选秀权。”

“所以你是怎么让他们不去选拉塞尔的呢?”

里德笑了。我为他搭了一个完美的舞台。

“白雪滑冰团。”他说。

“白雪滑冰团?”

“没错。沃尔特·布朗（凯尔特人队老板）是白雪滑冰团总裁。我让他给罗切斯特的老板莱斯·哈里森打电话，跟他们说，如果他们不选拉塞尔，我们就会派白雪滑冰团去他们那表演一周。”

“所以说你用白雪滑冰团换来了比尔·拉塞尔?”

“对头。”

我这辈子再也没有写过这么轻松、这么有趣的专栏文章了。

那天吃完午饭后，两个人找到了我。第一个是赞恩，他手里拿着一张纸，说道：“如果你还想来，周一晚上给我打电话，确保我们第二天会照常进行就行了。”

我向他表示感谢，同时保证，就算未来还会参加午餐会的话，短期内我也不会来了。

紧跟着赞恩的是海米，现在我终于搞清楚，他的全名是海米·珀洛。因为他在华盛顿子弹队负责过多年的社区关系工作，我对这个名字也有印象。

海米看了看赞恩，我想知道他俩会不会打起来。

“明天你去老兵协会吗?”赞恩问道。

“不知道。”海米回答道，“谁知道我们还能不能活到明天。”

他转向我这边，我已经做好准备，再次接受他的嘲讽。他把手扶在我的背上，靠近我，放低声音跟我说起了悄悄话。“记住一件事。”他说，“里德·奥尔巴赫不仅是历史上最聪明的篮球教练，他也会是你见过的最好的人。”

他站直身子，“如果你敢引用我这句话，我这辈子都不会放过你。”说完这句他就走开了。

那篇专栏的标题是《与传奇共进午餐》。整篇文章，无论怎么看，都是里德在讲故事。这篇专栏刊出后不久，一个周一晚上，我的电话响了。打电话的是赞恩。

“里德想知道，为什么你没有继续参加午餐会。”他说。

“哦，这样啊，我不知道自己受到邀请了。”

“我跟你说过，你已经得到邀请了。”

他当然说过，只不过我认为那是他礼节性的表态而已。

“明天你有空吗?”他问道。我本来没空，但我可以改一下日程安排。

“当然有。”我说。

“11点。”赞恩说。

这一次我没带笔记本。可海米还是冲我喊叫了，因为我不熟悉在里德之前为乔治·华盛顿大学打球的人（当然不仅于此）。我觉得自己在这群几乎不认识的人中间有了一种彻彻底底回家的感觉。有几次，当我对一些事情发表看法时，里德总是摇摇头，用手肘轻轻撞一下我。

“孩子，让我告诉你为什么你错了。”他说。

然后，他就会娓娓道来。

吃完饭出门时，赞恩问我：“下周一有空吗？”

“有。”我说，“请务必叫上我。”

接下来的四年，如果电话不响、听不见一个熟悉的声音说“是丹尼和布里吉特的爸爸吗”这句话，我的周一夜晚就是不完整的。那时候，我可以说出自己一周里最喜欢的一句话。

“约了，明天11点见。”

到了后来，当我开始动笔写这本书时，我才明白，小圈子里的每个人都有着相同的感受。周二，11点，中国多尔。

别迟到了。

还有，别想着买单。

1

俱 乐 部

"我跟你讲过张伯伦的故事吗?"

老人靠在椅子上，脸上带着微笑，沉浸在回忆之中。一起吃饭的人中有人提到了威尔特·张伯伦，一如既往，里德的脑海中满是回忆与故事。

等到所有人都安静下来时，里德开口了。"张伯伦，是历史上在生理方面最不可思议的人，篮球场上没有他做不到的事。这一年他可以一场比赛拿50分，第二年他又可以在助攻榜上领跑全联盟。他太强壮了，强壮得令人恐惧。"

他停顿了一下。"但有一件事是他做不到的，他无法击败我们。他就是赢不了。拉塞尔在场上不停奔跑，拖垮了他，还有你……"里德指了指坐在自己对面的一个听故事的人，"你把他逼疯了。还记得我们打那个挡拆战术，拉塞尔给你传球，张伯伦不得不来换防你吗？他总是在你刚刚出手时赶来防守。而你，你这个王八蛋，你会用你那高音对他说'太晚了'。而且你每次都能把球投进。"

里德指的那个人是萨姆·琼斯，和比尔·拉塞尔一样，琼斯也是篮球名人堂成员。这个故事、这段回忆，甚至里德尖着嗓子模仿他嘲笑张伯伦的样子，逗得琼斯开怀大笑。

“还记得他追赶我的那个晚上吗?”琼斯说。

“哦，记得。”现在轮到老人家大笑了，“你跑到场边，从一个摄影师那里抓起一个凳子用来保护自己。”

“保护自己?”琼斯说道，“我对威尔特说：‘现在我有机会了。你敢靠近我，我就拿这个东西打你。’”

“他还是会杀了你。”

“不会的，他追不上我。”

坐在一起的十多个人已经笑得喘不过气了。

“我跟你说过有一天晚上威尔特也想揍我的事吗?”里德说道。

在接下来的二十分钟里，里德聊了张伯伦，聊到了他的凯尔特人留给张伯伦的痛苦往事。无论是最初的费城勇士，还是后来的旧金山勇士及费城76人，抑或是最后的洛杉矶湖人，凯尔特人永远是张伯伦的噩梦。“我其实挺喜欢那家伙的。”讲完故事时里德这样说道，“他坐飞机从美国的另一边赶来参加我的80岁生日聚会。经过那么多年后，这对我来说意义重大。”

在那一瞬间，里德沉默了。接着他推开椅子站了起来，“该走了。”

十多个人全都站了起来，就像里德是一个走出法庭的法官一样。里德·奥尔巴赫已经87岁了，但他每天可没有空闲时间。到了吃完午饭该去参加下午牌局的时间时，他绝不会耽搁。对参加午餐会的其他人来说，情况就不同了，大多数人都有工作要做。

没有一个人着急，他们更愿意再待上一会儿。但是当里德说“该走了”时，没有人跟他争论。和里德争论就像张伯伦击败他的凯尔特人一样“简单”。

那是仲冬时节的一个周二，走出餐馆站在华盛顿市的大街上，天上正在掉落冰冷的雨水。大中午，气温却低到令人发抖。“中国多尔”门外的人行道上，那群围坐在餐馆里圆桌旁的十二个人，现在正两三成群地站着聊天。这些人有着亲密的身体接触：胳膊互相搭在肩膀上；不停地握手；偶尔还有人拥抱。

对于那些路过的人来说，这肯定是一个奇怪的场景。有些行人会稍作停顿，一些人还会在瞥见奥尔巴赫时停下脚步，而奥尔巴赫是这十几个人中唯一一个急着在天黑前离开的人。

“好了，该走了。”他又喊了一声，然后慢慢走到自己面前停着的一辆银白色梅赛德斯敞篷汽车跟前。只要看一眼车牌，这辆车的主人便毫无疑问了。车牌的内容很简单，“凯尔特人”。从他说话的语调中，那些了解他的知道这是他最后一次打招呼了，这时候该再握一次手，这是他之后几天再打电话的保证，也在提醒所有人路上注意安全。

即便如此，当奥尔巴赫慢慢坐进驾驶员座位时，坐他车的人还在磨蹭。也许在分开前，这个人还有一个故事要分享，还有笑话没说完。当里德坐好，把车启动起来，最后一次看向车外，说“嘿，行了吧”时，其他人才最终散开，各自走向自己的车。

只有里德这个老人真的想离开。

到这时，不可避免的有一些路过或走进餐馆的人会停下来注视。“那个人跟我想的是一个人吧？”这些人问道。有些人要么直接喊了出来，“嘿，教练，你好吗？”奥尔巴赫挥手回应，他已经习惯于走到几乎任何地方都会被人认出的现实。

一个身穿西服、边打手机边快步行走的男子，看到里德后停了下来。他没有特意跟路边的哪个人说话，但是他说：“那是他，是吧？”

是的，有人告诉那个男子，那就是他，就是里德·奥尔巴赫，就是那个无论怎么说都是发明了职业篮球的那个人。

“他到底在这里做什么？”那个男子问。

这个问题的答案很简单：因为那是周二。

一切开始于兄弟两人。有一天，他们回顾自己的生活，发现他们的孙辈要么已经成人，要么即将成人。和大多数人一样，兄弟两人总在忙碌：要么在工作，要么照顾家人，要么在旅游，要么陪朋友。也不是说兄弟俩不见面；他们见面，只是不常见而已。两人都记不清是谁提出了这个话题，也不记得为什么会提起这个话题。不过两人决定，是时候特意做出努力，多花一些时间在一起聚聚了。

“咱俩去吃午饭吧。”哥哥说。

“我猜是中餐吧。”弟弟回答。

“当然。”

在担任篮球教练这段四处颠簸的岁月中，里德·奥尔巴赫总是在比赛结束后吃中餐。他的理由很简单：在几乎所有拥有NBA球队的城市，总有一家提供深夜外卖服务的中餐馆。里德会提前打电话订餐，从球馆回酒店的路上取餐，然后在酒店房间里吃完。更重要的是，因为他总是要求餐馆蒸一下自己的食物，所以中餐不会像其他食物那样给他造成积食的感觉，不会让他的胃涨得难受。里德能够轻松入睡，第二天起床时焕然一新，让自己做好前往机场、去到下一个城市的准备。这一切都发生在NBA的“黑暗时代”，那时候球队还要乘坐普通航班，大清早就要早起，赶着去机场乘坐前往下一个城市的第一个航班。那个时候不存在球队包机，他们也不住在五星级酒店。对于奥尔巴赫这个历史上最著名的NBA教练来说，大多数客场之旅在他眼中是一成不变的：一场比赛，睡前一顿中餐，黎明前的一个闹钟，还有一个可以看到初升太阳、飞到另一个地方的航班。奥尔巴赫对中餐的爱越来越深，以至于有好几年时间他甚至是波士顿一家中餐馆的股东。

在那之后，从教练的位置上退下来，最主要的是从篮球史上最伟大王朝的总经理职位上退下来后，里德·奥尔巴赫有一天告诉小自己四岁的弟弟赞恩，让他下周二在华盛顿市中国城一家名叫“中国小店”的饭馆见面，和他一起吃午饭。大多数篮球迷并不知道，从1937年开始，除了加入海军的一小段时间，奥尔巴赫大部分时间住在华盛顿。当年还在乔治·华盛顿大学时，他选择加入海军。即便在执教凯尔特人队时，奥尔巴赫的妻子和两个女儿仍然住在华盛顿。赛季进行期间，里德在波士顿拥有一套公寓。但只要时间允许，他就会回家。整个休赛期，他都在华盛顿——那时候的休赛期远比现在长多了。

那天里德对赞恩说："定下来吧，咱俩每周二都在这里吃午饭，除非有人有别的事要做。"

赞恩曾经是《华盛顿星报》的漫画家，也为著名人物做过杂志肖像，那时他已经退休了。如今，只要凯尔特人在主场打比赛，人们就能看到赞恩最著名的一个作品——赞恩设计的凯尔特人队标。这个队标第一次出现在凯尔特人的镶木地板上时，球队主场还叫波士顿花园球馆，如今这个队标仍然出现在舰队中心[①]的地板上。赞恩对兄长承诺，他每周一晚上都会给里德打电话。那时候里德时不时还要去波士顿开会，有时候还会离开华盛顿，进行演讲或者开办训练营。如果两人都在市里，身体也都没问题，他们就会在第二天一起吃午饭。

"这逐渐成了我们两人都很期待的事。"赞恩表示，"有一刻我突然想到，有一些我俩都认识、关系也很亲密的朋友，能见见他们也很好。于是我向里德建议，应该邀请一些朋友加入我们。"

到了这时，聚餐地点已经从"中国小店"转移到了隔壁的"中国多尔"。"中国小店"换了老板，餐馆不再提供炒面。里德喜欢炒面。他曾经在"中国多尔"吃过饭——他吃过华盛顿市中国城的每一家中餐馆——他享受食物带给他的乐趣，喜欢吃炒面。所以，当

① 凯尔特人的主场现在已经改名为TD花园球馆。——译者注

1940年和赞恩从高中时就是队友的海米·珀洛以及摩根·伍腾被邀请一起吃午饭时，聚餐地点就定在了“中国多尔”。

没过多久，里德开始偶尔邀请一些他在伍德蒙特乡村俱乐部的朋友加入午餐会。伍德蒙特乡村俱乐部位于马里兰州的洛克威尔，里德1946年成为其会员，当时的入会费是500美元。这些年伍德蒙特的入会费有点高：9万美元。里德从来不打高尔夫球，不过他在俱乐部里打了很多年网球。现在，里德一周有五个下午的时间会在伍德蒙特与七八个人一起玩金罗美牌，几乎每天他都能赢上不少钱。“这是他的另一份养老金。”杰克·科瓦岑开玩笑地说，“这就是为什么每次吃完午饭他总是要走。他在午饭上花的时间越多，留给他在伍德蒙特打牌的时间就越少。”

科瓦岑在1994年成为乔治·华盛顿大学运动部门主管后不久，就得到邀请参加午餐会。“里德那会儿几乎每天都会来打壁球。”科瓦岑说，“我觉得他是学校历史上唯一一个在我们门外有停车位、还不用掏钱的家伙。他会在打完球后来我办公室，我们会一起聊篮球。”

科瓦岑60年代曾是波士顿学院校队里一名相当不错的球员，球队的主教练是鲍勃·库西，这是奥尔巴赫培养出的又一名传奇的凯尔特人球员。所以一周里有几天能看到奥尔巴赫坐在自己的办公室里，和自己一起聊篮球，这让科瓦岑产生了一种难以抑制的喜悦。

“有一天早上，差不多10点半，他说：‘来吧，我们走。’”科瓦岑说，“我说：‘我们去哪儿？’他回答：‘中国多尔’。我看了眼手表，确定表没坏或者有什么别的问题。但是他说要走，所以我就跟着他去了。当我们到了那个地方时，时间是早上11点。我走进去，里面有张圆桌。赞恩、海米、摩根、萨姆·琼斯和埃尔文·米勒（来自伍德蒙特的朋友）坐在那里。跟在我们后面走进来的是安布雷·琼斯（萨姆的儿子，他是乔治·华盛顿大学校内行政主管）和麦克·贾维斯（当时乔治·华盛顿大学的篮球主教练）。”

“现在，如果周二有事要做不能参加午餐会的话，我真的会很沮丧。我会尽量把自己周二上午的安排清空，这不是因为里德想让我去，我当然知道他愿意，否则我不会得到邀请，而是因为我自己想去。”

到1999年时，午餐小团体里又加入了皮特·道林和鲍勃·坎贝尔，这是里德的两个在特勤局做特工的朋友。还有罗伯·艾德斯，这是里德在伍德蒙特认识的一个劳动法律师。

“我从1980年开始就是伍德蒙特的会员。”艾德斯表示，“但我一直不敢向里德搭话，做自我介绍。我的意思是，他毕竟是里德·奥尔巴赫啊。我一辈子都是篮球迷。我自己打过球，参加过夏季训练营，也办过夏季训练营，我觉得自己有一天有可能去做教练。我还是犹太人。这个人实现了我的梦想，成为历史上最伟大的教练。你不可以在他身边溜达，然后随意凑过去说，‘嗨，里德，我是罗伯·艾德斯。你今天过得怎么样？’他不是那种人。”

不过在1989年，艾德斯得到了一个主动介绍自己的理由。艾德斯的事务所有工会的代理业务——他们不负责协商合同，只是对需要法律帮助的工会成员提供服务。“换句话说，如果有警察需要订立遗嘱，我们就会替他办好。”艾德斯表示，“一个教师的儿子因为酒后驾驶被警察拦住，我们会作为儿子的代理人。也就是其他服务——比如医疗保险覆盖不了——都是我们做。”

在与华盛顿市教师工会的合作中，艾德斯与约翰·伍德成为好友，后者那时是斯宾加尔高中的篮球教练。80年代中期，伍德的球队里有一个名叫谢尔曼·道格拉斯的球员，他是一个天赋很高的控卫，为了离开华盛顿东北部地区、进入大学，他迫切地需要别人的指点。“我永远也忘不了第一次去他家时的情形。”艾德斯说，“他的家没有大门，有人把他家的大门偷走了。”

艾德斯最终帮助道格拉斯进入了锡拉丘兹大学，他在那里成为明星，为自己锁定了NBA首轮新秀的位置。道格拉斯希望艾德斯做自己的经纪人，但艾德斯没有任何担任体育经纪人的经验，他答应帮道格拉斯选择一个经纪人。“所以我们将范围缩小到两个人。”艾德斯说，“一个是鲍勃·沃尔夫，另一个是拉里·弗雷彻。我在伍德蒙特俱乐部，里德坐在那里打牌，他比任何人都了解NBA、了解经纪人。我有必要至少替谢尔曼问问他的意见。”

“于是我走到桌边，有点小心翼翼地说：‘打扰一下，教练，我不是有意打扰……’”

“嗯，可你就是在打扰我！难道你看不到我在打牌吗？”

“我跑开了，我退缩了，躲起来了。一分钟后，他走到我站的地方，浑身上下抖着，问我：‘我能为你做什么？’感谢上帝，他赢了那一局。于是我做了自我介绍，告诉他我是谢尔曼·道格拉斯的朋友，我们已经把经纪人的范围缩小到沃尔夫和弗雷彻。我问他能不能给我们一些建议。”

“他说，‘沃尔夫手头的事太多了，选弗雷彻。’然后他就转身走了。”

道格拉斯最后选了弗雷彻，而奥尔巴赫也一直关注道格拉斯的成长轨迹。道格拉斯最终进入了凯尔特人队，奥尔巴赫也总是定期对艾德斯表示自己对道格拉斯的满意之情。有一天，奥尔巴赫让两人的对话又深入了一步。

“下周二。”奥尔巴赫说，“我们在‘中国多尔’一起吃午饭，11点在那儿见。”

艾德斯感到不知所措。首先，他不敢相信奥尔巴赫邀请他去吃午饭。第二，他不敢相信午饭时间居然定在上午11点。

“但那可是里德，所以我没提任何问题。”艾德斯说，“我穿着自己最好的西服赴约。我跟所有人说，‘我要跟里德·奥尔巴赫一起吃午饭。’我走进餐馆，那里还有另外十个人。好吧，不过能被邀请感觉还是很好的。我们快吃完了，我觉得我该做个好人主动买单，因为能被邀请是我的荣幸。我开始说一些话，厄文·刘易斯（同样来自伍德蒙特的朋友）拉住我的胳膊，悄悄对我说：‘别这么做。’但我想买单。‘你会冒犯到他，别这么做。’于是我就闭嘴了。”

接下来的那个周二晚上，当艾德斯正准备离开自己的办公室时，电话响了。他接起电话，里面传出一个声音，“你他妈的去哪儿了？”

据艾德斯自己回忆，他的反应是：“我……啊……什么？”

那个声音说：“你这个律师，如果有你做我的律师，我觉得很不错。”

“可是，什么啊？”

“下周二，11点在那儿见。”电话啪的一声被挂断了。

从那之后，艾德斯每周二11点都会准时出现。

参加午餐会的规矩很简单。经过十年，午餐会的传说已经在华盛顿和篮球圈流传开来。想得到邀请，一个人必须在小团体里有一个保证人，这个人会询问里德，自己能否带来一个朋友。

对任何团体成员的上述询问，里德几乎都会给出肯定的答案，部分原因在于，大家都明白，午餐会并非向所有人开放。私底下讲，这是一个男人俱乐部。因为这里说的话、讲的故事通常都有点下流；里德也是一个老派的人，在女性面前那样说话、或者讲那种故事，会让他感觉不舒服。

获得一次邀请不等于未来能继续参加午餐会。有很多人只参加过一次，有些人是只想去一次，其他则是没有再次得到邀请。

在那些只去过一次、或者只是偶尔参加的人中，有马文·卡尔伯，他是NBC电视台的老记者，他参加午餐会，大部分是为了和里德聊过去篮球的故事，以此作为个人自传的研究；有尤金·伊斯托明，这位已经去世的古典钢琴家是个超级体育迷，他问了两人在伍德蒙特都认识的朋友，自己能否见一次里德，因此得到了邀请；有圣母大学篮球主教练迈克·布雷，他曾是伍腾执教的德玛沙高中校队成员；有乔·伍腾，他是摩根·伍腾的儿子，现在自己也成了一名成功的高中篮球教练；有吉米·帕特索斯，他那时担任马里兰大学主教练加里·威廉姆斯的首席助教，现在是马里兰州洛约拉学院的主教练；有莱夫蒂·德雷赛尔，这位伟大的大学篮球教练是里德的多年好友；还有彼得·范克西，他常年担任篮球专栏作家与电视评论员。

范克西和里德在过去那么多年里没少发生矛盾和争执。当时是艾德斯问里德能否带范克西一起来吃饭，而范克西当时是艾德斯的客户。

"他是你的朋友，对吧？"里德说。

艾德斯回答："是的。"

"那就没问题。"

范克西去吃饭那天，正好碰上了华盛顿倾盆大雨这样的糟糕天气。浑身湿透的艾德斯在11点过后几分钟时走进了餐馆。

"范克西在哪儿？"里德问道。

"他在外面。"艾德斯说，"他想明确确定你对他的出现没有任何不满意。"

"他有雨伞吗？"

"没有。"

里德向后靠在椅子上，微微一笑，"跟他说，在我做决定时让他再等几分钟。"

范克西最后还是得救了，在接下来的九十分钟，他和里德坐在一起，交流战时往事。显然，范克西觉得自己的这番等待还是很值得的。

直到2003年《华盛顿邮报》退休的体育编辑乔治·所罗门和前华盛顿子弹队总经理鲍勃·费里加入这个小团体前，过去四年里唯一一个新加入进来的就是克里斯·华莱士，他曾是ABC电视台的新闻记者，现在是福克斯电视台的新闻主播。即便他自己拥有极为成功的职业生涯，但在里德和其他八十多岁老人的眼里，他只是“迈克·华莱士的儿子”。

华莱士最近进入小团体的保证人是我——而我当时还是最新加入的成员。当我问里德能否叫上华莱士时，里德问他是否和迈克·华莱士有亲戚关系。

“他是迈克的儿子。”我说。

“迈克是个好人。”里德说，“他可以来。跟他说，如果他愿意，也可以带他父亲一起来。”

克里斯没有带上他的父亲，不过他参加了接下来一周的午餐会，紧张得要命。“那挺有意思的。”他后来回忆道，“我报道过世界峰会，采访过总统和州长，我做过的全国电视直播次数连自己都数不过来，我这辈子从来没有像那天走进‘中国多尔’那么紧张过。”

“部分原因在于里德，我知道他是什么人，知道他在体育界的意义。另一部分原因，我感觉自己就像被其他孩子第一次邀请到树屋上一样，我不想搞砸了。”

和所有第一次参加午餐会的人一样，午餐的大多数时间，克里斯都在倾听其他人的对话。当小团体来了新人时，里德的状态总是最好的。这就好像他希望保证这些人能获得受邀请时所期望的那种享受与乐趣。

“我跟你讲过莱特曼[①]的事吗?”里德说，他大概以为克里斯和他父亲一样都是CBS电视台的人。

“有一天他们打电话，希望我去参加节目。我跟他们说没问题，然后我们定了个日期。到了我该去节目的那天，他们打来电话说：

① 大卫·莱特曼是CBS电视台的深夜脱口秀主持人。——译者注

‘对不起，出了点情况，我们得重新安排时间。’我说没问题，我知道这种情况可能会出现。他们又说了一个日期，我们同意了。到了第二次确定的日期时，他们又打电话来了，又出了新的问题。他们还想重新安排时间。我说：‘绝对不行。’那个女人说：‘可是教练，上次你说过，你理解这种情况是可能出现的。’”

“我说：‘是的，这种情况会出现。只会出现一次。’”

“她说（里德开始模仿女声）：‘哦，可是教练，大卫一定会非常失望，他是一个特别忠实的篮球迷。’”

“我说：‘显然，他对篮球没那么死忠。’”

里德讲完故事后，克里斯大笑，然后说：“好吧，我一定保证不取消对你的采访。”

“别那么肯定，我会跟你安排一次采访的。”里德回答。

克里斯当时还不知道，里德已经允许他加入小团体了。

到了吃完午饭准备离开的时候，克里斯首先感谢里德允许自己参加午餐会。然后，他有点胆怯地看着里德，问：“我能再来吗？”

里德看了一眼赞恩，好像在思考答案一样。

“赞恩，你怎么看？”里德问道。

“作为一个孩子，他看着还行。”赞恩说。

克里斯当年已经56岁了。

“好吧。”里德尽量装出了一副生硬的口吻，“你可以再来。”

从那天之后，只有萨达姆·侯赛因才能让克里斯缺席午餐会。就像克里斯有一次说的那样：“就这一个原因，已经足够让我恨那个人了。”

2

从布鲁克林到华盛顿

“我跟你讲过我们不想掏钱给阿伦·金那事吗?”

里德很少回忆童年往事。一般来说，想让他回忆小时候的事，通常都是赞恩先提到以前住在布鲁克林的邻居，或者有人专门问了他一个有关童年的问题。

不过有一天，提起网球这个里德第二喜欢的运动时，他想到了阿伦·金。阿伦·金是一个已经去世的喜剧演员，他也是个超级体育迷，他甚至个人为拉斯维加斯的一项赛事提供了多年的赞助；他不仅在每年的美国网球公开赛上拥有第一排的座位，甚至在球员更衣室里也有他的储物柜。

“我们的篮球队需要队服。”里德说，“我们有一支社区球队，叫鹈鹕。我们在布鲁克林地区和其他社区的孩子在不同的学校场地里进行比赛。有些球队有队服，我们也想要队服。我们发现，8套队服要花75美元。所以我们得想办法筹钱。”

“从来没人用过犹太青年协会的地方，我们总是周六下午去那里打球。我们决定打一场比赛，再办一场舞会；打一场能让观众看的比赛，再请一个乐队，在球馆里办场舞会。租下那个地方花了我们25美元，我们又花14美元请了一个七人乐队。接着，我们每个观众收25美分，卖掉了五百张票。我们等于赚了125美元。这笔钱完全够用了，交完队服、租场地、找乐队的钱，我们还能剩下11美元。”

“那天的最后，有一个人说：‘嘿，咱不给乐队钱了，他们的水平也不怎么样。’”

“我说：‘无论他们多差劲都得付钱给他们。我们说14美元请他们来演出，并不保证能得到高水平的演出。’”

“我们进行了投票表决，我的提议以3比5被否决了。于是我们过去告诉小个子乐队领袖，说我们不会给他钱。他发怒了，接着他找到管理球馆的人，把事情告诉对方。后者又找到我们说，如果我们不把钱给乐队，我们就再也不能在那里打篮球。所以我们把钱给了乐队。”

“五十年后，我去看一场网球赛，正好碰到了阿伦·金。我俩开始聊到都在布鲁克林长大的经历。他告诉我，在他13岁时，他有一支自己的乐队。我说：‘这挺有意思的，让我想起了一段往事。’我把那个故事给他讲了一遍，他看着我说：‘就是那个犹太青年协会，你们这群家伙居然想从我这里抢走14美元！’”

“我告诉他，我是赞成给他钱的，只是我的朋友认为他的乐队不怎么样。”

“然后他对我说：‘他们说的对，我们是不怎么样。’”

1917年9月20日，阿诺德·杰科布·奥尔巴赫出生在布鲁克林区的威廉姆斯堡，距离纽约东河以及威廉姆斯堡得名的大桥不远。他是海曼·奥尔巴赫和玛丽·奥尔巴赫的二儿子，比大儿子维克多小三岁，比小儿子赞恩·奥尔巴赫将近大四岁。

海曼·奥尔巴赫和他的两个兄弟在世纪之交过去后不久抵达纽约埃利斯岛，实现了明斯克移民美国。海曼很少谈及自己在俄罗斯的生活，也不愿说是什么导致他的父母做出将自己六个孩子中的三个送到美国的决定。不过里德后来得知，自己的父亲是家里唯一一个在俄罗斯时就学过读书写字的孩子。从家到最近的学校，坐火车单程就要花掉一便士，没有人有那么多钱。不过海曼·奥尔巴赫说服了列车长，让他每天免费坐车。

“我父亲就是这样。”里德表示，“他是个特别有魅力的人，非常外向、友好。人们总是很喜欢他。他就是那种走进修道院都会让所有修女为他倾倒的人。有意思的是，我、维克多或赞恩都不像他。我们都是内向的人。”

说到小时候的奥尔巴赫兄弟，“内向”这个形容词有些过于夸张了。里德有时候可能表现得很安静，但是当他对某些事有看法时（当然，这种情况经常出现），他就非常愿意表达自己的观点了。赞恩是家里的冷幽默大师，任何时候只要他一开口，总能让别人开怀大笑。

“维克多是那个乖学生。”里德说，“他在学校非常用功，成绩很好，从来不惹事。他足够优秀，进入了篮球队，但从来不是队里的明星。我是家里的运动员，身材最高大的那个。家里的晾衣绳要是出了什么问题，就得由我爬到窗户外去修理。赞恩是最聪明的。他从来没好好学习过，但总是能拿到最好的成绩。”

海曼·奥尔巴赫早年在餐饮业工作。在曼哈顿一家名为“罗索夫”的餐馆工作时，海曼遇到了玛丽·汤普森。后来，他自己经营了一家熟食店。“拥有那栋楼的人有一次跑到我爸的店里，提出把整栋楼卖给我爸，要一万美元。”里德回忆道，“我爸觉得太贵了。几年后，那栋楼被拆掉了，那个地方建起了现在的无线电城音乐厅。”

最终，海曼·奥尔巴赫和他的兄弟萨姆一起办了清洁公司。奥尔巴赫的所有孩子高中时都为自己的老爸打过工，维克多最后还成了合伙人之一。里德也会扛着大包的衣服，帮父亲送货。上大学期间放假回家时，他还会通宵加班熨烫西服。“从晚上10点一直干到早上8点。”里德说，“我会给自己弄一份五香熏牛肉三明治和一瓶冰淇淋苏打水，然后去工作。一晚上我能熨一百套西服。这让我避免了成为篮球运动员后的那种骄傲自大。”

在里德的记忆中，他的父亲是一个有智慧的商人，认识很多人——有大人物，也有不那么重要的人。“有一次，有个人偷了一包西服。”里德说，“那些西服价值300、甚至400美元。如果我父亲不能把衣服找回来，他就得自己掏腰包，我们家的生意就会倒闭。他找到了一个认识的人，说：‘你能帮忙吗？’那个人说：‘你得花25美元。’于是我父亲给了他25美元，第二天，那些西服就回来了。几年后，那个人在辛辛监狱被执行了死刑。”

“我爸爸告诉我，永远不要从不认识的人手里买东西，永远要有怀疑精神。有一天我坐地铁，有个人在卖袜子，十二双只要30美分。我觉得这价格太诱人了，没法拒绝。于是我拿钱买了十二双。回家后我才发现，没有任何两只袜子是一对的。”

“还有一次，有人在街上卖印第安头环。我想买一个，他要三美元。我找到我爸说：‘嘿，我从来没问你要过什么，我总是帮你干活。给我三美元怎么样？我好去买下一个头环。’他看着我说：‘你是不是准备这辈子都被别人占便宜？不行，我不给你。’一周后，我在曼哈顿帮忙干活，我看到了另一个人卖的东西正好是我想要的头环——每个只要25美分。这事给了我一个教训——你收到的第一份条件，几乎从来都不是你所能得到的最好条件。”

里德在童年时经常打篮球和手球，他不打棒球，也不玩美式足球。“在我住的地方，连一寸草皮都找不到。”他说，“我们在街上玩过棍球和拳球，但仅此而已。社区里大多数非常优秀的运动员都坐电车去男子中学或汉密尔顿中学读书。我留在了那里，继续打篮球。”

在东区高中，里德是一支水平还不错的篮球队里的最好球员，而且他即便不是最好，也是好学生之一。尽管自称是个内向的人，但在高四那年，他还是参加了学生主席的竞选，并且成功当选。

“我们每个人拿出五块钱，买了些纸板做了一些海报，上面写着‘为奥尔巴赫、里佐和罗宾维茨投票’。我们把海报放得满学校都是，最后我们赢了。”

到了高四那年，里德对自己未来的人生已经有了很明确的计划：得到一份大学的篮球奖学金；打篮球的同时获得师范学位；成为体育老师，做高中篮球教练。那时候还是30年代中期，除了几支巡回表演的球队，职业篮球并不存在，而大学篮球还是地区性运动，没有成为全国性运动。

那时的大学也几乎没有招募学生的活动。事实上，绝大多数学校仅仅举办试训。球员前往不同学校，为教练进行试训，再由教练挑选几个提供奖学金。当时纽约最强的是长岛大学，由传奇教练克莱尔·比执教。里德曾经被邀请参加长岛大学的试训，不过他拒绝了。

“他们找了一百五十个孩子，为两个还是三个位置试训。”里德说，“我不想经历那个过程。那个年代的纽约有过很多水平非常高的球员，我在高四那年入选了布鲁克林第二阵容。现在，你大概觉得那没什么大不了。我曾经跟拉塞尔、库西、海因索恩还有其他根本理解不了进入布鲁克林第二阵容有多难的家伙说过这件事。当然，我说的没错，他们完全理解不了。”

拒绝去长岛大学试训后，里德接到了当时另一所篮球强校——城市学院的试训邀请，也接到了纽约大学的邀请。他通过了纽约大学的第一轮试训，但是当他了解到纽约大学的所有篮球运动员都要主修商务专业时，他选择不去参加第二轮试训。

“我去学经济做什么？”他说，“我要做老师，做教练。那样是浪费我的时间。”

奈特·霍尔曼希望里德能到城市学院为他打球，唯一的问题是里德的成绩。在那个年代，纽约城市学院相当于公立学校中的哈佛大学。里德的高中平均成绩是88分，他是学生主席，还是篮球队里的明星。可是这些都不够，城市学院对平均成绩的最低要求是93分。霍尔曼告诉里德，他可以先去夜校上一个学期，提高成绩后再转学。里德也不想这么做。

“我觉得城市学院是给聪明孩子上学的地方。”里德说，“我觉得就算靠着夜校进入那个学校，自己也不会感觉很舒服。记住，所有这些决定都是我一个做出的。我爸爸从来没看过一场篮球赛。我们总在下午打球，而他那时候在工作。维克多也一样。所以我一切都要靠自己。”

最后，里德听说另一个本地学校也在举办试训，也就是赛斯·洛尔专科学校。这所学校最好的，就是它是哥伦比亚大学的直属生源学校。如果球员在那里表现好的话，他就有可能升入哥伦比亚大学。学校的教练戈登·雷丁斯必须在里德和另一名球员中选择一个享受最后的奖学金名额，他最终选择了里德。

“学校的学费是每年250美元。”里德说，“他们给我的奖学金是每年150美元，我得自己想办法挣到那100美元。”

里德是他的大家庭中第一个上大学的人。在赛斯·洛尔读书时，他终于说服自己的父亲来看他打比赛。他说：“我是控卫。那天晚上我打得很不错，我得分不多，因为我没必要得分。我大概送出了十次助攻，有一次失误。我对自己的表现很满意。”

“比赛过后，我看到父亲，他说：‘好吧，儿子，我感到遗憾，你打得不是太好。’我向他解释，跟他说我其实打了一场很漂亮的比赛，我的任务是传球，为其他人创造机会。他只是耸了耸肩，说：‘在我看来，这就像一切活动发生在厨房，而你在客厅待着一样。’”

戈登·雷丁斯大学时期在俄勒冈大学打球，那时他的主教练是比尔·雷因哈特。离开俄勒冈大学后，雷因哈特又成了乔治·华盛顿大学的主教练。里德在赛斯·洛尔学院打球时，雷因哈特带着自己的球队来到纽约，在麦迪逊广场花园打比赛。乔治·华盛顿大学在赛斯·洛尔学院的场地训练，在雷丁斯的要求下，雷因哈特留下来看了赛斯·洛尔的训练。在那之后没多久，雷丁斯就找来里德，讨论他的未来。

“你有两个选择。”雷丁斯说，“比尔会给你一份奖学金，让你去华盛顿为他打球。或者我可以安排去俄勒冈大学打球。决定权在你。”

里德一直希望雷丁斯能得到哥伦比亚大学的工作，自己就能跟着去哥伦比亚大学。不过乔治·华盛顿大学却是他能想到的第二好的结果，那里离纽约不远，学校的名声不错，而里德尊敬的雷丁斯正是在雷因哈特的指点下才成为的主教练。“最终，那个决定并不难做。”里德说。

里德收拾好行囊来到了华盛顿，他的计划仍然没有变化。他拥有奖学金，他还在打篮球，他将会成为老师和教练。里德的父亲对他的计划却不是很满意。他从来就没完全理解，为什么里德把那么多时间花在篮球上面，但只要里德还是个孩子，这就不是问题。可是现在到了要为未来做决定的时候了。做教师？做教练？里德的父亲和很多犹太移民的想法一样，他希望自己的儿子能有一份真正的职业。

“医生或者律师。”里德说，“他就是觉得那种工作最好。他大概是对的。”

1937年的华盛顿和现在的华盛顿完全是两个世界。那时的学校仍然实行种族隔离，城市的大部分地区也是如此。和美国南部诸州严格的种族隔离不同，华盛顿市不存在区分的饮水设备或者类似的明目张胆的种族隔离政策，但整座城市仍然按照人们的肤色自动分割。

乔治·华盛顿大学里有黑人学生，但没有一个黑人加入篮球队。那个时候，当纽约的球队跨过“梅森—迪克森线”[①]时，他们都不会

① 梅森—迪克森线是宾夕法尼亚州和马里兰州的分界线，美国内战时成为自由州（北）和蓄奴州（南）的分界线。——译者注

带上自己的黑人球员。因为他们知道这些球员在实行种族隔离的城市是不会被允许上场的，而华盛顿特区也属于这一范围。

里德以二年级生的身份加入球队，校队里满是天赋异禀的二年级生，这些人前一年打出了不败战绩。新来的人必须证明自己的价值，争取上场时间。“无需多说，训练时没少打架。”里德说。

里德向来不怕打架，慢慢的，他逐渐赢得了队友和教练的尊重。里德只遭遇过一次重大挫折。那是一场在俄亥俄州大打的比赛，里德首发出场，被安排防守对方的头号得分手。“他把我生吞活剥了。”里德说，“他有我这辈子都没见过的技术动作，那天晚上我做什么都不对。接下来的三场比赛，我一分钟上场时间都没得到。”

“然后，我们要和陆军学院打比赛，他们也有一个得分能力很强的球员。雷因哈特赛前找到我，对我说：‘你去防他，把他防死。’我做到了。他再也没有说过和俄亥俄州大比赛的事，从那之后，我就成为固定的首发球员了。”

和当初的计划一样，里德主修的是教育和体育，他1940年从大学毕业。不过里德所受教育中最重要的一部分，却来自课堂之外。其中一个关键点，就是在体育馆听雷因哈特讲话、观察雷因哈特。从大学球员时期到现在已经过去了六十多年，里德说：“我可以说他是最优秀的。他是一个创新者。他是最早使用快攻、强调传球路线这些改变的教练之一。但最重要的，至少对我来说最重要的，是观察他如何掌控自己的球员。”

“你看，他并不控制球员。球员也是人，不是马。你不能控制他们。你要与他们合作，你执教他们，指导他们，也许最重要的是，你要倾听他们的声音。最优秀的球员都是聪明人，好教练能从他们身上学到东西。有时候球员有想法找到我时，我知道他们的想法基本没有实现的可能。但我不会简单拒绝，因为他们会将那视为我不尊重他们的象征。”

“有一次，比尔·沙曼对我说，所有人对我们的战术都了如指掌。我们在很长一段时间里跑六套基本战术。确实，他说的大概没错，如果我们喊‘一’，就会有很多球队知道我们要做什么。但这并不意味着对手能阻挡我们。所以我听了比尔的话，说：‘好吧，接下来我们准备改变所有战术的代号。从现在开始，一号战术就是二号战术，二号战术就是三号战术。’依次推理，直到六号战术变成一号战术。在下一场比赛开始前我们就开始着手调整了。”

“比赛开始后，我提醒他们所有战术都有新的编号。他们都说知道了，结果我们打得一团糟。库西说：‘二号。’有一半的人跑的是我们老的二号战术——也就是新的三号战术，另外一半跑的是我们的老一号战术，也就是新的二号战术。我们看上去就像一群启斯东的滑稽警察一样。当我们落后10分时，我放弃了新的做法。我叫了暂停，我说：‘忘掉我们过去两天训练里做的一切。从现在开始，一号就是一号，二号就是二号。如果他们能防住，算他们厉害。’”

“雷因哈特总是倾听别人的声音，他总是在学习。如果他能在全国更有知名度的地方做教练，他肯定能成为最伟大的教练之一。即便现在如此，当人们问我最伟大的教练时，他总是我最先提到的人之一。”

对里德来说，大学期间另一个关键的学习中心就是“国家男生训练中心”，这个机构正好位于马里兰州布拉登斯伯格区域线的另一边。每年，十六名本地大四的学生——四个来自乔治·华盛顿大学、四个来自乔治城大学、四个来自美国大学，还有四个来自马里兰大学——会得到在训练中心实习的机会。

“那里总体上来说，就是一个环境艰苦的少年感化院。”里德说，“那个地方是为触犯联邦法律的孩子建立的。他们要么偷车开过了州界，要么犯了涉枪的罪。有些人已经不是孩子，因为在那个年代，出生证明不是那么容易找到的。”

“那个地方实行种族隔离，那里有四个白人连队和两个黑人连队。我一周在那里工作二十个小时。我觉得自己在那里学到的有关领导能力、纪律性和与人相处的知识，其他地方都比不了。”

“管理其中一个黑人连队的是伯恩斯先生，我不知道他的名字是什么。他太不可思议了。他是个严厉的人，严厉到当他休息时，学校必须找来三个人顶他的班。但他懂得别人的心理。他知道什么时候必须强硬，什么时候该讲道理。他告诉我，完成工作最好的办法不是恐吓——反正我也不会这么做——而是去赢得他人的信任。如果你说会发生什么事，无论是好是坏，你就要保证一定会发生这些事。我试着记住他的这些话。”

“有一次，我抓到我管的几个人偷藏做酒用的蒸馏器。他们在外面找了一些蒲公英，酿出了一些质量低劣的廉价酒。他们喝得烂醉如泥。我把他们弄进房间，给他们醒酒，又把他们抬上床。我没有告发他们。想在那种环境下喝醉，谁又能责怪他们呢？他们记住了那件事。”

“还有一次，我们正准备出去锻炼，我意识到一把万能钥匙丢了。这是大事，因为拿着这把钥匙的人能进到任何地方，偷走任何想偷的东西。我把自己的人集合在一起，说：‘在我找到钥匙前，我们不会出门。我不在乎是谁拿了钥匙。我会转身，拿了钥匙的人把钥匙扔在地上。’但没有人扔钥匙。所以我把一个叫弗兰奇的人挑了出来，他是这群人的领袖。这是伯恩斯先生教给我的另一个经验：每个团体都有领袖，他什么都知道。于是我对他说：‘我不想知道任何信息，但我知道你知道谁拿了钥匙。在我拿回钥匙前，我们哪儿也不去，不管是今天、明天还是什么时候。’我给了他五分钟，过后我就要找我的上级了。”

“弗兰奇走进房间，我等在外面。一分钟后，我听到了钥匙扔在地板上的声音。”

“我不会坐在这儿，跟你说‘那是一群运气不好的好孩子’这种话，但有些人确实是这样的。我在那一年买了辆车，我终于说服我爸给了我100美元，让我有钱买车。那是一辆福特敞篷车（直到现在里德开的还是敞篷车），车里的收音机坏了。其中一个孩子说他能帮我修好，我同意了。”

“我去看他修得怎么样时，发现车的发动机在转。他说：‘我不想用光你的电池，所以我用电线短路的方式启动了发动机。’他也修好了收音机。”

“很多孩子在战争爆发后主动参军。好几年后，我仍然能听到其中一些人的消息。如果要我指出从伯恩斯先生那里学到的一件事，就是学会何时信任他人，何时不信任。你看着一个人的眼睛，如果他不敢跟你对视，你可以打赌他在撒谎。如果他敢对视，要么他说的是实话，要么他就是个绝世骗子。”对于说谎，里德还有另外一套理论：“如果一个人说话时手掌上翻，基本可以确定他在说谎。”

毕业后，里德注册进入了一个教育学硕士课程。但这时他已经没有奖学金了，所以他必须去工作。他在华盛顿西北声名远扬的圣阿尔本斯中学找到了第一份教练工作。来到学校后里德发现，圣阿尔本斯上个赛季的成绩非常出色——球队的五名首发全是高四学生。而事实上他接手的是一支全新的球队。

“就这样我们开始了训练。训练进行了三天，情况只能用可怕形容。”他说，“我的意思是，他们什么都做不了。我终于受够了，我停下训练，让所有人在场地中央的跳球圈集合。我拿了一个球，说：‘好了，伙计们，我们从头开始。我手里拿的这个圆东西叫篮球。这个比赛的目标，就是把这个球扔进那两个有网的东西里——那玩意儿叫篮筐。当另一个球队拥有篮球时，你要试着阻止他们把球投进另一个篮筐里。到目前为止，你们听懂了吗？’”

那支球队最终在赛季里打出了相当成功的战绩，赢了十二场比赛中的11场。里德对11场胜利的细节有些记不清了，但他对那1场失利却记得很清楚。“我们的对手是圣公会队。”他说，“那是个大学校，球队水平很高。我们压制住了对手，距离比赛还剩五秒时，我们17比16领先，我们还在他们的篮下拥有球权。我们要做的就是做好界外发球，让他们犯规。就算我们罚球不进，他们也没办法跑到我们的篮下得分。在那个年代，这种情况对手是没法得分的。”

“有一个孩子，我发誓我是有意忘掉了他的名字，不过我记得他是某个国会议员的儿子，他为我们发界外球。突然之间，他传了一个背后传球。1941年那会儿没人这么做。妈的，就算是现在，也没有人在发界外球时干这种事。但他就是这么做了。他把那该死的球直接传到了对方一个孩子的手里，对手完成了压哨上篮，我们17比18输掉了比赛。”

“我想杀了那个孩子。但你在圣阿尔本斯不能这么做，你甚至不能冲他们嚷嚷。如果他今天走进这里，我的第一个问题就是：‘你他妈的到底在想什么？’”

这场高中比赛的失利，在六十多年后还困扰着他吗？

“那是我这辈子最惨痛的一次失利。”

当然，一切并非全都那么糟糕。

里德遇到了一个年轻、漂亮的女孩，她叫多萝西·刘易斯，两人当时都是乔治·华盛顿大学的学生。1941年，里德在圣阿尔本斯做教练的那年，两人结婚了。多萝西后来对里德的传记作家乔·菲茨杰拉德说，里德当初给她的印象，就是一个非常严肃认真要完成人生目标的人。“他的坚持给我留下了深刻印象。”多萝西说，“他是一个目标导向的人。他会设定一个目标，实现这个目标，然后再设定另一个目标，周而复始。”

攻读硕士学位期间，里德在圣阿尔本斯工作了一年。后来，他在华盛顿西北一所名叫罗斯福高中的学校做起了教师和教练。这时候，他和多萝西的小公寓里又多了一个房客——那就是赞恩。

“有一天我给家里打电话，我爸告诉我，赞恩退学了，他想去技术学校。显然，他没有什么基础，但他也不需要基础。他们说他一个月就去上五六天课，平均分却高达94分之类。他觉得很无聊。他想做个艺术家，他一直想成为某种形式的艺术家。”

“我还记得他10岁那年，他找来了一个旧的橙色板条箱，拆开后又用了些虫胶，然后把重量级拳击冠军约翰·L.苏利文的样子画在木头上面。那个东西做得非常漂亮，看起来真的很像苏利文。我特别喜欢，我提出用5美元买下这个东西，对于14岁的我来说那已经是很大一笔钱了。他告诉我，已经有人出价10美元，他答应卖掉了。他用这笔钱买了颜料和笔刷，自学学会了画画。我向来总是说，他才是家里那个真正有才华的人。”

当里德从父亲口中听到赞恩退学的消息，他让父亲说服赞恩，搬到华盛顿和他一起住。当赞恩对这个想法犹豫不决时，里德告诉赞恩，如果赞恩自己不来，他这个做哥哥的就会去布鲁克林，亲手把他拽到火车站。

就这样，赞恩来到了华盛顿。

“里德大概是唯一一个能让赞恩听话的人。”很多年后，赞恩的女婿斯坦利·科普兰德表示，“这两个人大概是我这辈子见过的最顽固的人。赞恩谁的话都不听，但里德的话他会听……有时候会听吧。”

赞恩进入了罗斯福高中，那也正是里德工作并担任教练的地方。由于赞恩和里德住在一起，做哥哥的当然保证自己的弟弟按时上学，每天如此。

里德很快就在罗斯福高中打出了名声。那时候在高中，人们总体上对体育课抱有一种鄙视的态度。学生不喜欢脱掉衣服出一身大汗，洗完澡后再穿好衣服回去上课，而这一切都要在一小时内完成。

所以很多学生——应该说是绝大多数学生，都会在上课时出示家里写的假条，上面的原因多种多样，从嗓子疼到感冒，再到背部有问题。任何能帮他们逃避体育课的借口都会出现。

“有一次上课，五十个学生里有四十人手里有假条。”里德说，“我也无能为力。如果他们有假条，他们就不用上体育课。”

“不过有一天，我在课前把所有生病的孩子集中到露天看台坐下，我对他们说：‘在家时，你们是躺在浴缸洗澡还是淋浴？’几乎所有人都举手，说他们用的是淋浴。于是我说：‘很好。所以，如果你们还没病到不能在家冲淋浴，那你们也没病到不能在这里洗澡。当这节课还剩十分钟时，我要你们全都脱掉衣服去洗澡。’”

“不到一周，我就只剩一个孩子不上课了（显然他是真病了）。这些孩子都明白，如果无论如何都要洗澡的话，他们还是穿好衣服上课为好。”

在罗斯福高中期间，里德和赞恩遇到了海米·珀洛，他是学校篮球和棒球队成员。珀洛希望确定自己未来的生活方向——到底是上大学、找工作还是参军，但他却在操场上用掉了大量时间。篮球赛季结束后，一到下午，那里就成了里德的地盘，他也不会进行训练。

很快，里德就发现珀洛是那里最好的球员，他俩每天上完课后都会进行高强度的一对一比赛。“海米是我这一生见过的最好的年轻运动员之一。”里德说，“我不是说他在当地很强，或者说在华盛顿地区很强。他很厉害，就这么简单。如果他没在战争中受伤的话，他本来可以取得一些成就。”

这一切都发生在奥尔巴赫兄弟和珀洛这三个年轻人参加第二次世界大战之前。大多数时候总是以一副尖酸刻薄、讽刺挖苦形象示人的珀洛，很少让别人看到他对奥尔巴赫兄弟深切的关心。

“里德曾经为我做过什么？”他喜欢这样说，“请我吃了几顿午饭，有什么大不了的。”然后他会停顿一下，开始絮絮叨叨地说起里德在后来的人生中为他提供的帮助。不过最初的回忆，仍是两人当年在操场上的单挑。

“如果有人对你说，里德不是一个强硬、凶狠的对手，叫他们来找我。”海米说，“我觉得我身上到现在还有六十年前我俩单挑时留下的伤。他的水平没我高，不过他已经够厉害了，让比分相当接近。他又抓又挠，为了取胜什么都干。”

“有一天下午，我记得我带着自己的弟弟。我那时候还得做保姆，我弟弟才6岁。我俩正在打球，我弟弟走过来，说他感觉不舒服，想回家。我跟里德说，‘我得走了，因为我弟弟病了。’”

“他看了看我，说：‘先打完比赛！’他是认真的。我打完了比赛。如果丹尼尔真的病了，吐了，或者受伤了，情况就不是这样了。至少我认为我俩不会继续打下去。”

和在圣阿尔本斯时一样，里德在罗斯福高中的球队也很成功。但是，和在圣阿尔本斯一样，这里也伤了里德的心。

“我在那里的两年，我们的成绩都很好。”里德说，“有一年，我们在常规赛取得全胜，另一年我们只输了一场。第一年，我们打进季后赛，比赛还剩几秒时我们领先一分。对方孩子把球带到中场出手，球进了。我们输了一分，我简直不敢相信。这和圣阿尔本斯那次不一样，我的球员没做错什么。那孩子就是投进了一个奇迹般的球。那种感觉糟透了。可这种情况在人生总会出现一次，或者两次，对吧？”

“第二年，我们又进了季后赛。又是一场比分紧咬的比赛，我们又在比赛还剩几秒钟时领先了一分。我心里想：‘老天，这跟去年的比赛太像了。’最后几秒，他们发界外球，孩子跑到中场出手投篮。你猜结果是什么——球又进了！这一次我真的没法相信了。怎么会连续两年发生一模一样的情况？不过这也是我得到的教训：无论是篮球还是其他运动，你不能把任何事看作理所当然的。任何你认为不可能发生的，不仅可能发生，而且很有可能就会发生。”

值得注意的是，当里德讲述这些年他做球员、教练、总经理和球队总裁的经历时，他仍然会突出这三场业务水平比赛的失利。部分原因在于高中和大学比赛季后赛阶段“一场定胜负”的赛制，一场失利就会让整个赛季走向终点。在NBA，你要输掉不止一场比赛才会回家。

“我记得有几次在NBA总决赛里输掉第一个主场比赛，那是一种艰难的局面，因为你给自己挖了一个坑。”里德说，“但是你有逆转的机会。我记得有一年，我做总经理时，卡里姆·阿卜杜尔-贾巴尔在第六场里用一个勾手击败了我们。那场失利很让人心痛，但系列赛并没有因此结束。”

“高中的比赛，尤其是那两个半场的投篮，真的很伤人。因为你无法走进更衣室对球员说：‘好吧，他们今天走运了，明天我们再去击败他们。’因为没有明天了。”

同样，里德和罗斯福高中也没有第三年的缘分了。那是1943年，第二次世界大战正在进行中。读完高中的赞恩加入了海军陆战队。海米加入陆军，并且开始接受空降兵训练。里德加入了海军。

“是雷因哈特为我安排的。”里德说，“他在海军里有朋友，所以当我们被要求排好队，由对方指定我们去哪个军种时，雷因哈特确保让那个人指着我说‘海军’。”

那时，除了是雷因哈特要求里德这么做的之外，这件事看上去并没有什么了不起的。但事后证明，1945年加入海军，为里德指出了一条将会终结他教师和高中教练生涯的新道路。

3

加入海军——看到真正的美国

“我跟你讲过我是怎么认识乔·迪马乔的吗？其实那是因为我在海军服役时认识了菲尔·里兹图和约吉·贝拉[①]。好家伙，里兹图的运动能力实在太强了。他是个小个子，但他什么都能做。”

“战争结束后，我去纽约或者洋基队来华盛顿时，我都会和贝拉、里兹图出去吃饭。有一次他俩把迪马乔叫上了，这家伙真让人敬畏。伟人们，你要知道，真正的伟人们永远不会说自己有多伟大，也不会卖弄炫耀，拉塞尔就是这样的。迪马乔退役后，我有时候在纽约能见到他。我注意到他身上的一点，其他运动员也都一样，就是他对比赛的想念。你可以很明显地看出来。即便像他那样获得那么多荣誉的人，他也愿意重新回到赛场。这种感受最痛苦。无论你多么伟大，你也无法重回赛场了。”

里德笑了一下。“当然，除非你是迈克尔·乔丹。”

结束基础训练后，里德被派驻到弗吉尼亚州的诺福克海军基地。里德那时已经被提升为上士——战争期间的晋升速度都很快，再加

---

① 奥尔巴赫提到的迪马乔等三人，都是30年代到40年代获得近十次MLB世界大赛冠军的纽约洋基队的传奇球员。——译者注

上有做教练的背景，里德被指派负责整个基地的娱乐活动。战争期间有很多职业运动员参军，里德和其中不少人成了朋友，包括前面提到的纽约洋基队明星游击手菲尔·里兹图。里兹图之所以留在诺福克，仅仅因为基地指挥官不让他去训练学校。里德最初被派到大湖海军基地，随后前往培训学校训练，最后才被派遣到诺福克。

“当时的情况是，一旦去过培训学校，你就会晋升为上士。”里德说，“随后你总会被派到其他地方驻扎。基地指挥官想让里兹图留下来参加那里的棒球队，所以才不让他去培训学校。所以他算是被困在那个地方，一直是个水手，没能得到晋升。那不公平。”

无论公平与否，里德和里兹图建立起了一段友谊。他们一起打篮球，里德很喜欢他的幽默感，也欣赏他在篮球场上的拼搏精神，尽管里兹图的身高只有5英尺7英寸。里兹图后来介绍里德认识了另一个年轻的水手，这个来自圣路易斯的孩子名叫劳伦斯·彼得·贝拉，也就是朋友口中的“约吉”。那时候贝拉是洋基队体系下的小联盟球员。“里兹图想照顾他，因为他俩都是意大利裔。”里德说。

诺福克海军基地里到处都是职业运动员和前大学运动员，鲍勃·菲力克和约翰·诺兰德这两个大学篮球明星也在这里，还有棒球球员查理·魏格纳和杰克·怀特，芝加哥白袜队的接球手克莱德·麦卡洛也在那里驻扎。基地里的篮球赛强度很大，比赛质量很好，竞争非常激烈。

因为在华盛顿住过，所以里德对30年代兴起的黑人巡回表演球队很熟悉。有不少球队去过华盛顿，和当地的里奇曼熊队（球队老板名叫里奇曼）打过比赛。熊队当年是一支篮球强队，他们几乎没有输过比赛。他们大部分主场比赛都是在周六下午进行，比赛地点位于华盛顿西北部14街和W街交汇处的特纳体育馆。

周日一般是海军基地的休息日。里德想出了一个主意，他组织起一批球员，开三个小时的车，到华盛顿和熊队打比赛。他给里奇曼先生打了电话，说明自己的身份和自己带来的球队，里奇曼给了他300美元，让他把球队带到华盛顿比赛。

“我带了五个人和我一起。”里德说，“克莱德·麦卡洛是我的司机。我跟其他人说，300美元我要拿走三分之二，因为比赛是我组织的，我除了上场打球还要做教练。他们说没问题。到了比赛场地后，整个球馆都坐满了。他们打得太好了，他们可以连赢一百场比赛。”

“那时候很多比赛只有三节，每节十五分钟。我做的第一件事是检查篮架。其中有一个篮筐有点松，于是我说我们应该第一节和第三节朝这个篮筐投篮。整座球馆只有六个白人——就是我们六个。比赛开始后，我们打得很胶着，你能感觉到观众都在支持我们。我们不被看好。没有人认为我们能击败对手，但我们还是赢了。他们已经很长时间没有见过像菲力克和诺兰德这么厉害的球员了。”

“他们立刻向我们提出挑战，要我们再来打一场比赛。我告诉他们，我不能保证我们什么时候有时间回来，但我们愿意比赛。我们后来又去打了两次比赛，先赢了一场，后来他们赢了一场。那些比赛真好看，非常有意思。那也是我第一次做成年人的主教练，对我来说，那是一段很好的经历。”

里德一直没有被派到海外参战，但海米·珀洛就不一样了。1944年6月16日，诺曼底登陆后十天，他在安奇奥战役中被空投到法国南部。在那一天参加空投作战的五百五十人中，有三百人因为计算错误被空投到地中海而死亡。海米是幸运儿中的一个。他降落到了陆地上，但立刻就被击中了腿部。海米一瘸一拐地走着，在他试图寻求帮助时，他看到一名同班的士兵漂在湖面上，因为被击中而无法移动。海米跳进湖里，把另一名伞兵带到了安全地带。

里德喜欢说：“人们无时无刻不在谈论体育中的英雄主义，他们应该谈论的是海米。他可以告诉你什么是真正的英雄主义。”

因为英勇的表现，海米获得了银星勋章，但是想跟他谈论这件事却并不容易。他对任何事都有自己的看法，无论是莎士比亚还是所罗门王。可一旦提到战争经历，他就立刻沉默起来。

“任何对你说战争就是英雄主义的人从来就没参加过战争。”海米会这么说，他极有活力的个性随即被一种非常柔和的声音取代，声音小到一个人必须靠近他才能听清，“战争没有英雄，战争是痛苦，是绝对的苦难。任何一个人参加战争后，回来的都是另外一个人，无论他们有没有被击中，无论他们是否因为背着一个傻瓜从湖里走出来而获得银星勋章。”

“我是幸运的，我活了下来。我没法告诉你湖里那个人的名字，因为我想不起来了。我不想去想。我做了自己必须做的事，做了该做的，我相信那个人也会对我做同样的事。那里没有什么英雄。我做过的最英勇的事，就是活下来。我没有跳进地中海，我活着从那里走出来了。”

“我很骄傲自己在美国陆军中服役过，我为我们在那里做的事感到自豪。我们完成了自己的工作，我们必须拯救生命。但我不想去想那里的情形，不想去回忆我看到的一切。”

海米几乎每周三都会和二战老兵及其他战争老兵一起，到美国退伍军人协会一起吃午饭。他们在一起谈论很多事情，比如球赛，比如孙辈或天气。至少当海米在场时，他们从不谈论战争，从不谈论英雄主义。

赞恩最终进入了海军陆战队。有两个月的时间，赞恩是在一艘运兵船上度过的。由于正好赶上几次风暴，因为风浪实在太大，那艘运兵船不得不沿原路后退了几天。赞恩被指派为火炮观察员，他是第一拨登陆的海军陆战队员，由他为后续炮火攻击指定目标。赞恩毫发无伤地回到了家，但是和海米以及很多人一样，他的心里从来不愿意谈论战争岁月。

1944年底，里德被调回到华盛顿地区的贝塞斯达海军医院，成为一名复健指导员。医院有一座体育馆，里德经常在里面打球。其中一个到贝塞斯达锻炼的人是弗雷德·戴维斯，当时他是华盛顿红皮队的阻截球员。里德和他经常一起锻炼，这意味着两人在篮球场上进行一对一单挑。在那个年代，职业球员需要在休赛期另找工作贴补家用。华盛顿红皮队、费城老鹰队和纽约巨人队各自组建了篮球队，在美国东海岸巡回，分别进行表演赛。有时候他们在自己所在城市比赛，其他时候他们会前往一些小城镇，对于那些地方的人来说，看到职业美式足球运动员打篮球不仅是一件很新奇的事，也让他们有机会在寒冷的冬夜获得一些乐趣。

红皮队需要有人在1945年冬天担任球队的主教练，听说了里德拥有高中篮球执教经历后，弗雷德·戴维斯便去问他是否对这份工作有兴趣。里德当时仍然打算从军队退役后回高中做教练和老师，但他觉得去红皮队做教练应该会很有趣，自己也能多挣一些钱。他同意了戴维斯的提议。作为篮球历史上最伟大的教练，里德职业生涯的最初，不过是一支美式足球队的篮球教练。

在华盛顿时，红皮队的主场是尤莱体育馆，位于西北部第三街和M大街交汇处。体育馆的老板迈克·尤莱做的是制冰产业。“他在制冰方面大概有七十个专利。”里德说，“我估计，除了其中的六十九种，其他的我都能理解。但他就在自己制冰厂的旁边建了一个体育馆，还成立了一支小联盟的冰球队在那里打球。没有比赛的时候，他到处寻找愿意租下体育馆的人。”

显然，尤莱对于租借他体育馆的这支打篮球的美式足球队非常好奇，所以他有时候会溜达到自己的体育馆，看里德的球队打球。如今在华盛顿具有神一般地位的红皮队当年吸引观众的能力也相当强大。“那个地方大概能坐五千人，我们一晚上大概能吸引三千多观众。”里德说，“那相当不错了。我们的收费大概是5美元，离场地远的地方收3美元。我们的收入还不错。”

里德在这支球队执教了两个冬天。1946年初，里德从海军退役，他原本计划在那年秋天回到高中继续做老师和教练。但是在秋季学期开始前，又有一个机会摆在了他的眼前。

二战结束后，尤莱和其他七个人一起，决定组建一个职业篮球联赛。对于尤莱来说，篮球队不过是另一种让他尽可能多获得收入的途径之一。新成立的全美篮球联盟（BAA）的球队分布在纽约、波士顿、多伦多、克利夫兰、芝加哥、圣路易斯、费城、普罗维登斯、匹兹堡、底特律和华盛顿。球队里的球员都是刚刚从大学毕业或者从军队退役的人，一个赛季共有六十场常规赛。

1946年夏天，里德去见了迈克·尤莱。“你需要教练。”里德对尤莱说，“我有这个能力，我也认识足够多的人，能迅速组建起一支有实力的球队。”

里德的自信给尤莱留下了极深的印象。他已经见过里德执教红皮队的成绩，所以他知道里德能够执教职业球员。更重要的是，如果不聘请里德这个刚刚从海军退役、主动提出要求、自信的28岁年轻人，尤莱根本不知道自己该去聘请谁做教练。他同意付给里德5000美元，让他去组建一支球队。

“我心想，为什么不试一下呢？”里德说，“我喜欢做教练，我觉得自己有机会，能把这份工作做好。我不知道联盟会发生什么情况，但我想，最差的不过获得一次教训而已。”

另外，当年如果回学校做老师和教练，里德一年能挣到2900美元。所以尤莱的5000美元几乎相当于让他的薪水翻了一倍。

即便如此，绝大多数里德的朋友还是认为他疯了。职业篮球？那到底是什么东西？他努力了那么久才获得的教育学硕士，就是为了让他做一支职业篮球队的主教练？等到两年后联盟倒闭时他该怎么办？

“我跟他说他疯了。”海米说，那时他已经从欧洲战场回国，在乔治·华盛顿大学上学，“他有机会在高中成为一个受人尊重的老师和教练，而他居然想把时间浪费在没用的事情上。他当然不听我的话，他谁的话都不听。”

有一个人认为里德没有发疯，那就是赞恩。“无论做什么，他都能做到很好。”赞恩表示，“关于里德，有意思的是，尽管他总是表现得那么自信，但他从来不知道自己到底有多聪明。他总是在说我有才华。他的才华表现在与人交往方面，他认识人、理解人。我知道他能做个好教练，我只是不知道联盟能否取得成功。当然，没人知道。”

里德那时候并不是特别担心联盟的未来。他只对当下有兴趣，也就是组建一支球队。“我花了差不多300美元电话费。”里德说，“我先是给自己在海军里认识的人打电话，比如鲍勃·菲力克和约翰·诺兰德。他们告诉我一些过去队友的名字，我再打电话找到自己大学时的队友和对手。菲力克带来了（胖子）弗雷迪·斯科拉里，他已经和圣路易斯的棒球队签了合同，但他的左眼视力有问题。作为一个用右手击球的人，斯科拉里担心自己看不见内角球，担心自己因此受伤，所以他决定打篮球。有一个我真正想签下、但自己又不认为能够签下的球员，是伯恩斯·麦金尼。他身高6英尺8英寸，跑动能力很强，还能投篮。但有人告诉我他已经和芝加哥的球队签了合同，我觉得自己要失去他了。”

“我觉得不管怎么样也得给他打电话，确定一下消息。他对我说：‘我还没真正和他们签合同，但我准备下周坐火车过去，那时候再签合同。’我说：‘火车？你要从北卡罗来纳州坐火车过去？’他说他不喜欢坐飞机。他说他会坐火车，先到华盛顿，休息几个小时，吃点东西，然后再连夜赶火车去芝加哥。”

“我跟他说，我有个主意。‘我会在联合车站和你见面，请你吃顿晚饭。’他同意了。我跟他见了面，带他出去吃了顿饭，我说：‘他们准备给你多少钱？’他说是6750美元。我跟他说，我们也给他6750美元，而且球队在东海岸，他离家更近，由于大部分球队在东部，他也不用坐太多的飞机。他接受了我开出的合同，没去芝加哥。”

麦金尼后来成为联盟中的优秀球员之一，他和里德成了一辈子的朋友。在麦金尼从联盟中退役、前往维克森林大学执教后，这段友谊让两个人都得到了收获。

建队的第一年，华盛顿国会队简直就是里德慧眼识英雄的活证据。他们取得了49胜11负，这是全联盟的最佳战绩。他们的主场战绩是28胜2负，他们在尤莱球馆打球时，球票要么售罄，要么接近售罄。主场战绩确实能反映球队的水平，但据里德说，能取得这样的成绩，也是因为拥有独特的主场优势。

也就是老鼠。

“你不会相信尤莱球馆里有多少老鼠的。”里德说，“我说的是大老鼠。当球队走出更衣室，站在通向场地的通道时，当你向左右的观众座位下方看时，你能看见黑暗中那些大大的绿色眼睛在盯着你。我的意思是，有几百双那样的眼睛。你看啊，球馆旁边就是联合车站，很多老鼠从那边被吸引过来了。另外，它们还能闻到爆米花和其他食物的味道，一路追到球馆。我们就像是老鼠吸铁石一样。我们的球员已经习惯了，但是客队球员会说：‘这他妈是什么？’我们会跟他们说不要担心，一般来说，它们正常比赛都会在座位下面呆着，比赛期间会有不少于十几只的老鼠从里面跑出来。当走上球场打球时，有些人真的吓坏了。”

“最后，我们决定必须采取行动了。于是我们买了一只我们所能见到的最大、最凶狠的猫。我们因为麦金尼给这个猫起名‘老伯恩斯’，因为这只猫身子长、速度快，还特别凶。有时候打比赛的时候我们会看到这只猫全身伤痕累累的，哪儿都是伤。它抓了不少老鼠，但它没能消灭所有老鼠。”

当然，老伯恩斯也不是唯一一个致力于消灭老鼠的力量。“有一天上午我来得比较早，因为我们要在体育馆里训练。走进球馆时，我看见一群人手里拿着猎枪。我认出了这些人，因为他们都在球馆工作。我说：‘这他妈发生什么了？’他们告诉我，他们今天都愿意提前上班，打开大灯把老鼠从座位下赶出来，朝它们开枪取乐。谁知道他们打死了多少只老鼠！即便如此，每天晚上打比赛时，座位下面还是有老鼠。”

十一支球队中，有四支球队进入了那个赛季的季后赛，里德的国会队必须在首轮面对芝加哥的球队，赛制为三场二胜制。他们被横扫出局，多少年前，这次失利仍然让里德耿耿于怀。这个系列赛，也将是里德与众多裁判漫长且不平坦关系的开端。

“有一个家伙，我不记得他的名字了，因为我不想记住。他绝对在系列赛第一场里故意整我们了。”里德说，“假如说我们被吹了三十次犯规，其中有二十九次都是那家伙吹的。说真的，我不知道到底怎么回事，但那王八蛋就是在整我们。也许他不喜欢我的风格，但谁知道呢？不过我跟你说，第二年他就没在联盟工作了。后来他去NCAA的大十区做裁判，他们又把这王八蛋踢走了。做得太对了。”

里德是个记仇的人。

从一开始，里德就是个创新者，他对任何细节都有着细致入微的观察。在第一个赛季里，他创造出了“第六人”。如今，关注篮球的人将“第六人”看作是一种自然而然的概念，这种观念得到了极大的认可，甚至连NBA都会在每个赛季颁发最佳第六人的奖项。如今，很少有球队会将队中五个最强的人全部排进首发，他们总会让某个人做替补，从而在比赛初期为球队提供额外的活力。几乎所有第六人都会在比赛的最后时刻留在场上，而他也通常会是球队的三大得分手之一。有时候，第六人甚至还是球队的得分王。

但40年代却不是这回事。传统观念认为，一支球队应该让最强的五名球员首发，在他们感到疲劳、或者因为犯规不得不换上替补前，球场上应该一直保留首发阵容。里德认为，如果每半场先让自己最好的五名球员之一先休息六分钟、八分钟或十分钟，球队就能获得优势。“当一场比赛或半场比赛开始后，两支球队都会进入特定的节奏。”里德说，“比赛进行一会儿后，双方都会感到疲劳，每个人都会失去一些节奏。我的想法是：‘如果那时候我让自己最好的两三名球员中的一人上场，他体力充沛，他就能抓住别人疲劳的弱点。因为体力充沛，他有可能立刻打出一些有效的战术。反过来，这又能为其他队友带来活力，让整支球队活跃起来。’”

华盛顿国会队的第六人是厄夫·特格夫。里德在波士顿凯尔特人执教的最初，弗兰克·拉姆西是球队的第六人，接下来是约翰·哈弗里切克。后来当里德当上总经理后，保罗·西拉斯和凯文·麦克海尔担起了第六人的重任。这些都是全明星球员，拉姆西、哈弗里切克和麦克海尔也都入选了名人堂。

里德还做了其他更细微的事情。“我总是让最高大的球员坐在我身边。”他说，“这样的话，无论是争抢球，还是我觉得可能要跳球，我都会立刻把他派到技术台边上，裁判哨声一响就能把他换上场去跳球。”

联盟终于搞明白了里德的做法，于是他们修改了规则，使得跳球的两个人必须是之前共同接触到球的两人。很多年后，里德又想出了另一个能在跳球上帮助球队的做法，即“阿卜杜尔-贾巴尔规则”。

“卡里姆进入联盟后，联盟里没有一个人能在跳球上争过他。”里德说，“在80年代，如果我们想赢得总冠军，我们就要击败湖人队。如果每节开始都要跳球，那么有贾巴尔做跳球人，湖人每一次开场都能控制住球权。所以我建议，除了第一节外，其他三节取消跳球，每节开始由不同球队发球。我对每个人说：‘听着，裁判直线抛球的水平不怎么样。’我说的都是实话，‘所以咱们就帮他们省点事，一场比赛只跳一次球吧。’他们采用了这种做法。所以相比湖人每次开始都能获得球权，现在是他们有两次球权，我们有两次球权。”

比赛场之外，里德也想出了让生活变得更轻松的方法。那时候航空刚刚成为美国人生活的一部分，坐飞机并不舒服（其实现在也不舒服），所以球队一般乘火车出行。一般人认为睡下铺更方便，更舒服。了解到自己手下只有半数球员能得到下铺后，里德有一天对全体球员说，因为有人告诉他，上铺比下铺长3英尺，他已经测量过好几辆火车了。“事实证明他们说的没错。”里德说，“我过去根本不知道这事，不过既然这种说法是真的，那么让个子高的人睡上铺、让他们有更多的伸腿空间，我想这种做法也就是合理的了。”

没有人提出反对。

当然，从来没有人跟里德说过火车上铺更长这事；自然，里德也从没去量过什么尺寸。但是这么做，球员们在火车上就不会再因为谁睡上铺谁睡下铺的事争吵。

接下来在国会队执教的两个赛季和第一个赛季没什么区别。球队的常规赛战绩很好，但却总是在季后赛遇到麻烦。他们在1949年打进了总决赛，但输给了克利夫兰的球队。即便在那个年代，季后赛和常规赛的比赛风格都存在区别。里德向球队灌输了雷因哈特的快攻理念，常规赛期间，球队能够高效地使用这种战术。但是到了季后赛，提速的唯一办法就是控制篮板球，但国会队没有一个篮板高手。对手会减慢比赛节奏，消除国会队的优势。

到1949年的赛季末期，里德和迈克·尤莱的关系处得并不好。尤莱想要总冠军。里德当然也想，但他不觉得迈克·尤莱能够理解，拿冠军并不像球队在常规赛表现的那么简单。“他从来就不懂篮球。”

里德说，“他懂冰球，他不算真正理解篮球。”

沮丧中的里德得到了杜克大学运动主管艾迪·卡梅隆开出的一份合同。卡梅隆希望找到一个助理教练，但这个助理教练在和主教练加里·杰拉德合作时，又不算一个助理教练。里德对做助理教练没什么兴趣，但这里的情况却很特别：加里·杰拉德患有癌症。无论杰拉德本人还是卡梅隆，都不知道他还能做多久的主教练。两人都希望，一旦杰拉德无法在赛季中继续执教下去的话，身边能有一个既了解球员又熟悉学校的教练。严格来说，由于学校没有助理教练的职位，里德实际上担任的是顾问。他拿的是体育老师的薪水，如果需要的话，他也能做教练。

里德感到犹豫不决。他有点被说动了，因为杜克大学的校园环境很好，而且拿到的薪水也比现在高，他觉得自己需要离开华盛顿。另一方面，里德又有一种毛骨悚然的感觉。“从一个角度看，他们给了我一份工作，我要做的就是等待加里去世。他们对我说，一旦加里不再执教，他们不认为他还会回到学校。加里说他对这种情况没有意见，他希望有人在身边。但对我来说，这一切还是有种诡异的感觉。”

最终，里德接受了这份工作。过去他从未在大学做过教练，他认为自己刚刚组建不久的家庭能够享受南方农村的田园生活。里德和多萝西的大女儿南希在1946年出生了。南希·奥尔巴赫患有严重的哮喘，里德、多萝西、还有多萝西做儿科医生的父亲，都认为更温暖的气候有利于小女孩的健康。这也是里德接受杜克大学工作的原因之一。

事后证明，里德对杜克大学的判断完全正确。他喜欢这所学校，也喜欢那里的球员，但那种现状却总是让他感到不舒服。由于严格意义上他并不是助理教练，里德觉得自己参加训练并不合适。“感觉我站在那里就像在给球员们发出一种信息，好像在跟他们说，我是最终管着他们的人。”里德说，“加里希望我和球员在一起，让我试着帮助他们，所以只要他们有时间，我就会去帮忙。”

其中一个里德花了不少时间训练的，是迪克·格鲁特，他后来入选了全美第一阵容，也是杜克大学历史上第一个获得球衣退役待遇的人。“我可以真诚地说，里德在三个月里教给我的篮球知识，比其他任何水平的任何教练教给我的都多。”五十多年后，格鲁特这样回忆道，“他让我意识到自己比赛中的问题，而那些是我过去从来没想过的。当我在NBA打球时，有时候我脑子里还会响起他的声音，听见他告诉我该去做什么。如果他留在杜克大学，他肯定能成为一个伟大的大学教练。我只希望自己能得到一个机会，真正在他的球队里打球。”

与愿望正好相反，格鲁特1952年从杜克大学毕业后，在NBA里成了里德的对手。格鲁特后来放弃过一段篮球，成了职棒大联盟的全明星球员，分别效力于匹兹堡海盗队和圣路易斯红雀队，接着又到底特律活塞的前身韦恩堡佐纳活塞队打过比赛。那个时候，里德已经成为凯尔特人队的主教练。因为和格鲁特一起训练过很长时间，里德对他的打法非常熟悉。“我跟比尔·沙曼说，如果他接到传球后把球往下放，那就退后一点，他要突破了。如果他把球举过头顶，这说明他要么准备投篮要么传球，你可以贴上去防守。关键在于避免让他进入禁区，因为他太强壮了，只要他在那个地方接到球，他会给任何球队带来麻烦。”

格鲁特整场比赛一分未得，那是他职业生涯唯一一次被对手防得没能得分。凯尔特人轻松取胜。碰巧的是，那天晚上两队乘坐的是同一列夜班火车，各自奔向下一场比赛所在的不同城市。

“我对于发生的一切处于绝对震惊之中。”格鲁特说，“我不记得自己这辈子在比赛中出现过不得分的情况。我知道是里德对我做的。等我们在火车上都安顿好之后，我过去找到了他的隔间。我敲了敲门，听到一个声音说：‘快进来，迪克。我一直在等你。’”

格鲁特走了进去，恳求老教练告诉自己到底对他做了什么。里德解释了他的动作如何出卖了自己。

“看到了吗，我犯了个错误。”很多年后里德这样说，“我太喜欢那个孩子了。我知道他会来问我做了什么，于是我告诉了他。下一次我们再跟他比赛时，他得到了22分。我真的不该告诉他那些事。”

尽管里德很喜欢与格鲁特及其他球员合作，但是自己等待杰拉德去世的事实，这种感觉让他无法忍受；至少，这种如坐针毡的感觉已经让他到了再也无法执教的地步。赛季开始后不久，本·肯纳就联系到了他，本·肯纳当时是三城黑鹰队的老板（球队位于伊利诺伊州莫林、伊利诺伊州洛克岛和爱荷华州达文波特三个城市的交汇地区）。肯纳刚刚炒掉了自己球队的主教练，他正在寻找能立刻填补这个空缺的人。他知道里德在华盛顿的工作质量，也知道里德此刻并不是真正在做教练。里德对他的提议会有兴趣吗？

当然。“我觉得，在我自己内心深处我是知道的，我还是会回到NBA。”里德说，“我喜欢在国会队执教的感觉。没能赢得总冠军很让人沮丧，但我还是很喜欢和那些人在一起，喜欢迎接挑战。可能换一个环境我也愿意做大学教练，但我也不确定。我不确定自己是否愿意在招募学生的过程中讨好每个人。我认识的每一个大学教练都跟我说过他们如何痛恨招募学生的过程，我毫不怀疑自己也会痛恨那个过程。”

就这样，里德的大学教练生涯还没开始就结束了。他在1949年9月来到杜克大学，没到新年便离开了学校。离开时，里德情绪复杂，但他知道自己必须迈出这一步。

加里·杰拉德后来完整执教了1950赛季，然后退休，他在那年夏天去世。“我真的不知道如果自己在杜克留到赛季结束会发生什么。”里德说，“可如果我没在下半个赛季回到NBA的话，谁知道我最后会到什么地方。当然，那年冬天既漫长又艰苦。本·肯纳和我算不上完美搭档。”

问题并不复杂：里德认为自己比肯纳更懂篮球，他认为自己应该在任何人事问题上拥有最终决定权。肯纳认为自己是老板，如果他想做出改变，他就有权利做出改变。

两个人其实都没错，但里德无法接受一个老板在不咨询自己意见的前提下就有改变球队阵容的做法。如果要他做球队的主教练，他要的是执教一支自己想执教的球队，而不是球队老板想让他执教的球队。这两个同样固执而骄傲的人发生冲突，也就是不可避免的了。

里德与肯纳关系的最终破裂，始于肯纳决定换来身高6英尺5英寸、能够为球队带来活力的前锋吉恩·英格鲁德。他想用球队的替补中锋约翰·曼肯交易英格鲁德。

“我跟他说，我们决不能做这笔交易。”里德说，“我们的中锋都不算优秀，但两个人在一起却是很有实力的组合。如果交易走曼肯，到了季后赛身体对抗激烈的情况下，球队就会遇到麻烦。我知道肯定会这样，我跟本解释，他说：‘好吧，我不做交易。’我们去客场打比赛，我接到了他的电报，上面写着‘用约翰·曼肯换来了吉恩·英格鲁德’。我生气极了。在那之后，我知道自己只有离开一条路可走。”

当凯尔特人老板沃尔特·布朗在那个赛季结束后致电肯纳，询问他是否有机会聘请肯纳的主教练时，他意外地得知自己居然可以签约对方的教练。里德在离开杜克大学时和肯纳签订的是一份两年的合同，可如果里德不执行第二年的合同，肯纳举双手赞成。

就这样，里德在一年内第三次收拾起了行囊。在那之前，他和多萝西深谈了一次。当里德前往三城黑鹰队执教时，多萝西和南希并没有跟来。可能因为全家住在乡村的一栋房子里，南希在达勒姆的生活并不顺利。大冬天带着她前往冰天雪地的中西部地区毫无疑问被否决了，所以妈妈带着女儿回到了熟悉的华盛顿，而且多萝西的父亲也在华盛顿附近。如果南希需要医生，他的外祖父也能帮上忙。

现在的问题，变成了要不要去波士顿。无论是多萝西的父亲，还是另一个经常照看南希的儿科医生，都认为波士顿寒冷的冬天不适合一个患有严重哮喘的小女孩。里德和多萝西决定，多萝西和女儿应该留在华盛顿。里德会在波士顿租一套公寓，只要日程安排允许，他就会回华盛顿和家人在一起。在那个年代，一个赛季的长度比现在短很多，总决赛通常在四月初就结束了，所以里德当初的这个想法并没有现在想象的那么恐怖。可即便如此，这仍是一个艰难的决定。不过里德相信，最终，这会是一个正确的决定。

“一方面，这对南希来说显然更好。”他说，“多萝西同样也能更轻松一些，有父亲在身边，她生活得更自如一些，她也不必应对生活在波士顿所要面对的所有执教的压力。她总是很在意报纸上写的那些我的坏话，那些东西深深地困扰着她。如果在波士顿生活，她会比在华盛顿接触更多那样的言论。”

“另一方面在我。赛季进行期间，我从来就不是一个好相处的人。我无时无刻不处于疲劳、易怒和紧张的状态。这也是我年纪不大就不再做教练的原因之一，这份工作让我精疲力尽。如果让我的家人在赛季中的每一天都不得不忍受我，我不知道最终会变成什么样子。这个决定并不容易做出，但从长远来看，那是正确的选择。”

于是，在1950年夏天，里德让多萝西和南希搬进了华盛顿西北使馆街的一栋房子。训练营开始后，里德来到波士顿。在凯尔特人做教练的最初几个赛季，他住在莱诺克斯酒店。“最开始几年，我一个月的房租是100美元。”里德说，“后来来了个新经理，价涨了一倍成了200美元。没问题，这钱我掏。结果第二年他又翻了一倍，变成了400美元。”

“我受够了。那天我走到保德信大厦，租了一间公寓。当莱诺克斯的老板听说我因为涨房租而离开时，他很生气。他提出一个月只收我100美元，让我搬回去。我说：‘别折腾了，我已经签完合同了。’”

里德又露出了他略显邪恶的笑容。“我猜那个经理没过多久就被炒了。”

4

欢迎来到波士顿

“我跟你讲过我是怎么得到库西的故事吗？我其实不是很想要他。说实话，我根本不想要他。他在新英格兰地区是超级巨星，因为他是圣十字学院的球星，在那个年代，大学篮球的影响力可比职业篮球大得多。所有媒体都说在选秀时我应该选他。我的回答很简单：我是来组建球队的，我对本地的乡巴佬没兴趣。”

里德接受沃尔特·布朗的邀请，接手了一支极为糟糕的球队。在主教练埃尔文·“多吉”·朱利安的带领下，凯尔特人在1949–1950赛季打出了队史最差的22胜46负，这意味着他们在选秀中拥有状元签。于是在抵达波士顿后不久，里德发现自己面临着极大压力，外界要求他用状元签选下鲍勃·库西这个本地人眼中的英雄。

“我看过库西的比赛。”里德说，“他打球很花哨。他不是第一个使出背后运球的人，鲍勃·戴维斯才是第一个，但却是他让背后运球流行起来。本地媒体都在给我施加压力，要我选库西。我没兴趣哄媒体开心——毕竟有一支篮球队等着我去管理。靠后卫打造不出一支球队，你得要大个子内线球员。所以轮到我挑选新秀时，我选了鲍林·格林大学的查理·谢尔。他身高6英尺8英寸，又高又壮。后来我用他换来了鲍勃·布伦南、比尔·沙曼和鲍勃·哈里斯。事实证明那是一笔很不错的交易。可是因为没有选库西，所有人都在指责我。我这么一个城市里的新人，就这样拒绝了本地的英雄。”

里德并没有被吓到。事实上，选秀结束后不久，选了库西的那支芝加哥球队就倒闭了。有三名球员进入了遣散选秀，供联盟成绩最差的三支球队选择，这其中就包括凯尔特人队。联盟决定，确定哪个球员该去哪里的最公平方法，就是把三个球员的名字放进一个帽子里，由球队抓阄决定。

“如果我有选择，我的第三选择才是库西。”里德立刻表示，“其他两名球员（麦克斯·扎斯洛夫斯基和安迪·菲利普）都是已经证明过自己的职业球员。菲利普有着很长的臂展，他是个出色的防守球员，扎斯洛夫斯基的得分能力很强。库西只是个新秀。”

里德没能如愿。凯尔特人从帽子里抽到的是库西，里德被迫接受了这个本地“乡巴佬”新秀——这个球风花哨、无法围绕其打造球队的小后卫。尽管如此，里德对库西的态度，在两人见过面后很快发生了改变。

“我挺惊讶的，因为看他打球，我以为他会是个喜欢大喊大叫、趾高气扬的那种人。”里德说，“但他不是。他是一个安静、谦逊的人，和他的球风差别很大。另外，等我们开始训练后，我能看出来他打球那么花哨是有目的的。他不是为了传出花哨的助攻而传花哨的球，他那么做，因为那是把球传到需要位置的最好方法。不过，我还是在训练没进行多久就和他谈了一次。我希望他能理解为什么我说自己想要扎斯洛夫斯基或菲利普，他理解了。然后我对他说：‘现在我有机会更近一步观察你打球了。你传球的手法已经超越了你的时代，但我希望你能理解一件事。你可以用自己想用的任何方法传球给别人。你可以从两腿中间传球，可以背后传球，可以体侧传球，也可以不过肩或者向后传球，我不在乎。但我跟你说一件事：不管你怎样传球，最好有个人能接住你的球。如果其他人没接好球，那就是你的错。如果球砸到队友胸口他把球丢了，那也是你的错。如果你自己失误丢球，那你就别想上场了。'"

"我也不是对他严厉，但我一直认为，95%的失误是由传球人引起的，我希望他能明白这一点。不过他真的非常棒，当他必须改变打法时他就会调整。有一次他的肩膀出了点问题，于是他想出了侧身长传的办法。他说：'阿诺德，你没意见吧？'（库西是少数几个用其他方式称呼里德的人之一）我说：'只要球能到该到的地方，我就没意见。'"

明确表达自己不会迫于当地媒体的压力而选择库西、或者任何人的立场后，里德决定打破大学篮球统治篮球圈的神话。"你必须记住，那是一个不同的时代。"他说道，"那时候人们真的不了解职业比赛，或者看不懂职业比赛。他们真的觉得一支非常优秀的大学篮球队能够击败一支职业球队。好吧，圣十字学院当年是全美篮球强校，于是我想到了季前赛去伍斯特和他们打比赛的主意。过去季前赛的大部分时候，职业球队会聚集在一起，在小城市里打表演赛。"

"我的想法是，我们去和本地的球队比赛——无论是大学球队还是业余球队，只要能找到，什么比赛我们都愿意打。人们真的以为他们能击败我们，部分原因在于，过去职业球队打这种比赛时，他们总是故意让比分胶着，这样观众就会有兴趣继续看下去，也不会让本地人感到难堪。"

"我不想这么做。我觉得我们应该营销比赛，推广比赛，让人们知道我们的球员到底有多厉害。那些人他们真的什么都不知道。当我们在圣十字学院安排完一场对抗赛后，人们因为两个原因而兴奋：一是库西要回去了，二是他们觉得圣十字学院能击败我。我们去打了比赛，赢了他们50分。大部分时候，我会对球员说赢上30分就可以了，不超过40分。但我希望球队赢上圣十字学院50分，这样就引起了人们的关注。”

里德笑了起来。“当然，我相信肯定有人认为，如果库西为圣十字学院打球，他们肯定能击败我们。我跟你说一个人，他心里最清楚——那就是库西本人。”

里德在华盛顿执教时，球队胜率从来没低过50%。在三城黑鹰执教的不到一个赛季里，他的成绩是28胜29负，而这一次，将是他二十四年执教生涯（高中四年，华盛顿国会队三年，三城黑鹰队一年，凯尔特人队十六年）里唯一一次胜率跌到50%以下的赛季。即便如此，当里德在32岁那年刚刚来到波士顿时，他觉得这是他在职业篮球层面获得的最后一次执教机会了。

“我在华盛顿赢了不少比赛，但没能赢下总冠军。因为和本·肯纳在阵容问题上有分歧，我不得不离开三城黑鹰队。当我来到波士顿时，凯尔特人算不上模范球队。他们向来是联盟的输家，球队也穷得叮当响。我心里想：‘我们必须尽快好起来，否则这支球队我也执教不了太长时间。’从第一天开始，我就觉得自己做决定时都像站在悬崖边上一样。”

里德之所以从一开始就能在凯尔特人找到合适的位置大展拳脚，原因在于球队的老板沃尔特·布朗。1964年布朗去世后，凯尔特人的所有者换过一茬又一茬——球队还曾短暂地被破产法院接管过。而里德与这些球队老板的关系，从极好到极差，什么情况都出现过。最糟糕的大概就是约翰·Y.布朗了。两人的关系糟糕到里德实质上赶走了约翰·Y.布朗这个老板。

“那时候索尼·沃布林经营着麦迪逊广场花园。”里德说，“那是70年代末，约翰·Y.布朗和我无论怎样都没法相处。他对一切都疑神疑鬼的——他喜欢外界的关注，但又痛恨媒体。你不可能两全其美的。那时候索尼打电话找我，想跟我聊接管花园球馆全部篮球比赛的运营——尼克斯，大学篮球，他说的所有篮球比赛。我去跟他见了面，他给我开了一份非常丰厚的合同。很多钱，还有房子、汽车和司机，只要想要的都有。”

“如果波士顿的情况稍稍好一些的话，我很可能不会那么认真地对待那份邀请，即便那是一份让人难以拒绝的邀请。可当时的情况，我感觉自己不得不考虑了。我的意思是，我的心属于波士顿，但我却是在纽约长大的。”

里德回到波士顿，和布朗见了面。“我不想让他觉得我是在勒索他，或者是在用索尼的邀请威胁他。”里德说，“所以我是这样说的：‘咱俩不合拍。我在这里感觉不自在，我觉得你也感觉不舒服。所以我准备这么做。如果两周内你不把自己所有的球队一半的所有权卖给另一个老板小哈利·曼古里安，我就会辞职。当然，这是你的球队，我辞不辞职你也许根本不在乎。妈的，我辞职了你大概会特别开心。但我就是准备这么做。’”

不管布朗到底因为做老板做烦了，还是仅仅因为不愿成为那个逼迫里德离开凯尔特人的元凶，他最终卖掉了自己持有的球队股份。卖掉股份的时间，是和里德那次谈话后的第十四天。

“他拖到了最后一刻。”里德说，“但他还是照我说的做了。”

里德和沃尔特·布朗的关系，与他和约翰·Y.布朗的关系完全相反。从一开始，两人就互相喜欢、尊重对方。“沃尔特·布朗是那种老派的绅士。”里德表示，“遇到女士时，他总会脱帽致敬，他会帮任何人开门，无论那人是英国女王还是我们办公楼里的看门人。他很有礼貌，从不颐指气使，他还非常慷慨。事实上，如果说他作为老板有什么缺点的话，那就是太慷慨了。”

作为球队老板，布朗做的最重要的一件事，就是放手让里德管理球队。当然，里德也不接受其他方式。而布朗在目睹了球队四年的凄惨表现后（里德到来前，凯尔特人最好的成绩是20胜28负），他也愿意让新来的家伙自主决定球队的沉浮，因为他的前两任教练带来的除了失败还是失败。

即便成为最有统治力的篮球队之一，钱不够用仍然困扰着凯尔特人。沃尔特·布朗不是有钱人，他没有联盟其他球队老板拥有的资源，凯尔特人也不像其他球队一样拥有副业挣外快的途径。其中一个原因在于凯尔特人只是租用波士顿花园球馆。打冰球的棕熊队拥有球馆所有权，这意味着凯尔特人只有在棕熊不打比赛时才能使用球馆。这还意味着，包括特许使用、停车费用及纪念品这些额外收入，进入的都是棕熊队的腰包。在里德执教凯尔特人的第一个赛季，布朗不得不说服当时普罗维登斯队的老板卢·皮埃里用5万美元买进球队，否则凯尔特人连那个赛季都无法支撑下去。

“我们必须推销比赛，也必须推销自己。”里德回忆道，“我不止是教练和总经理，我还负责市场营销。我们不断试图想出新的点子，希望能吸引更多的球迷。甚至在我们开始赢球后，我们的球票在常规赛也卖不光，因为球迷觉得我们无论如何都能赢，重要的只有季后赛而已。所以我们必须想出不同的办法，吸引球迷到球场看比赛。”

值得注意的是，在里德担任主教练的十七年里，包括最后十年九冠的那段时间，凯尔特人在常规赛期间，只有一次场均观战人数超过一万人；这一次是1957年，也就是凯尔特人第一次夺冠那年。在里德接手球队前一年，平均每场只有四千二百五十二名观众来到球馆看凯尔特人这样一支烂队打比赛。里德做主教练的第一个赛季，球队成绩大幅提高，观战人数也提高到了场均六千一百八十四人。在接下来的五个赛季，凯尔特人平均每场能卖出五千五百到七千五百张门票。凯尔特人拿到第一个总冠军之后一年，门票销售从一万张跌回到了八千三百零八张，在里德执教的剩余几年里，门票销售也基本维持在这个数字。直到1979年拉里·伯德的到来，才改变了凯尔特人球市萎靡不振的状态，让球票在常规赛场场售罄。

由于吸引球迷的难度很大，凯尔特人成为联盟最早向球迷赠送礼物的球队之一，这些礼物包括篮球、马克杯和棒球棒。

棒球棒？

“有人找到我，跟我说他有三千根路易斯维尔斯拉格牌子的棒球棒。”里德说，“他说他愿意用1美元1根的价格卖给我。我觉得这交易不错，就答应了。当然在今天你是不可能做出这种事的。裁判要是有一个吹罚不对，四处飞下来的就是棒球棒了。”

“我送过的最蠢的东西就是啤酒杯了。东西其实很好，杯子上印着球员的签名。比赛开始后我心里想：‘我干了什么啊？假如有人不爽了，场地里肯定全是碎玻璃。’没发生这种情况挺神奇的。那是一个不同的年代。”

无论何时有人提出卖给里德一些东西让他作为未来的赠品，他都要精打细算，看这笔钱能不能用门票销售补回来。那个年代没有公司赞助一说，所以里德什么都要自己买。他还要保证自己买的东西最后都能落实到球迷手上。

“有一个我们很喜欢送的东西，原因也很明确，就是篮球。”里德说，“有一年我们弄到了五千个篮球。我站在大门口数数，看我们到底送出了多少篮球。你想想吧，比赛开始前三十分钟，我在大门口数篮球。总之，有一个人过来对我说：‘教练，我们送出了四千五百个球，现在没剩下的了。’我想不出来到底发生了什么。下一次再送篮球时，我专门找人看着那些球。事后证明，是保安在偷球。所以我们必须让自己的人看着球，确保不再被保安偷走。”

有一年，里德想出了周日下午去波士顿体育馆打比赛的主意。波士顿体育馆是个只能容纳五千名观众的老体育馆，距离花园球馆不远。“我们的想法是，每张票的价格都是1美元。”里德说，“先来先得，没有多余座位。这让那些买不起高价球票的球迷有机会近距离观看比赛，只要他们愿意排队等上一会儿。”

“我在比赛开始前几小时走进球馆，排在前两位的是街对面利兹卡尔顿酒店的服务生。我心想：‘这太棒了。我们就想让这样的人抢到好座位，得到中场第一排的位置。’比赛开始前我抬头一看，发现利兹卡尔顿的老板和他儿子走了进来，他们占了那两个服务生的第一排位置。后来我发现，那家伙让服务生替他和他儿子排队抢好座位。那两个服务生甚至不能到楼上去看比赛，他们还要回酒店完成当天的工作。”

力图多卖票的同时，里德打造出了一支相当有实力的球队。尽管遭到了里德的反对，库西还是在里德执教的第一个赛季，和艾德·麦考利一起来到了凯尔特人。比尔·沙曼和布伦南第二年也加入了球队。接着，在1953年，里德做出了一个操作，事后证明，这是他职业生涯里最重要的操作之一。那个赛季，肯塔基大学因为假球丑闻遭到禁赛。阿道夫·鲁普告诉里德，即便可以在春季毕业，弗兰克·拉姆西和克里夫·黑根这两个他手下最好的球员，仍然计划第五年重返肯塔基大学。

按照那时NBA的规则，球队不能选下一个还没完成大学学业的人。在那年冬天的联盟会议上，里德提出了一个建议：为什么不能改变一下规则，允许球员在高中毕业后四年就能参加选秀呢？“这和NFL一样。”里德解释道，“为什么不跟他们一样呢？”

没人觉得更改规则会带来什么损害。为什么不学学美式足球呢？所以里德的提议很快就被通过了。

“当我因为特定的理由希望做到一件事时，我经常会等到最后一天才提出我的想法。”里德说，“大家都累了，他们都想出去吃饭。我会随意提出一些话题，通常他们都不会进行过多的讨论，他们一般会直接通过。这事就是这样搞定的。”

几个月后，当选秀开始时，里德站起来表示，他第一个要选的是弗兰克·拉姆西。“人们跳起来说：‘你在说什么？你不能选他，他要回肯塔基大学。'”里德回忆道，“我说：‘读读规则去吧，我们几个月前就改了。'”

里德在第三轮选了黑根，其他人都沮丧了。“奈德·艾利什（现任纽约尼克斯主席）站起来说：‘嘿，各位，我们傻啊。里德说的没错。规则确实说他可以这么做。'”

这两名球员那年都没有去凯尔特人打球。不过拉姆西在第二年加入了球队，并且在接下来十年都是球队的核心成员，他承担起了里德在华盛顿创造的关键第六人的角色。由于在朝鲜战争期间参加了预备役军官训练团，黑根在大学毕业后去军队服役了两年。黑根加入了安德鲁斯空军基地的篮球队，这支篮球队的教练是约翰·图梅，他曾是一个被里德裁掉过的球员，后来成为美军的三星上将。黑根最终在1956年加入NBA，他是名人堂球员，但职业生涯却不是在凯尔特人度过的。即便如此，没有人能否认他在凯尔特人缔造篮球史上最伟大王朝中所扮演的角色。

“最初几年我也经历过挫折，人们总是忘记这一点。他们觉得我们从天而降，赢下了总冠军，接着又继续赢了下去。我真希望那是真的，可事实并非如此。”

里德在凯尔特人做教练这么多年，没有一年胜率低过50%。在接手球队的第一个赛季，里德带队取得了39胜30负，而之前一个赛季，球队距离50%的胜率还差24场胜利。凯尔特人不断赢球，他们每年都能打进季后赛，经常是联盟战绩最好的球队之一。可就像在华盛顿一样，里德发现自己过不了季后赛这个坎。他的球队，建队基础是速度和灵活。他拥有两个伟大的后卫，库西和沙曼，也有一些优秀的前锋，尤其是拉姆西和汤姆·海因索恩加入后，补充了麦考利的不足。但里德的球队缺少优秀的中锋，缺少一个能在季后赛持续抢下篮板发动快攻的篮板手。

“到了季后赛，胜利通常只取决于一个简单细节。”里德说，“你必须拥有那些能帮你抢到球的人。在前六年里，我们缺少一个能帮球队抢到球的人。”

也就是在这段凯尔特人的早期岁月，里德第一次开始抽他那著名的胜利雪茄。在海军服役时里德就开始抽雪茄了，但他从来没在比赛中抽过。有一场一边倒的比赛，看到了板凳席上人们的反应后，里德开始抽雪茄了。

“看到那些教练在领先20或30分，比赛还剩一两分钟时还上蹿下跳大喊大叫，看到这种现象我总是很讨厌。”里德说，“我看到现在还有教练这么做，这快把我逼疯了。这简直就是在对所有人高喊‘快看我啊’。当我们的比赛胜券在握时，我的态度是：‘换上替补，坐在板凳上放松。让其他人知道我不会让对方感到难堪，我只想让比赛尽快结束。’”

“可我坐在那里，不知道到底该做些什么。翘腿坐吗？那有点太随意了。往后靠着坐吗？我也不知道。然后我注意到，乔·拉普奇克（当时尼克斯的主教练）总是在板凳上抽烟。过去人们可以这么做。于是我决定，在我们能确保赢下一场比赛时，我也会抽烟。我会点燃一支雪茄，舒舒服服地坐着。这后来成了我们赢下比赛的象征，所以人们开始说那是胜利雪茄。”

“后来这成了大事。人们开始等着我点燃雪茄。我从来不在客场这么做，从不！那是火上浇油。不过，有一天我们去辛辛那提打比赛，我发现对手给现场球迷发了五千根雪茄。他们对球迷说，如果皇家队赢球了，他们都可以点燃手里的雪茄。我赛前在更衣室里对球员说：‘如果你们赢不下这场比赛，我会杀了你们。’”

最后的胜利者当然是凯尔特人。里德压制住了打破规则的欲望，他没有在客场抽起雪茄。

“在我们赢得总冠军前，雪茄没有那么大的影响。”里德说，“波士顿的人在那之前已经注意到了，只是当我们开始赢下总冠军时，这事才开始在联盟产生影响。”

1956年新年刚刚过去不久，那通将凯尔特人从伪强队变为争冠球队的电话终于响起了。里德的大学教练比尔·雷因哈特刚把自己的球队带到美国西海岸参加锦标赛。其中一支参赛球队是旧金山大学，也是全美卫冕冠军。旧金山大学队当时正处于55连胜之中，他们的领袖，是一个身高6英尺9英寸的中锋和一个能力超强的控卫。两人的名字分别是比尔·拉塞尔和KC·琼斯。

过去那个年代，没有一支球队拥有球探。里德既是主教练，又是总经理、球探总管和市场营销大师。他尽可能多地去看大学比赛，不放过电视上播出的任何一个片段。那个年代也不存在看特定球员比赛录像这种事。所以大部分时候，里德靠的是朋友，跟他讲一些他没机会亲眼看到的球员。里德也是最先打电话给大学教练、询问他们对特定球员评价的职业教练之一，无论那些球员曾是大学教练的队员还是对手。

从加州回来后，雷因哈特立刻给里德打了电话。“我亲眼看过那些球员了。”雷因哈特说，“我看到了那些能让你的球队成为总冠军的球员。你必须得到他。”

里德毫无保留地相信雷因哈特。雷因哈特描述了那名球员的防守统治力，说到了他能抢下篮板发动快攻的能力。里德问：“他的进攻怎么样?”

“没有太多进攻能力。”雷因哈特说，“他不是个很好的投手。但这不重要。无论怎样，你必须得到他。”

在那个赛季剩余的时间里，里德一直关注着拉塞尔。拉塞尔的球队一直连胜自然给里德留下了深刻的印象；旧金山大学那年连续第二年拿到了NCAA冠军。雷因哈特说的没错：拉塞尔的得分不多。赢得大学联赛的冠军，和赢得职业联赛的冠军是两回事。即便如此，里德需要一个中锋，他需要一个篮板手。里德决定，相信老教练的直觉，想办法选下拉塞尔。

显然，这事说起来容易做起来难。那个赛季，凯尔特人拥有的是七号签，但拉塞尔不可能跌到这么低的顺位。赛季结束时，艾德·麦考利找到里德，问他有没有可能把自己交易回老家圣路易斯。麦考利的一个孩子病了，冬天有那么多时间无法陪伴自己的孩子，对麦考利这个父亲来说太过痛苦。里德当然能够理解孩子生病时做父亲的心情，他也知道在赛季进行期间无法陪伴自己的孩子是一种怎样的痛苦。里德承诺麦考利，他会想办法把他交易回圣路易斯。

里德给自己曾经的老板本·肯纳打了个电话，肯纳当时是圣路易斯球队的老板。里德送出麦考利和自己的首轮第七顺位选秀权，交换肯纳的首轮第二顺位选秀权。根据里德的说法，肯纳的回答是："成交。"

不过里德还要解决一个问题，那就是拥有一号选秀权的罗切斯特皇家队。也就是这时候，里德想出了让沃尔特·布朗致电皇家队老板莱斯·哈里森，提出用白雪滑冰团的表演作为不用一号签选拉塞尔的补偿。哈里森接受了布朗的提议，一切似乎都安排好了。这时候，肯纳又打来电话了。

他说："我需要得到更多回报才能做这笔交易。"

"比麦考利还多？他可是个全明星球员，还是我的头号球星。"

"是的。"

"可是本，我们已经达成协议了。"

"除非你再加一个人，否则我就取消这笔交易。"

"你想要谁？"

"克里夫·黑根。"

里德差点被噎住了。他已经等了黑根三年，里德原本计划在交易完成后，由黑根顶替麦考利的位置。肯纳现在居然两个都想要。

“我必须做出决断，是不是要把自己的所有鸡蛋放在一个篮子里，因为那就是现实。”里德说，“已经有人跟我说，疯子才会选拉塞尔，因为他既不会投篮也不能得分。但我相信两件事：一，我相信雷因哈特的判断；二，我相信我们球队必须做出改变。我们是一支好球队，但我们不是一支冠军之师。无论如何我都得让麦考利去圣路易斯，因为我做出了承诺。黑根很有天赋，可是有他在球队，我们和过去没有区别。有了拉塞尔，我们将会不一样。我决定冒一次险，无论是好是坏，把球队改造成另一个样子。”

里德给肯纳回了电话，表示愿意送出黑根。直到选秀当天，里德都是提心吊胆的，他希望哈里斯不要改变主意，不要认为用一号签选拉塞尔比白雪滑冰团更合算。选秀那天，皇家队用状元签选了斯胡戈·格林，他是杜魁斯尼大学毕业的出色的得分后卫。奥尔巴赫立刻用二号签选了拉塞尔。木已成舟。

接下来，就要看穿上凯尔特人队战袍的拉塞尔到底有什么水平了。不过这个目标没法立刻实现。拉塞尔被选入美国男篮，参加1956年的墨尔本奥运会，而奥运会直到11月才会开幕。这意味着常规赛开始两个月后拉塞尔才能加入凯尔特人，他也会错过整个训练营。里德对此倒是毫不担心。拉塞尔是他的长期计划，不是什么短线目标。

9月，拉塞尔跟随奥运代表队来到了东海岸地区，在马里兰大学打表演赛。由于训练营尚未开始，里德还在华盛顿。他给沃尔特·布朗打了电话，建议布朗和他一起去看看球队的新星。

那个晚上却不像里德预想的那样进展顺利。

“拉塞尔糟透了。”里德说，“我的意思是，真的是糟透了。他什么事都做不对。坐在那里看比赛，我真的感觉难受。我心想：‘我的妈呀，我到底做了什么？这就是我用麦考利和黑根换来的人？’那天真的是太糟糕了。”

里德此前已经做了安排，准备和布朗一起在那天晚上的比赛结束后一起带拉塞尔出去吃饭。“他说的第一句话就是‘对不起’。”里德回忆道，“他说：‘那不过是一个人遇到不顺而已。我很紧张，我没能改善自己的状态。这种事情再也不会发生了。’”

这样的话有可能是空洞无用的，但比尔·拉塞尔说出这些话的方式，却让里德感到宽慰。“我相信他。”里德说，“别问我为什么，我就是相信他。可能因为我知道，雷因哈特不可能错得那么离谱。可是当他说出那些话时，我就相信他了。而他做到的可不止履行那个诺言那么简单。”

关于里德和拉塞尔的关系，外界已经有了太多的传说。有人说，拉塞尔是唯一一个能让里德改变原则、为他实行双重标准的球员。但里德说那不是真的。“我不允许其他人做的事，我从来也没允许他做过。”里德说，“我记得有一次在纽约，他在比赛结束后对我说：‘我们能谈谈吗？’我说当然可以。他说他不想一大早和球队一起做飞机回波士顿。他说他每场比赛后都睡不好，他想那天晚上自己开车回波士顿。我知道是怎么回事——他要去约会。不过我说：‘行啊，你去吧。’”

“第二次去纽约打比赛时，他又在赛后找到我说：‘我们能谈谈吗？’我回答：‘绝对不行。一次可以，绝不会有第二次。’球队里其他任何人问我同样的问题，我也只会同意一次。”

在球队纪律方面，里德有一条铁律：他不规定任何纪律。“如果规定了纪律，设定宵禁时间之类的，你就会面临一个家伙搞砸将连累全队的局面。”里德表示，“我向来无法理解教练因为球队聚餐或训练迟到而对球员禁赛的做法。如果你做了这种事，其实你也伤害了其他球员，而不仅仅是那个搞砸了的家伙。我可能会让他们跑圈，或者延长训练时间，或者冲他们发火，我会根据具体情况做出不同的反应。但我没有制定任何硬性规定，因为我想保持灵活性。假如我有硬性规定，我就得平等地对每个人执行规定。对于球队来说，这并不一定总是最好的选择。”

其实里德还有另外一条铁律：任何人都不许在比赛日吃煎饼。里德认为这种食物在胃里很难消化，会减慢球员的比赛速度。有一天晚上，球队在下午打完比赛后坐飞机来到罗切斯特。他们大约在凌晨1点入住酒店，而当天晚上还有第二场比赛要打。酒店旁边有一家IHOP煎饼屋，因为打比赛和赶飞机而饥肠辘辘的拉塞尔与萨姆·琼斯跑到那家店吃了点儿饭。

两个人都点了一堆煎饼。服务员刚刚把煎饼端上来没几秒，里德就走了进来。拉塞尔正准备吃第一口，而琼斯已经吃了一口。直到今天，琼斯和里德还为接下来到底发生了什么而争论。

“那一口会让你损失5美元。”里德表示他当时是这么说的，“无论你们谁再吃一口，我会再罚5美元。”

琼斯发誓，里德当初威胁的罚款数额是10美元。

“于是我俩都说：‘你在说什么？’”琼斯说，“这又不是比赛日，我们刚刚打完一场。”

“而我说：‘现在是凌晨1点，我们今晚8点还有比赛。’”里德说这话时总会忍住笑意，“我说：‘我他妈的只有一条纪律，就这样你们俩都不遵守。’”

拉塞尔和琼斯都没再吃下去。他们退掉了煎饼，重新点了鸡蛋。

里德最后收5美元或10美元了吗？

“没有，我放过他们了。”

差不多五十年后，每当想起“煎饼规定”时，琼斯仍然显得比较激动。“汤姆·海因索恩经常在赛前、中场休息和赛后坐在更衣室抽烟，这却没有规定了。可吃煎饼就有规定。”他说。

“如果海因索恩想用那种方法自杀，那我没意见。”里德说，“只要抽烟不会让他的速度慢下来就行了。”

当然，现在有不少教练坚持让自己的球员在赛前吃煎饼或意大利面，以补充快速消耗的碳水化合物，在过去很多年里，这是两种被认为不好消化的食物。“所以现在证明我的理论是错的了。”里德说，“但是在过去，又有谁知道呢。”

80年代发生的一件事，可以很好地总结里德对规则、纪律的态度，那时KC·琼斯是球队的主教练。有一天，凯文·麦克海尔遇到了交通堵塞，他错过了球队离开波士顿的飞机。他不得不搭乘下一个航班和球队汇合。琼斯问里德，他应该对麦克海尔违反球队纪律的行为罚多少钱?

“让我问你一个问题。”里德说，“他之前这么做过吗?”

“没有。”

“他训练迟到过吗?”

“没有。”

“球队里有人训练比赛比他还认真吗?”

“没有。”

“那你他妈的为什么要罚他款? 跟他说以后再也不要出现这种情况，这事就算完了。”

有一个人复制了里德的做法，那就是鲍勃·奈特。60年代中期奈特在陆军学院做教练，里德每年都会去库特谢尔酒店度假（这家位于卡特斯基尔的酒店一向是球员和教练度假的好去处）。里德一般会在下午拜访克莱尔·比，后者当时已经退休，不再做大学教练，而是在纽约军事学院工作，而这个学校距离西点军校只有几英里远。比、里德、乔·拉普奇克和弗兰克·马奎尔经常聚在一起聊篮球，作为西点军校的教练，奈特这个渴求知识的年轻教练有时候会跟他们坐在一起，聆听这些人的对话。奈特接受了里德和拉普奇克关于规则的理念——里德和拉普奇克的想法一模一样。担任印第安纳大学主教练的近三十年里，奈特有一条规定，且只有一条规定：不要做任何让球队难堪的事。他相信球员能理解这条规定的意思。

当然，当球员确实惹了祸时，里德会让球员觉得，还是罚款更好。1967年，也就是拉塞尔同时担任球员和教练的第一年，波士顿遭遇了暴风雪。拉塞尔的车被堵在行车道上，所以里德在那天晚上不得不再次做起主教练的工作。直到比赛还剩最后几分钟、凯尔特人保持着巨大领先优势时，拉塞尔才赶到球馆。

“我狠狠地教训了他。”里德说，“他说他费了好大劲才把车从雪里铲出来，说什么时速10英里都达不到，又说交通瘫痪了之类的话。我说：‘这些情况让你惊讶吗？其他人都按时到了。我们都知道路上耗费的时间会更多，所以我们全都提前出门。你自己没有做好计划。’”

“我不是为了让他难堪而冲他发火。”里德说，“我冲他发火，是因为我觉得还会再遇上暴风雪——即便今年遇不到，明年也会有。我想的是未来。”

不过以上说的一切，都发生在很久以后。1956–1957赛季进行了十六场比赛后，拉塞尔终于在12月中旬加入球队。彼时凯尔特人的战绩已经排在联盟第一。可拉塞尔的到来，还是让凯尔特人得到了质的飞跃，从一支好球队变成一支伟大的球队。拉塞尔场均14.7分的得分还算不错，但这并不是最重要的。在新秀年，拉塞尔的场均篮板数就超过19个，而且里德表示，他用防守和盖帽能力彻底改变了球队。联盟那时候还没有盖帽统计，但所有人都认同，拉塞尔用自己独特的盖帽方式，为篮球带来了革命性的改变——他通常把球盖到队友手上直接发动快攻，而不是把球扇到界外。

那年春天，凯尔特人轻松打进东部决赛，他们3比0横扫了锡拉丘兹国民队。总决赛里，凯尔特人的对手是麦考利、黑根和鲍勃·佩蒂特领衔的圣路易斯队。总决赛打满了七场，凯尔特人最终通过双加时，在第七场比赛里以125比123战胜对手。比赛结束时，里德彻底精疲力尽了。

教练生涯进行到第十四年，进入职业联盟的第十一年，甚至在波士顿都已经度过七个赛季后，里德终于拿到了属于自己的总冠军。多萝西描述的“坚持到底”的性格，终于得到回报。里德终于实现了自己的目标。

5

光辉岁月

“我来给你讲讲鲁普的事吧。我见过的每个人都说他是个种族主义者。你知道吗？他确实恨黑人球员——他恨的是那些不会打球的人！他还恨不会打球的白人，恨不会打球的蓝人和绿人。他恨不会打球的犹太人，也恨不会打球的天主教徒和穆斯林。就是这么简单。说他是种族主义者的那些人，从来没见过他本人。我了解那家伙。我和他一起旅行，我和他相处过。我从来没在他身上看到一丝迹象，也没听到他说过什么，让我觉得他是个种族分子或者有类似歧视的人。”

“要是说小气，那就是另一回事了。他是我这辈子见过的最小气的人。”

通过考察大学球员，里德和肯塔基大学的传奇教练阿道夫·鲁普成为了朋友。里德并没有太多的机会看大学球队的比赛，可只要肯塔基大学来到纽约的麦迪逊广场花园球馆打比赛，只要时间允许，里德就会去现场观战。在那个年代，鲁普的球队即便不算最强的，也是全美最有统治力的球队之一。肯塔基大学分别在1948、1949和1951年赢得了NCAA锦标赛的冠军。接着在1952–1953赛季，由于涉入假球丑闻，肯塔基大学遭到NCAA的禁赛。50年代初NCAA的假球丑闻，摧毁了很多篮球强校，其中就包括里德高中时想去而没能去成的纽约城市学院。

正是因为肯塔基大学在1952–1953赛季遭到禁赛，里德才改变了联盟的选秀规则，最终选到了心仪的弗兰克·拉姆西和克里夫·黑根。也就是在那段时间，里德经常和鲁普在一起，有时候是去纽约看鲁普的球队打比赛。休赛期时，里德偶尔也会去肯塔基大学。

“有一次我在纽约，我去和鲁普一起吃午饭。我们去了老盖亚迪餐馆，距离老花园球馆几个街区。我记得我俩都吃了好几个热狗。我俩总共花了差不多3美元，我掏的钱，然后又留了差不多50美分的小费。那时候小费差不多就是这么多。”

“鲁普盯着我，说：‘50美分！太多了。’还没等我回话，他就拿起其中一个25美分的硬币，装进了自己的口袋，然后就不说话了。我都惊呆了，也就顾不上管他了。我一直以为他在开玩笑，觉得他会把钱还给我。”

“他再也没提过这件事。”

其实里德和鲁普，还有鲍勃·库西，曾经一起在1955年去德国开办了一系列训练营。“我们在训练营中用到的一个人，是一个空军，名叫西德尼·科恩。”里德说，“他是个很不错的球员。一个字没跟我透露，鲁普就把他招募走了，鲁普说服他去了肯塔基大学。假如他是反犹主义者，为什么他会招募西德尼·科恩呢?”

里德和鲁普在训练营中用到的另一个空军军官，是一个上尉，名叫迪恩·史密斯。“我感觉鲁普也想招募他。”里德说，“然后他发现史密斯已经从堪萨斯大学毕业了。”四十一年后，迪恩·史密斯打破了鲁普作为大学教练的胜场纪录。

史密斯从新成立的美国空军学院助理教练做起，开始了自己的执教生涯。第一年做助教时，史密斯还是学校里的高尔夫球教练。“我知道自己有麻烦了。”后来他开玩笑说，“第一天训练时，我发现全队最好的球员是我。”

空军学院高尔夫球队的战绩是1胜4负，这创造了史密斯执教生涯的最差战绩。

如今已经73岁的史密斯拥有堪比里德的记忆力，他至今仍能生动地回忆起当年训练营里的情景。“里德把西德尼和我当作训练营里做示范的人，当然，库西也一样。”史密斯回忆道，“给我留下最深印象的，是他和库西的关系。他们之间有着明显的同志情谊，互相尊重对方，但谁说话算数也很明确。后来当我自己成为主教练时，我仍然记着，你是可以在和自己的球员做朋友的同时，仍然让他们尊重你。我在里德和库西身上看到了这一点。”

几年后，当史密斯在北卡罗来纳大学担任弗兰克·马奎尔的助教时，他被允许和里德、马奎尔以及克莱尔·比一起，参加在纽约军事学院举办的活动。史密斯后来说：“我唯一的遗憾，就是没有记下更多他们的谈话。”

德国的那段旅行，里德、库西和鲁普经常一起吃饭、一起参观游览。“无论去什么地方，只要到了该付钱的时候，鲁普都会掏出一张100美元的大钞。”里德回忆道，“他会说：‘老天，我猜他们肯定找不开。’最后，我们去了女神游乐厅，我说：‘阿道夫，你要么破开那张100美元，否则我们就不去了。’那张钞票大概从1950年开始就在他身上了。”

尽管鲁普在1956年签下了西德尼·科恩，可直到1969年，他才签下自己的第一个黑人球员。“他因此得到了一个坏名声。”里德说，“我知道在那之前他就想招募黑人球员。维斯·昂塞尔德就是其中一个，但他去了路易斯维尔大学。嘿，我并不是说那家伙是个圣人，我只是知道，他唯一在乎的就是胜利。”

里德还为另一个长久以来被称为种族主义者的人辩护，那个人就是华盛顿红皮队的老板乔治·普莱斯顿·马绍尔。“我在国会队做教练时，他经常到尤莱球馆看比赛。”里德说，“他从来不免费要票。

他会说：‘你们需要收入，我不想要赠品。’1949年，当我告诉他我要离开国会队时，他还愿意帮我得到达特茅斯大学的主教练职位。”

当里德在一次午餐会上讲到这个故事时，他的一些曾经和马绍尔接触过的朋友坚称马绍尔是种族主义者。他们指出，包括其他很多问题在内，红皮队是NFL历史上最后一个取消种族隔离的球队。

“他是个好人。”里德坚持不改变自己的立场。

“我问你个问题。”赞恩这时开口了，除非触及他忍耐的极限，一般情况下赞恩是不会说话的。“世界上有哪个巴结你的人，你不觉得他是好人?”

里德停下来想了想这个问题。最后，他终于反问道：“人都是这样的，我又有什么不同呢?”

终于赢下人生的第一个总冠军后，里德自然不准备就此停手。拿到1957年的冠军后，凯尔特人的选秀顺位排在全联盟最后。该用这个选秀权选谁，里德心里确实没底。他已经给全美范围内所有自己曾执教过的球员以及做教练的朋友打过电话，询问他们是否有推荐的人选。伯恩斯·麦金尼当时正在维克森林大学做教练。

“北卡罗来纳农工大学有一个人。”麦金尼说，“他大概是我在大学里见过的最好的纯投手。”

里德问：“他叫什么名字?”

“萨姆·琼斯。”

没亲眼看过比赛，直到选秀前才听说过这名字，里德还是用首轮选秀权选下了萨姆·琼斯。就像当初对待雷因哈特对拉塞尔的评价一样，里德相信麦金尼的判断。麦金尼对自己的眼光也很有信心。最终，萨姆·琼斯成为NBA历史最伟大的投手之一。琼斯最有名的动作就是两侧的打板投篮，特别是迎着扑上来的满脸沮丧的威尔特·张伯伦的投篮，尤其出名。萨姆·琼斯在凯尔特人打了十一年，总共赢得了十个总冠军。

不管别人帮过的忙再微不足道，里德都不会忘记。在萨姆·琼斯加入凯尔特人后，过了几年，里德去华盛顿西北部看一场夏季野球比赛。过去夏季篮球训练营还不多的时候，夏天各大城市的体育场上满是打球的运动员。好些运动场演变成优秀球员的“麦加”，球员们知道在这些场地上进行的比赛都是最高水平的竞争。

其中一块这样的场地在康涅狄格大道庞金，位于如今的国家动物园附近。里德一般会在有空时到这块场地上溜达，只为看看比赛。他认识在那里打比赛的很多球员，大多数时候也都知道这些球员在哪些球队打球——无论他们参加的是哪个级别的比赛。有一天下午，里德注意到了一个之前从没见过的球员。这是一个高大而瘦削的孩子，可他却统治了内线。当这个孩子打完比赛下场时，里德决定去认识一下他，问问他是哪个学校的。

得知这个孩子是个高四学生，而且没有得到任何一所大学篮球强校招募时，里德非常吃惊。他记下了这个孩子的名字和电话号码，随后给维克森林大学的麦金尼打了个电话。

里德对自己的老朋友说：“我给你找到了一个好苗子。”

和里德信任麦金尼一样，麦金尼也信任里德。他给罗尼·沃茨打了电话，在没有亲眼见他打过球的情况下，麦金尼给沃茨提供了一份奖学金。沃茨后来成为维克森林大学队史上得分第三高的球员，离开大学后，他也成为凯尔特人队的一员。真正让沃茨出名的，是很多年后他和拉塞尔一起为一个电话公司做的广告。在这段广告里，沃茨和拉塞尔探讨了如何利用电话维系友谊。

凯尔特人没能在1958年实现卫冕，他们输给了由鲍勃·佩蒂特、艾德·麦考利和克里夫·黑根领衔的圣路易斯老鹰队。即便如此，对于萨姆·琼斯来说，那仍是成果颇丰的一年。他不仅打出了一个漂亮的新秀赛季，儿子安布雷也在这一年出生了。当萨姆·琼斯在1969年退役时，他11岁的儿子安布雷·琼斯已经形成了两个固定不变的观念：冠军永远是凯尔特人的；全世界只有一个人配得上“教练”这个称呼，就是那个抽雪茄的人。

“在我父亲的职业生涯中，凯尔特人有两年没能赢得总冠军。”安布雷说，“第一次是1958年，就在我出生后几个月，我对这一个没什么印象。第二次是1967年，那年是拥有张伯伦的76人拿到了冠军。我记得自己很震惊，因为凯尔特人没赢。我还记得自己有点高兴，因为威尔特终于拿到了一个总冠军。”

安布雷·琼斯小时候的偶像是威尔特·张伯伦。“我爸爸还是我爸爸。”他说，“我爱凯尔特人的所有人，但威尔特是我的偶像。我还记得小时候，比赛结束后我们站在更衣室外面等我爸爸。客队的更衣室在大厅尽头，威尔特会从我们身边走过。他和我爸大部分时候还是很友好的，所以他知道我是谁。他会伸出一只胳膊把我抱起来，抱着我走到大厅里，我就像个小玩具一样。我的意思是，你想象一下，一个六七岁的孩子，被威尔特抱着在大厅里走是什么感觉。”

安布雷·琼斯太喜欢威尔特·张伯伦了，有一次他甚至问他爸爸，凯尔特人能不能让威尔特赢一次总冠军。萨姆·琼斯跟本地媒体聊到了这件事，说自己的儿子支持张伯伦击败凯尔特人。安布雷成了一篇报道的主角，那篇报道的标题大概是“凯尔特人之子希望威尔特很快赢得冠军”。

“凯尔特人拿冠军有点老掉牙了。”安布雷说，“我觉得他们可以让威尔特赢一次。不必多说，奥尔巴赫教练因为这事为难了我好一段时间。”

“有趣的是，教练有着严厉、强硬的名声，但我觉得在所有凯尔特人球员孩子的眼里，他跟严厉、强硬毫不沾边。我们总是在赛前跑到他的办公室，他在那里为我们准备了糖和汽水。可能有时候他对我爸爸很凶，但我没听说过这些事。我想，当你每年都能赢得总冠军时，球队就不可能出现太多动荡。”

1969年退役后，萨姆·琼斯把家搬到了华盛顿，成为联邦城市学院（现在的哥伦比亚特区大学）的主教练兼运动部门主管。安布雷在那里读完高中后进入马萨诸塞大学。每年，他会和一些朋友从学校所在的阿默斯特前往波士顿，现场看几场凯尔特人的比赛。安布雷总会去拜访父亲的老教练，那时的里德已经是凯尔特人的总经理了。

“有意思的是，我认识教练这事，我的朋友都觉得没什么大不了的。”安布雷说，“他们一直想认识我父亲和拉塞尔。”

1989年，安布雷得到了乔治·华盛顿大学运动员招募部门主管这份工作。那时候处于半退休状态的里德已经71岁了。在大部分日子里，里德早上会跟那时学校的篮球教练约翰·库伊斯特一起到乔治·华盛顿大学打壁球，安布雷也就在那个时候得到了和里德熟络起来的机会。“直到回来工作，我才知道他这些年一直住在华盛顿。”安布雷说，“我还是个孩子，我又能知道什么呢？对我来说，教练等于波士顿。我做梦都没想到他不是一直住在波士顿的。”

库伊斯特在1990赛季被炒鱿鱼后，里德需要一个新的壁球搭档，安布雷自告奋勇接下了这个任务。“我跟你说，他还是特别好胜。”安布雷说道，“他喜欢说自己是全国70岁以上最好的壁球选手，我还真不敢说他不是。人们现在都说‘泰格·伍兹式挥拳’，我第一次见那样的动作，是教练打出一个好球时做出的。就这个动作，泰格·伍兹没法跟教练比。”

两人成为壁球搭档后不久，里德便邀请安布雷参加了午餐会。“他只是说：‘嘿，来吃午饭吧。’我不知道谁会去，但我不会对教练说不。从我俩开始打球后，我几乎每周都去。只有员工会议才能让我缺席午餐会，过了一段时间后，我跟所有人说，不要把员工会议安排在周二。因为如果安排在那个时间，我就没法去吃饭了。”

“赞恩总是为难我，因为我不怎么说话。我为什么要跟里德、摩根还有里德带来的那些老年人搭话呢？坐在我周围的都是传奇。我只想听他们说话，连海米的话我都愿意听。”

因为安布雷既是篮球迷又是冰球迷，当海米还在国会队中心球馆工作时，他会送票给安布雷，让他去看华盛顿国会队的比赛。“无论什么时候，只要我提出要求，他都能给我找到票。”安布雷说，“他能弄到特别好的座位，然后他又会因为我白拿票而故意揶揄我。”

分别在1956年和1957年选到KC·琼斯和萨姆·琼斯后，里德获得了一套年轻和快速的后场组合。此外，库西和沙曼这对后场组合虽然上了年纪，但依然保持着很高的效率。“我的目标是每年得到一个能让球队变得更好的新球员。”里德说，“或者是那种在另一个球员退役时能顶上来的家伙。唯一一个完全无法被取代的人，就是拉塞尔。”

里德从一开始就知道，无论在场上还是场下，拉塞尔和他过去执教过的任何一名球员都不一样。新秀赛季那年，拉塞尔曾经邀请里德到自己家里吃晚饭。里德则有一个严格的原则，绝对不去球员家里吃饭。“到一个人家，陪他的孩子玩，然后有一天要面对不得不交易或裁掉他的局面，这让我感觉非常不舒服。”里德说，“要不然我就得冲他发火，罚他跑步或者不让他上场之类的。我就是觉得这么做不对。”

当拉塞尔邀请里德去家里吃饭时，里德同意了。

“拉塞尔一直清醒地知道一个事实，他是一个生活在波士顿的黑人。”里德说，“我知道应对现实并不总是那么轻松。来到波士顿的第一年，他仍然要面对很多那样的现实问题，我不想让他产生我因为任何原因对去他家有任何疑虑的印象。于是我去了，我觉得这非常重要。”

那次饭后不久，里德对拉塞尔说了他对去球员家吃饭秉持的原则，他又跟拉塞尔说了会去他家吃饭的原因。拉塞尔理解里德的做法，于是在球员期间，他再也没有邀请里德来自己家吃饭。

很少有人质疑拉塞尔和里德之间的相互欣赏，而他们之间的感情，远不止共同赢下那些总冠军那么简单。这两个人，是少数几个敢于为难对方、还愿意分享这些故事的人。有一年，在凯尔特人又一次赢得总冠军后，全队集中在市中心的一家酒店，准备参加冠军游行。外面当时正下着瓢泼大雨。

“我才不会就为了朝人们挥个手，就冒着这么大的雨坐敞篷车。”拉塞尔说。

“我完全没想过提出要求，要求你必须冒雨参加游行。”里德说，“不过让我问你一个问题：你是不是还拥有利比里亚那个橡胶种植园的所有权?”

拉塞尔确实在好几年间是利比里亚一个橡胶种植园的老板。他回答是的，他还有那个种植园。

“什么东西才能让橡胶生长?”里德问。

“雨水。”

“所以无论哪儿下雨，你都该心存感激。没有雨水，你就种不出橡胶。”

拉塞尔被逗乐了，他说：“好吧，我会跟你一起参加那傻了吧唧的游行。”

里德看到了几乎没有人见过的拉塞尔，拉塞尔以不给球迷签名著称。有一天在纽约，里德和拉塞尔一起站在酒店门外，等服务员把里德的车开过来。一个人从酒店里走出来，看到里德、拉塞尔单独站在酒店外面时，他愣了半天才反应过来。

“难以置信。”那个人说道，“里德·奥尔巴赫和比尔·拉塞尔。我真的太尊重你们俩和凯尔特人了。我有没有可能得到你们的签名呢?”

里德给他签了名，拉塞尔也签了。

一分钟后，从酒店里出来了第二个人，他和前一个人的反应一模一样。“我太荣幸了。”他一边说一边和两人握手，“有没有可能……”两人也给他签了名。

没过多久，从街角走出了第三个人（里德这时候很想知道自己的车到底在哪儿），他也认出了教练和拉塞尔。“嘿！”他打了声招呼，手里拿着纸和笔走了过来，“我要你们的签名，签在这里就可以了。”

里德给他签了名。拉塞尔低头看了他一眼，说：“对不起，不签名。”

之前几年球场上发生的一次冲突，也许最能说明拉塞尔对里德的态度。里德长久以来对张伯伦的挑逗刺激终于激怒了他，张伯伦直接冲向了里德。

还没冲到里德跟前，拉塞尔就挡在了两人中间。张伯伦算得上篮球历史上最强壮的球员，大概只有沙奎尔·奥尼尔在身材和力量上与他不相上下。张伯伦身高7英尺2英寸，体重至少300磅，全身都是硬邦邦的肌肉。拉塞尔其实不算矮，但他只有6英尺9英寸，220磅的体重完全没法和张伯伦比。

拉塞尔对暴怒状态下准备攻击的张伯伦说，“你想揍他，得先跨过我。”

震惊中的张伯伦停了下来，他指着自己的胳膊。“你看见这胳膊了吗？”他怒吼道，“你知道我能用这胳膊对你做什么吗？”

“我不在乎。”拉塞尔说，“不把我撂倒你别想动他。”

可能是有人敢站出来反抗他让他吃了一惊，张伯伦最后还是转身走开了。

里德其实挺喜欢张伯伦，夏天在库特谢尔度假村，他还做过张伯伦的教练。成为凯尔特人主教练后不久，当时正在那里度假的里德父亲向度假村里的人介绍了自己的儿子。海曼·奥尔巴赫自豪地告诉库特谢尔，自己的儿子是篮球教练。而库特谢尔表示，如果里德愿意带家人离开酷热的华盛顿出门避暑的话，他可以来库特谢尔，而且一切费用全免。库特谢尔要求的回报也不多，他只要里德在度假村里半正规的夏季联赛中做做教练就行了。

尽管多萝西对那个地方一直不是很有兴趣，里德最终还是同意了库特谢尔的要求。部分原因是他喜欢纽约上州地区那些凉爽的山区；部分原因是他的女儿们喜欢那里（南希出生六年后，兰迪也出生了）；而且去库特谢尔，还能让他每年夏天都有得到几周时间，和篮球圈的人在一起。

在60年代，库特谢尔正处于篮球发展的黄金时期，而张伯伦正是参加那里训练营的众多NBA球员之一。有时候，张伯伦会为里德的球队打球。“我记得有一场比赛，我们在上半场打得不好。”里德说，“中场休息时，我们进了球场旁边的一个小木屋，张伯伦走进里面的房间，躺在床上。我对他喊道：‘马上从里面出来！’我觉得从来没有人那样跟他说过话。他站了起来，你能很明显地看出他惊呆了。我记得那时候自己心里想：‘如果我不是拉塞尔而是他的教练，估计我俩成不了事。’拉塞尔理解被人执教这个概念，他知道必须有人做老大，他知道我让他做事不是为了证明我是老大。我不觉得张伯伦能接受那种做法。”

无论里德多喜欢张伯伦，他更喜欢的还是折磨张伯伦。“威尔特总是想知道比赛中发生的一切。”里德说，“所以我叫了暂停后，会专门把裁判叫过来问问题或者讨论点什么。说什么都行。根据规则，如果我把一个裁判叫过来，另一个裁判也必须跟过来。裁判走过来后，说话时，我会发现张伯伦站在我们后面，听我们讲话。我会对裁判说：‘他在那干什么？球员不应该站在附近听我们说话。’裁判会让威尔特离开，而这能把他逼疯。”

“有一次他想揍我时，我对拉塞尔说：‘让他来吧，让他动手。他打中我一次，他那栋豪宅就归我了。要么这样，要么我就会死掉。'”

张伯伦总喜欢在自我介绍时，说自己是“世界上最强壮的人”。说这话时，他会一边用握手彻底打击你的自信，而且全程保持微笑。60年代末，张伯伦想到了一个主意。他觉得既然自己是世界上最强壮的人，他也可以在拳击场上挑战世界重量级拳王默罕默德·阿里。霍华德·卡塞尔甚至邀请阿里和张伯伦参加自己的一个电视节目，讨论进行拳赛的可能性。

那年夏天，同样在库特谢尔度假的阿里某天吃早饭时拦住了里德。“我受够了张伯伦没完没了地胡说八道。”阿里说，里德自然捕捉到了他话中的讽刺意味，“他总说能打败我。我想让你转告他：只要他跟我一起上拳击台，我就把钱都给他。我只想跟他打上一场比赛，让他和其他人知道，拳击靠的不仅是身材和力量。这是我听到的最荒谬的说法。你告诉他——只要他跟我一起上拳击台，我就把钱都给他。”

里德把阿里的话转告给了张伯伦，不过拳赛到最后也没打成。“阿里会杀了他。”里德说，“除非他能捡漏打出一拳。”

拉塞尔和张伯伦的互动很多，他们俩经常在比赛前一晚一起吃饭。由于两人在夏天的交集，再加上过去球队之间碰面的次数非常多——如果属于同一赛区，常规赛会交手十一次，季后赛也可能继续做对手——里德和张伯伦的关系也很不错。可是当亚历克斯·汉纳姆成为76人主教练后，过去友好的局面迅速发生了改变。

“当时我们和76人打比赛，我在赛前看到了威尔特。我走过去伸出手说：‘嘿，威尔特，你好吗？’”里德回忆道，“他无视我伸出的手，说了句‘去你妈的’，然后走开了。他对拉塞尔也这样。我俩都搞不清到底什么情况。后来我才知道，汉纳姆对张伯伦说，拉塞尔和我对他友好只是为了让他心软。汉纳姆对他说，如果想击败我们，他就不能再那么友好，必须表现得像个混蛋一样。威尔特试了那种方法。

不过我们还是在赢球，所以过了一段时间后，威尔特就放弃了。”

里德原谅了张伯伦，却没有原谅汉纳姆，两人的关系其实从一开始就不好。和里德一样，汉纳姆是篮球史上最成功的教练之一。他带领老鹰队取得了1958年的NBA总冠军，又带领76人拿到了1967年的总冠军。后来他还在奥克兰橡树队拿到了ABA联赛的冠军。如果让里德列举NBA最好的教练，他能说出很多人的名字，其中却没有汉纳姆。里德总会提到经常跟他在媒体上隔空交战的菲尔·杰克逊，但他对汉纳姆却绝口不提。

“那家伙一点也不怎么样。”里德总是一脸不屑地说。

争论结束，他就是这么直白。

回溯历史，1958年是里德主教练生涯中最后一次没能夺冠的赛季。从1959年开始，凯尔特人连续赢下了八个总冠军。1965赛季结束时，凯尔特人已经连赢七个总冠军，而且在九年内拿到了八个总冠军。里德宣布，再执教一个赛季，他就会退休，做一个全职总经理。

“你们还有一次击败我的机会。”这是他对NBA和全世界发出的声明。

在现在这个年代，48岁的教练通常被人视为年轻教练。而里德在48岁时就放弃执教的理由很简单：太累了。年复一年成为所有人追赶的目标，由此带来了巨大的压力；他还要兼任球探和总经理，保证球队拥有足够的好球员。所有的压力加在一起，让他精疲力尽。

奥尔巴赫手下的第一代球员——库西、沙曼、拉姆西和海因索恩已经退役。取代他们的是现在被里德称为“琼斯男孩”的KC·琼斯、萨姆·琼斯，还有唐·尼尔森、萨奇·桑德斯，以及约翰·哈弗里切克。

哈弗里切克是奥尔巴赫培养出的第二代名人堂球员中最后一个来到波士顿的伟大球员。他是弗雷德·泰勒创造的“俄亥俄州立大学王朝”的关键拼图，从1960年到1962年，哈弗里切克的大学连续三年打进NCAA全国锦标赛的“最终四强”。里德经常看他的比赛。随着拉姆西的职业生涯接近尾声，里德相信，哈弗里切克将成为接替拉姆西第六人角色的最佳人选。

还有一名球员，也让里德动起了用手中顺位最好的选秀权选下他的念头，那个人就是布拉德利大学的切特·沃克。“我不敢100%确定轮到我们选秀时哈弗里切克还在。”里德说，“为了以防万一，我需要一个备选方案。沃克就是那个备选方案。”沃克给里德留下了足够惊艳的印象，里德甚至考虑过不选哈弗里切克而直接选他的可能。和往常一样，里德给沃克的大学教练查克·奥斯博恩打了电话，想更多地了解这名球员的性格。

“我记得他跟我说：‘别选他，他没种。’”里德说，“听到这话我挺吃惊的。一方面，在我看过的比赛中，我没看出一丝那样的迹象。另一方面，教练居然会这样说自己的球员，这也让我很吃惊。”

不管怎么说，里德还是更倾向于哈弗里切克。最终，他选的也是哈弗里切克。沃克去了锡拉丘兹民族队，球队后来搬到了费城，沃克在这两个地方都是明星球员，再后来转会到芝加哥仍是如此。他是联盟历史上最强硬、最倔强的球员之一，根本不是“没种”的人。“直到今天，那段对话仍然让我感到迷惑。”里德说，“也许他和切特的关系不好，我搞不清楚。不过那可能是我得到的最差劲的球探报告。当然，哈弗里切克后来发展得也不差。”

不过在前往凯尔特人报到前，哈弗里切克先去了克利夫兰布朗队的训练营。哈弗里切克是个身高6英尺5英寸、速度奇快的球员，布朗队觉得他可以成为一个很好的外接手。他们送了一辆汽车给哈弗里切克，作为签约奖励——在那个年代，一辆汽车很了不得。布朗队让哈弗里切克参加了训练营，然后裁掉了他。

“他们犯了多大的一个错。”里德说，“他们已经有了几个外接手，但我毫不怀疑约翰能成为一个伟大的美式足球运动员。如果我的球队里有他和其他几个外接手，我会让他打防守后卫。不过这个结果我也没什么可抱怨的。”

哈弗里切克恰好在里德的夏季训练营开始前被布朗队裁掉。他参加了1960年的训练营，在那个年代，那是最早的几个仅进行篮球训练的儿童训练营。里德通常会带上凯尔特人的新秀，让他们训练孩子，晚上在一起打对抗赛。这给了新秀们相互熟悉的机会，也让里德得以初窥球队新人的能力。“哈弗里切克第一次走上球场时，我记得自己说：‘上帝啊，这人是个人物。’”里德说，“从一开始你就能看到他的特别之处。”

哈弗里切克为一支开始老化的球队带去了年轻活力与激情，有他做替补，凯尔特人一直保持着赢球的势头。但是到了1965年，当凯尔特人连续第七次拿下总冠军时，里德知道自己必须做出改变了——凯尔特人需要新的主教练。拉塞尔也进入了职业生涯的第十年。里德知道，在他退休后，球队必然会再次重建。他也确定，在现今这个每支球队都有全职总经理和球探的联盟，他是没法一边做主教练，一边做总经理完成球队重建的。

“我必须停下教练的工作。”他说，“如果不停下，那就是自杀。我彻底累垮了。现在再看那时候的照片，那时候的我甚至比现在看着还老。压力真的太大了，特别是整个赛季远离家人，真的让人没法忍受。不做教练的话，我可以更多地和家人在一起，不必忍受客场比赛的辛劳，不用时时刻刻参加训练，我只需要集中精力，不断为球队弄来好球员就行了。”

沃尔特·布朗的去世则是影响里德决定的另一个因素。当布朗在1964–1965赛季期间去世时，里德悲痛欲绝。他和布朗那时的关系早已超越了教练与老板，他们是关系极为亲密的朋友。

“作为球队老板，沃尔特有一个弱点。”里德说，“他对人真的太他妈好了。每年至少一次，他会给我打电话，说他邀请了什么人的儿子到训练营参加试训。或者在我们没有职位空缺或者没有多余的钱时，他要给什么人一份工作。沃尔特从来都不是一个很富有的人，他挣得刚刚好能让自己的产业运营下去。如果我做教练的第一年我们的成绩不好，没能多吸引一些球迷的话，他的球队很有可能就那样破产了。就算在赢得总冠军的那些年，我们也总是处于财政危机的边缘。”

里德和布朗少数几次真正大动肝火的争吵就和钱有关。赢得总冠军那几年里，有一天布朗从大厅走到里德的办公室，要求里德向他解释为什么要在球队里保留十一名球员。“你用过的球员从来就没超过八个。”布朗说，“我为什么要掏十一个人的钱?”

深感这事有可能演变成报纸上的阴谋论，里德没有回答这个问题。“谁跟你说过这话?”里德反问道，“克里夫·基恩（一个专栏作家，里德和他的矛盾可以追溯到里德拒绝选库西那会儿）? 还是媒体里的某个人? 到底是谁?”

“没什么人。”布朗怒气冲冲地说道，“就是我想问。我只是觉得掏十一个人的钱是浪费。别跟我说我不能为自己考虑。”

布朗气呼呼地走了出去。没过多久，他又走了回来，明显一副内疚的样子。

“一起吃饭去吧。”他说。

“不去!”里德回到，“我不饿。”

布朗独自一人吃了午饭，他再也没提过把球队缩减到八人的事。里德第二天带他吃了午饭，两人和好如初。

“他并不是小气。”里德后来这样说道，“收支平衡从来都不是一件简单的事。当然，拉姆西和海因索恩每年夏天都会等到我回华盛顿后才去想办法和沃尔特谈新合同，因为他们知道沃尔特心软。我最终不得不告诉沃尔特，我不在的时候不允许他协商任何合同。他同意的那些数额远超过我们的承受能力。”

里德自己的合同谈判，则是体育史上最简单的。在为布朗工作期间，里德没签过合同。“我相信，如果一个人想摆脱你，他怎么都能摆脱你。”里德说，“我可不愿意为不想要我的人工作。如果我感到不满意，我希望能按照自己的意愿随时离开。”

就这样，每个赛季结束后回华盛顿前，里德都会对布朗说，在他回华盛顿前，他们需要谈谈下一个赛季。

布朗会说：“咱们去卫生间吧。”显然，他不想让别人听到这么高级别谈判的内容。

两人接着走进卫生间。

里德会说：“下赛季你还想要我回来吗？”

“里德，我们刚刚赢下一个冠军。我当然希望你下个赛季能回来。”

“好吧。既然我们拿冠军了，我觉得我的薪水应该涨上10%。”

“好的。”

洗完手并烘干后，里德和布朗握握手，协议就算达成了。随后，里德就会回到华盛顿过夏天。

布朗的慷慨，尤其是面对其他球队的慷慨，时常让里德感到抓狂。“必须赞扬他的是，沃尔特总是为联盟着想。”里德说，“而我考虑的是怎么做最有利于凯尔特人。有时候他做得太过了。有一年，尼克斯的成绩特别差，他们已经烂了有一段时间了。于是沃尔特找到其他球队老板，建议在首轮再给尼克斯一个选秀权，因为纽约拥有一支好球队对联盟很重要。”

“我说：‘沃尔特，我理解你的感情，可咱们现实一些，总有一天需要帮助的会是我们。你觉得联盟里有什么人会试着帮我们吗？’他不想听我的话。最后，尼克斯和旧金山勇士队（当年西部倒数第一）各自额外得到了一个首轮选秀权，显得他们好像不只是为尼克斯这么做而已。”

布朗的死带给里德很大打击。凯尔特人再次在那个赛季赢得总冠军后，里德公开表示，他要用这个冠军向布朗致敬。里德同时宣布，他将在一年后结束教练生涯。最为这个决定感到沮丧的，就是拉塞尔。他试图劝说里德打消这个主意，后来他又跟多萝西·奥尔巴赫联系，想让她劝说里德。

“他找错人了。”里德说，“我这么做，多萝西很高兴。她觉得我做的是对的，不管你信不信，她愿意让我多待在家里。她跟拉塞尔说，她不可能劝说我打消主意。如果拉塞尔劝说我改变主意了，她会非常生气。”

到了这个时候，拉塞尔和里德坐下来，探讨了里德退休之后的安排。里德记得拉塞尔对他说，他不想为其他教练打球，但是他还不想退役。“如果你真的准备离开，让我做球队教练。”拉塞尔说。

那个年代并不是没出现过球员兼任教练的情况。就在几年前，24岁的戴夫·德布斯切尔就是底特律活塞队的球员兼教练。“我会给你一份合同。”里德说，“如果赛季结束前你保证保密的话，我就让你做教练。”

拉塞尔同意了。

里德那时候根本没意识到，他将要让拉塞尔成为主流体育联赛历史上第一个担任主教练的非洲裔美国人。里德已经让凯尔特人成为体育界第一支在所有位置都使用过黑人首发球员的球队，对于这个事实，他也没多想过什么。在里德看来，拉塞尔担任主教练是最完美的解决方案：他聪明、强硬，天生就是领袖，其他球员都愿意以他为榜样。后来，当外界开始越来越多地强调他这个操作的突破性意义时，里德显得不以为然。

“干吗要这么大惊小怪？”他说，“我不是为了表达某种态度才这么做的，我这么做，是因为那对球队是最好的选择。说实话，如果我真的把这事闹得很大，拉塞尔大概就不想做教练了。跟你说实话，我从来就没往那方面想。”

就像过去一样，里德用自己希望的方式表明自己态度。那年春天的总决赛，凯尔特人五年内第四次遇到了洛杉矶湖人。凯尔特人分别在1962、1963和1965年击败了湖人。1962年的总决赛打到了第七场，凯尔特人在加时赛中取得了胜利。湖人主教练弗雷德·沙斯无法忍受里德，甚至在两人退休多年后，他还会公开表达自己的不满。沙斯坚称，里德不是伟大的教练，他认为里德只不过运气好而已。

里德知道沙斯对他的看法，两人不止一次地爆发过冲突了。1966年总决赛第一场，湖人客场在加时赛取胜。对于湖人来说，这是一场具有重大意义的胜利。比赛结束后，里德和往常一样，站在凯尔特人狭小的更衣室外接受媒体的采访。过去没有“采访室”这个概念。

里德简短地谈了谈比赛，赞扬了湖人在关键时刻打出战术的能力。接着，他说：“哦，各位，顺便一说。我们明天将会召开新闻发布会，宣布球队的新主教练人选。如果你们有兴趣的话，新主教练是拉塞尔。”

现在复述这个故事时，里德还会咯咯地笑个不停。“搞得好像根本没有比赛进行一样。”他说，“突然之间，人们只关心拉塞尔做教练这事了。他还会继续打球吗？这事是什么时候定下来的？沙斯都要疯了。他们在波士顿取得了一场具有里程碑意义的胜利，结果到了第二天，报纸上只有几句话和他们有关。”

凯尔特人在第二场比赛中大胜20分，接着又赢下了第三场比赛，不过沙斯和湖人还是将总决赛拖进了第七场。最终的结果和过去并无不同，获胜的还是凯尔特人。凯尔特人在加时赛中以95比93取胜，里德带着八连冠、十年内九夺冠军的成绩结束了执教生涯。那时的凯尔特人，已经和纽约洋基（棒球）、蒙特利尔加拿大人（冰球）以及圣母大学（美式足球）一起，成为体育界最伟大的王朝球队之一。

里德从教练岗位退下来时，鲍勃·坎贝尔只有9岁，他是消防署长汤姆·坎贝尔四个儿子中年龄最小的一个。鲍勃记得小时候自己总在看波士顿各个球队的比赛——红袜、爱国者、棕熊和凯尔特人，他知道，只要这些球队赢球了，世界就是美好的。

“我小时候他们赢的并不多。”他说，“红袜队糟透了；棕熊也很差劲，因为鲍比·奥尔还没加入球队；爱国者在1963年拿到了一个冠军，可那时他们还在AFL联赛，所以那基本不算数。我记得我的哥哥们总是对我说：‘永远记住，感谢上帝为我们送来了凯尔特人。’”

8岁那年，小鲍勃第一次去波士顿花园球馆看了比赛。“我记得的就是冠军旗帜。”他说，“我抬头看向顶棚，所有的冠军旗帜都挂在那里。我永远也忘不了抬头看到那些旗帜的感觉。”

当鲍勃长大到可以和朋友一起坐快轨从多切斯特到花园球馆看比赛时，他就成了凯尔特人比赛的常客。“我们经常走一个后门。”他说，“给门卫5美元，他就会让我们进去。那时候球馆里总有空座位，所以想找个好地方看比赛并不难。”

里德不再担任主教练后不久，有一天晚上，鲍勃和一个朋友鼓起勇气，偷偷溜到球员板凳席后面的座位，找到里德这个伟大的教练，请他签名。“他签了。”坎贝尔说，“他不太外向，但人非常好。让我抓狂的是，我不知道把那个签名放哪儿了。”

鲍勃最生动的记忆之一，就是1965年和全家人一起坐在厨房，听着收音机里的约翰尼·莫斯特在东部决赛第七场中声嘶力竭地喊出“哈弗里切克断球了！”这句篮球史上的名言。而哈弗里切克的惊世一断，也是凯尔特人历史最值得记忆的瞬间之一。“我只记得所有人都跳起来，高兴得快疯了。”鲍勃表示，“在我家，我们都是用一种虔诚的语气说起里德。他就是波士顿最有分量的人。无论什么时候看比赛，只要凯尔特人最后保持领先，人们就开始四处寻找点燃的雪茄。那向来都是比赛的亮点之一。所以我很多童年的美好记忆都和凯尔特人有关。”

坎贝尔在高中打的是棒球，他有一个队友，名叫小罗恩·佩里。佩里后来成为圣十字学院的篮球明星，1980年NBA选秀，他在第三轮被里德选中，不过他没有为凯尔特人打过球。在布里奇沃特州大上学时，鲍勃和当时做警察的哥哥一起，在科德角做过一段时间的业余警察。那时候他的人生计划是主修体育教育，毕业后做高中教练——和四十年前里德上大学时一模一样。

可是警察工作，即便只是做业余警察，都让鲍勃很是着迷。他喜欢帮助遇到麻烦的人们，他觉得，在更高层面上做这些工作，值得自己一试。大学毕业时他意识到，自己进不了波士顿警察局。因为只要出现空缺，申请人几乎都有在军队服役的背景。他和几个朋友申请了新罕布什尔州纳舒厄市的警察工作，并且得到了聘用。

那一年是1979年。第二年，罗纳德·里根为竞选总统前往新罕布什尔州宣传时，坎贝尔被指派与特勤局合作，负责里根的安保。“那些人都很强。”鲍勃回忆道，“都是好人，很聪明，对自己的工作了如指掌。我觉得他们是真厉害。”

搬到离家乡更近的马萨诸塞州莱克星顿时，坎贝尔依然抱有那样的想法。1983年，在一个已经进入特勤局的朋友的帮助下，坎贝尔得到了面试机会，随之而来的还有一次考试。“40%都是数学题。”坎贝尔说，“我的数学不怎么好。我以为自己肯定考不过，我特别抑郁。我觉得这是一个好机会，而我却搞砸了。”

考试结束后第三天，坎贝尔接到了一个电话。他没搞砸，他通过了考试。到了1983年年底，他已经是特勤局纽约分部的工作人员，他的工作主要是为联合国的外国要人提供保护。1992年，他被派往华盛顿，成为副总统安保团队的一员。抵达华盛顿后不久，比尔·克林顿与阿尔·戈尔便击败了乔治·布什与丹·奎尔，成为下一届美国总统与副总统。在这段转型期，坎贝尔在戈尔和奎尔的安保任务之间来回奔波。“让我们就用有趣来形容那段时间吧。”他说，“他们俩的个性不一样。”

坎贝尔最终被调到了特勤局的联络部门，在这里，他结识了皮特·道林，两人成了朋友。当道林晋升为负责华盛顿部门的特工时，他也把坎贝尔带到了华盛顿。一天下午，道林走进坎贝尔的办公室，说：“喂，猜猜我刚跟谁吃饭去了？”坎贝尔心里觉得，无论道林说出哪个名字，他都不会很激动。直到里德·奥尔巴赫的名字从道林嘴里蹦了出来。

“不可能。”坎贝尔回答道。他不仅激动，而且惊呆了。

道林解释说，他是通过两人共同的朋友唐·凯西认识的里德，他还想办法安排里德和凯西在白宫的餐厅吃了一顿饭。作为回报，里德邀请他和自己的一群朋友，一起去了一家名叫“中国多尔”的餐馆吃饭。知道坎贝尔来自波士顿，道林认为自己的经历肯定能引起对方的强烈反应。

道林想的没错。几周后，当道林告诉坎贝尔，自己已经成为“中国多尔”午餐会的常客时，坎贝尔开始鼓动道林。“让我也得到邀请吧，就一次。”坎贝尔请求道。那时候还认为自己处于小团体之外的道林表示，他会挑选一个合适的时机问问里德，但他觉得，那个小团体的圈子很小，里面的人关系都很密切。

道林后来说：“讽刺的是，从小我就是尼克斯球迷。我从来不恨凯尔特人，我非常尊重他们，所以我对他们完全恨不起来，但我支持的是尼克斯。鲍比的身体里流着凯尔特人的绿色血液，但去参加午餐会的却是我。”

没过多久，道林就找到了一个让坎贝尔和里德聚在一起的机会。里德给道林打电话，说克林顿总统邀请他去白宫参加1999年的圣帕特里克节晚宴。他问道林："那到底是什么玩意?"

道林说，那是一个盛大的晚宴，大概有五百人得到了邀请。里德不确定自己和多萝西愿意经受那种折腾，在外面排半天等待进场。"我想我可以去接他们，开车带他们进去，让他们轻松一些。"道林说，"然后我意识到，那天晚上我的一个孩子要打篮球赛，我要去做教练。我需要找别人做这件事：还有谁比'波士顿凯尔特人先生'鲍勃·坎贝尔更合适呢?"

无需多说，坎贝尔自然兴奋极了。"当我打电话给他确定行程安排时，我颤抖得就像风中摇摆的树叶一样。"坎贝尔说，"可当我见到他时，奥尔巴赫先生人真的太好了。这帮助我放松下来。"

坎贝尔不得不停下和多萝西聊上几分钟，因为在他进门时，里德正在打电话，想让乔治·华盛顿大学去欧洲试训一个名叫山特·罗杰斯的球员。坎贝尔听到了里德说的最后几句话："如果你觉得一个孩子仅仅因为太矮（5英尺3英寸）就打不了球，那你就滚一边去吧。"

坎贝尔开车送奥尔巴赫夫妇到了白宫，把他们领进大门，带到了安检的地方。坎贝尔的一个同事站在那里对照来宾姓名。"我对他说：'奥尔巴赫先生和夫人。'"坎贝尔说，"他说：'哦，好的。'然后他抬头看到了里德。我们这些人很少在外人面前表露感情，但是当他看到了里德时，他说：'嘿，这是里德·奥尔巴赫。就是那个里德·奥尔巴赫。'我说：'是的，我知道。'"

坎贝尔带着奥尔巴赫夫妇走进了宴会厅。那是一个政治性的宴会，所以里德不太愿意太多地和坎贝尔聊过去凯尔特人的事。"不过当我说起威利·瑙斯的名字时，他还是挺高兴的，因为我记住的不只是明星。"随着时间越来越接近9点，坎贝尔也开始紧张起来。他当时在伪造品分队工作，因为抓捕行动，他必须离开宴会。这时，坎贝尔看到了前波士顿市长雷·弗林，他曾经在普罗维登斯大学打过球。

坎贝尔说：“教练，你认识雷·弗林吗？”

“认识？”里德回答，“妈的，我还裁掉过他。”

坎贝尔带着奥尔巴赫夫妇走到弗林身边。看到里德后，弗林立刻伸手搂住里德，向房间里的其他人介绍里德。坎贝尔松了一口气，他的任务完成了。几分钟后，当他向奥尔巴赫夫妇告别时，里德对他说：“嘿，下周二到‘中国多尔’吃午饭。皮特知道具体情况。”

那天晚上离开白宫时，坎贝尔激动得差点不会走路了。

小时候被他视作上帝一般的人，竟然邀请一起吃午饭。

6

或远或近的旅行

“我有没有跟你讲过，我是怎么把海因索恩折腾得被波兰秘密警察逮捕的事？他都要吓死了。库西在街上见人就说海因索恩是德国人，而波兰人恨死了德国人，搞得海因索恩信以为真，真以为别人都来抓他。我对恶作剧一向不是很有兴趣，但那次太值了，海因索恩真是活该。”

随着这些年人们对国际篮球的重视程度日益增加，越来越多的海外球员进入大学和职业联赛，很多人大概忘了，篮球界第一个将大量时间花在海外的人，正是里德。

最远可以追溯到50年代，那时在美国国务院的要求下，里德就曾前往海外开办训练营。当欧洲的联赛逐渐兴起后，里德有时候还会带领球队与外国国家队或职业球队进行表演赛。

“50年代去那些地方时，我们的训练营教的都是很基础的东西。”里德说道，“就算在那时候，我也立刻发现，他们的基本功非常好。”里德大笑道，“他们都说读过我的书。”（里德1952年写过一本名为《球员、球迷和教练的篮球》的经典教学用书，这本书最初售价25美分，后来被翻译成十二种语言。“这本书卖的太好了。”里德说，“每卖出一本我就能拿到1美分。”）

“我会带上库西或海因索恩，有时候还会带上一个裁判。我们也会和教练及球员合作。我一直很喜欢这些活动，因为他们对知识都很渴求。”

到了60年代，篮球开始真正具有全球影响力——尤其是在“铁幕政策”的背景之下。1964年，里德接到了尼克·罗比斯的电话。罗比斯是里德的老朋友，他和鲍比·肯尼迪同是哈佛校友，当时正在美国国务院工作。有人提议，派一支NBA球队去波兰、罗马尼亚、埃及和南斯拉夫进行表演。波兰和南斯拉夫尤其重要，因为美国运动员很少能前往“铁幕”的另一边，更别提开展友好访问式的表演赛了。

“你觉得你能组织一个球队去那边吗？”罗比斯问。

“行啊，我觉得可以。”里德回答。

里德后来组织了一支球队，其中包括比尔·拉塞尔、鲍勃·库西、汤姆·海因索恩、KC·琼斯、奥斯卡·罗伯特森、鲍勃·佩蒂特、汤姆·格拉和杰里·卢卡斯。几乎所有人都多次入选过全明星，他们也都是未来的名人堂球员。

在那样一个全世界球员都在美国打球的年代，一般人很难想象，这样一次访问是一个多么重要的任务。球队离开美国前，所有人都被带到华盛顿，由国务卿迪恩·腊斯克进行情况通告，告诉他们可能遇到什么情况以及该如何应对，尤其是在波兰、罗马尼亚和南斯拉夫，球队很有可能面对大量的反美情绪。之后，里德和球员又被带到白宫参观，在椭圆形办公室受到约翰逊总统的接见。

里德见过杜鲁门之后的历任美国总统，他和肯尼迪家族的几个人是好朋友。但无论何时，与总统交谈或者前往椭圆形办公室，在里德看来都是有趣的事。约翰逊当时正在竞选连任，对于他抽出时间接见球员，里德向他表示感谢。里德说，他们会尽全力做好祖国形象的代表。

“记住一件事。”总统说，“无论情况多么艰难，尽量保持耐心。”

里德说："总统先生，耐心一向是我最大的优点之一。"

听到这话，站在一起的四名凯尔特人球员乐不可支。

里德喜欢冒险。直到今天，他仍然喜欢去没去过的地方，做过去没做过的事。里德决定，对于所有参与者，这次旅行不应该只是打比赛加住酒店。于是在到访的每座城市，他都安排了导游，带全队参观游览。

"到波兰的第一天，我订好了一辆大巴，10点到酒店接我们。10点时，除了拉塞尔，所有人都按时到了。等找到他时，我们已经晚了二十分钟。我知道他想干什么。他想让每个人都知道，即便在座的都是明星，他也是明星中的明星。冲拉塞尔发完脾气后，我转身对萨姆·琼斯说：'我敢保证，明天奥斯卡会迟到二十分钟。'第二天，大巴的时间仍然定在10点。除了奥斯卡，所有人都到了。正好在10点20分时，他出现了。"

"那天下午开始训练之前，我把所有人召集在一起，说：'听着，各位，咱们还有一段旅行，我们还要去很多地方。我希望这是一段有趣的旅行。但我现在就告诉你们，今天是最后一次大巴延迟出发。如果迟到了，你就要为全队负责，无论接下来去的是体育馆、餐厅还是机场。如果你错过航班了，那是你的问题，我不管了。'那是最后一次有人迟到。"

在波兰的一周进行得很顺利。球队开办了训练营，和波兰球队打了几场比赛——里德允许球队把领先优势扩大到40分，然后让球员稍微放些水，这样就能在不彻底羞辱对手的同时，告诉他们世界其他球队和美国的水平还有这很大的差距。此外，球队也游览了很多地方。

汤姆·海因索恩自然而然成为很多玩笑及恶作剧的幕后主使，逼得每个人脑子里始终绷着根弦。那一周快过完时，里德觉得，是时候整一整海因索恩了。

一天下午，就在球队准备出门吃晚饭前，海因索恩和杰里·卢卡斯同住的房间响起了敲门声。门口站了两个穿着风衣、带着翻沿帽、表情凶狠的人。

“海因索恩呢?”他们问道。

“有事吗?”海因索恩回答。

“你跟我们走。”他们说，“现在就走。”

“去哪儿?”海因索恩问。

“走就是了。”

其中一人绕到海因索恩身后，另一人在前面带路。

明显吓到的海因索恩说：“杰里，快去找里德，告诉他发生了什么。”

卢卡斯保证他会去找里德。海因索恩被带到楼下，坐在酒店大厅旁的小酒吧里。他被告知，过一会儿一辆车会接他去“总部”。

海因索恩在酒吧里坐了一会儿，一个劲儿地抽烟。焦虑不安地坐了一会儿后，里德走了进来，一脸阴郁。“汤米，他们真的很生气。”里德说。

“气什么?”海因索恩问，“我到底做了什么?”

这时候里德再也装不下去了，海因索恩吓得脸都白了。里德把两名“特工”叫了进来，介绍给了海因索恩。这两人都是波兰国家队的教练。

当海因索恩在很多年后讲述这个故事时，他声称自己其实没有被骗，从一开始他就怀疑那是个恶作剧。但里德却不这么认为。“为了保证我不是在想象，差不多一年后，当我在比赛里见到卢卡斯时，我问过他。”里德表示，“我说：‘是我疯了，还是汤米真的被吓坏了?’他看着我说：‘汤米绝对被吓傻了。’我说：‘很好，至少我也整过他一次了。’”

离开波兰后，里德他们去了罗马尼亚，他们在那里进行了更多训练营指导，打了更多的比赛。没有人被抓走。在那之后，他们又去了埃及，篮球在那里还是一个新兴运动。和在波兰和罗马尼亚一样，他们也被安排拜访美国大使馆。抵达使馆后不久，海因索恩就和前来问候他们的联络官聊起天来。

“你……喜欢……在……这里……工作吗？”海因索恩问道。他和过去的美国人一样，以为只要慢慢说，其他人就听得懂英语。

“我非常喜欢这里。”那个年轻的姑娘用标准的英语回答道。

“哇哦。”海因索恩说，“你的……英语……非常……好。”

“本……该……如此。”姑娘回答，“我……是……（俄亥俄州）托莱多人。”

海因索恩在这段旅程里真是诸事不顺。

旅行的最后一站是南斯拉夫。从飞机降落在贝尔格莱德那一刻起，没有一件事是顺利的。首先，当他们在凌晨1点抵达机场时，没有一个人到机场接他们。美国大使馆没人来，南斯拉夫篮协没人来，一个人也没有。里德终于联系上了预订下榻酒店的某个人，最后不知怎么弄来了一辆大巴，接上了所有人。

到达酒店时，时间已经过了凌晨2点。“那地方真垃圾。”里德说，“环境太差了，那地方在美国就是钟点房。我气坏了，我要求见篮协的人，他们说在那个时间不知道该给谁打电话。我们没有选择，只好入住。球员们进房间时，我还在大厅，想搞清楚早上跟谁联系才能把事情解决。前台的电话响了，是拉塞尔在他的房间里打给我的。他说：‘你能上来一会儿吗？’”

“我说：‘比尔，现在已经凌晨两点了。我真的很累，很生气，我没心情开玩笑。’”

拉塞尔说自己没开玩笑，里德最后还是去了他的房间。

“走进去后，我笑得差点坐到地上。”里德说，“比尔抱着胳膊站在门口，只不过再怎么小心，他还是会碰到墙。房间里只有一张小床，最多、最多能睡下一个人。而他那天晚上和佩蒂特住一个房间。”

里德冲到前台，要求每个人都住上单间。如果不满足他的要求，里德威胁说，他会吵醒小镇上的所有人。就这样，他搞定了单人间。第二天，当篮协主席终于现身时，里德要求他给球队换一家酒店。那个人对里德说，很抱歉，其他酒店都不行，这是他们能找到的最好的地方了。

里德本来想说，不换酒店就不打比赛。不过他想起了国务卿的情况通报，还有约翰逊总统要他保持耐心的告诫。于是他要了一份行程安排，在那之前，没有人向球队通报过行程。里德看了一眼，每天晚上都要打比赛。行，这能接受。

“你不想让我们办些训练营吗?”里德问篮协主席。

“我们不需要你们的训练。”那个人说，“上一次世锦赛，我们比美国队的名次更高。”

里德不知道该笑还是该哭。前一年的世锦赛，美国是由一群大学球员组成的。由于那时候世锦赛的重要性远不如现在，因此参赛的大学生在美国也不算水平最高的。“我该怎么跟这家伙解释呢?”里德说，“我该如何告诉他，那些只是孩子，而这些人是职业球员，是世界最好的球员?”

说真的，解释的方法只有一个。可是在球队证明自己的压倒性优势前，他们又遇到了一个问题。比赛当晚，当美国队走进露天球场时，里德发现自己没看到一面美国国旗。他立刻找到了美国大使馆的代表，要求了解美国国旗摆放的位置。

里德被告知:“他们在这里不可能放美国国旗。”

“好，你跟他们说，没国旗就没比赛。”里德说，“他们可以侮辱我，但不能侮辱我代表的国家。在我看来，他们卖了不少票，如果比赛不打，我不觉得这些观众会很开心。如果他们觉得我在开玩笑，跟他们说，叫他们大可以来试试，看到底会发生什么。”

一面美国国旗被找了出来，比赛正常进行。美国人明确无疑地展示了大学生和职业球员的区别。听说了南斯拉夫球队以为自己和美国队同样优秀的观点后，里德在赛前明确向球员做出了指示：“不许放水。”他说：“你们要尽全力打比赛。”接着，里德找到拉塞尔，他指着南斯拉夫队的明星、身高6英尺8英寸、满头红发的贝洛夫，“他只要得分，你就提头来见。”里德说，“只要得一次分，我就找你。”

比赛开始后，南斯拉夫队只要有机会，就会把球直接交给贝洛夫。在拉塞尔防守下，贝洛夫做出了一个转身过人的动作，刚转过身，他就被拉塞尔盖了，美国队立刻发动快攻。南斯拉夫连续五次进攻，拉塞尔连续送出了五次盖帽。到了第六次，贝洛夫在距离篮筐30英尺外接到球后，看到飞奔过来的拉塞尔，慌忙中他直接出手。球砸到篮板的一边，在观众的惊呼中弹了出去。几秒钟后，美国队的领先优势已经达到了20分，南斯拉夫队主教练请求了暂停。

里德怒吼道：“拉塞尔，我要杀了你！你居然让那家伙碰到了篮板！”

当贝洛夫在下一回合接到球时，他试图用脚步晃开拉塞尔，但拉塞尔狠狠地拍到了球，这一下力量极大，球重重地砸到贝洛夫的脑袋上弹了出去。无比恼火的贝洛夫抓起球砸进了观众席，随后立刻被裁判驱逐出场。

回忆当时的情景，里德说：“跑过板凳席时，拉塞尔看着我眨了眨眼。”

美国队在那场比赛里赢了55分。下半场的大部分时间，里德翘着腿坐在板凳席，津津有味地吃着冰淇淋，明确表达出“比赛太轻松、不值得我关注”的意思。在那天晚上的赛后宴会上，南斯拉夫篮协主席问里德，能否在第二天开个训练营，培训一下南斯拉夫球员。

里德第一次回答得非常直接，他对翻译说：“告诉他，我只有俩字送给他：没门。”

里德喜欢说：“我愿意原谅，但我从来不会忘记。”

第二天晚上，美国队赢了60分。

“如今人们理解不了的是，不管在美国还是其他地方，我们用了多长时间才让人们明白，职业球员到底有多优秀，让他们知道这些人是多么厉害的运动员。”里德说，“我们在50年代打巡回表演赛时，我们的对手中有一些是当地的小球星，这些人真以为能击败我们。过去常规赛期间，我们经常在停车场一类的地方办训练营指导球迷，因为我们必须把比赛推广到那些认为篮球没什么影响力的人中间。”

“无论你信不信，帮了我们很多忙的，是其他项目，比如棒球和美式足球的职业球员。很多时间正是他们在媒体上讲：‘喂，你们错过好事了，你们真的不知道那些篮球运动员到底有多厉害。’只有一遍又一遍地重复这些信息，最终才能产生潜移默化的效果。”

离开南斯拉夫时，美国队的统治力已经得到了所有人的认可。回到美国后，里德向美国国务院做了简报：波兰之行很成功，埃及之行也是如此，只不过少了美国大使，他说自己太忙，没时间来慰问球队（只不过里德后来发现，他有时候把脚翘在桌子上读报纸）。里德报告说，南斯拉夫之行进行得不顺利。

几年后，里德的一个在塔夫茨大学做副校长的朋友德尔洛·特里蒂尼克询问他，愿不愿意到塔夫茨大学著名的弗莱彻法律与外交学院进行演讲。里德发表了一次充满激情的演讲，讲述了旅行的艰苦以及应对外国人的方法。里德还提到自己在埃及遇到过的最差劲的外交行为，他说埃及的美国大使连一般的礼貌都不懂，不知道去慰问到访的美国球队。

演讲过后，特里蒂尼克一直没有回电话，这让里德感到有些惊讶。最后，里德主动打了电话。

“你的演讲很棒。”特里蒂尼克说，“不过我觉得你以后不会再得到邀请了。”

“真的？为什么？”

“学院院长就是1964年你去埃及时的美国大使。”

1960年，里德参与到了夏季训练营的产业之中。那时他是波士顿的标志性人物，开办一个只进行篮球培训的训练营是个合理的想法。这是宣传篮球这项运动的方式之一，而且这也是一笔划算的生意。因为任何对篮球有兴趣的孩子，都会被里德的名字吸引。

训练营一经推出就取得了成功；时至今日仍欣欣向荣，每年夏天都会定期在布兰戴斯大学举办。里德说这么多年他遇到的唯一问题，就是那些把孩子送到训练营的前球员们，在一周的训练时间里总想监视孩子的一举一动。

“我差点把汤姆·海因索恩和鲍勃·布伦纳姆赶出去。”里德说，“约翰尼·莫斯特（长年担任凯尔特人电台解说）也一样恶劣。他们站在那里，冲自己的孩子叫嚷，还冲教练和裁判乱嚷嚷。最后我不得不跟他们说：‘如果你们不规矩点，我就把你们的孩子赶出去。’孩子们都很好，他们的爸爸才是麻烦。我的意思是，这种情况很常见，你总觉得这些人可以做得更好。其实根本不是你想的那样。”

开办训练营一年后，里德接到了摩根·伍腾的电话。那时的伍腾，还是马里兰州海亚特斯维尔市德玛沙高中的年轻教练，这所学校位于华盛顿郊区。几年前，里德在圣约翰高中乔·加拉格尔手下做助理教练时认识了伍腾。介绍两人认识的是卡罗尔大主教高中的教练鲍勃·德威尔，而卡罗尔大主教高中当时是华盛顿地区的高中篮球强校。

担任德玛沙高中教练后不久，伍腾在自己的第一个季后赛宴会上需要一个发言人。突发奇想之下，伍腾给里德打了个电话，问他有没有可能做这个发言人。里德几乎不会拒绝其他教练的请求，他去做了一次演讲，伍腾在心里记下了里德的好意。到了1961年，伍腾又打来电话，请里德帮忙：他和加拉格尔也想开办训练营，但他们不知道该怎么做。里德愿意坐下来为他们一一讲解吗？

当然。

“里德和我们一起呆了几天。”伍腾说，“他给我们讲了整个流程。管理好营员需要多少辅导员；怎么才能办一个日间训练营；怎么才能办一个过夜的训练营；他什么都跟我们说。然后他自愿第一年的时候加入我们，做主讲人。这对我们的成功至关重要。”

四十三年后，这个训练营已经成为全美最大、最成功的训练营，伍腾和加拉格尔从中获得的收入，远高于他们做高中篮球教练得到的薪水。这个训练营也促使里德结识了自己关系最好的朋友之一。由于里德家在圣约翰高中旁边，而训练营最初几年就是在这所高中举办，所以里德经常前去查看训练营的进行情况，或者打打网球。休息时，他和伍腾能聊上好几个小时的篮球。

“他的想法总能让我感到惊叹。”伍腾说，“他能看到一些东西，领会其他人领会不到的东西。”

很多人也会这样评价伍腾。伍腾的父亲是一名海军军官，退役后定居在了马里兰州的海亚特斯维尔。1950年从蒙哥马利·布莱尔高中毕业后，伍腾进入蒙哥马利学院。上大学期间，圣约瑟夫孤儿院棒球教练的职位有了空缺。想多挣点钱、获得执教经验的伍腾接受了这份工作，在第一个赛季带出了0胜16负的成绩。即便如此，孤儿院在第二年秋天还是让他继续担任美式足球和篮球教练。这次伍腾的运气好多了，他的美式足球队两次取得不败战绩，篮球队还打进了当地天主教青年组织（CYO）联赛的半决赛。

那时，伍腾已经进入马里兰大学，加拉格尔聘他担任助理教练，执教学校的二队。从马里兰大学毕业那年，德玛沙高中有意聘请他。听取加拉格尔的建议后，伍腾推掉了这份工作。“乔觉得我大学刚毕业就去做全职老师和全职主教练，压力太大。”伍腾表示，“事实证明，这是一个绝好的建议。”

一年后，工作邀请又来了，这一次伍腾接受了工作。他成为学校的篮球、美式足球主教练，运动部门主管和历史老师。伍腾一天要上五节课，年薪3800美元。很快，他便开始将德玛沙打造为全美最优秀的高中运动学校之一。1965年，卢·阿尔辛多在帕沃纪念高中读高四，德玛沙高中和帕沃纪念高中在马里兰大学的科尔室内运动场进行了一场比赛。在这场至今被视为最有名气的高中篮球赛中，德玛沙在全场爆满的一万四千五百名观众面前战胜了帕沃，终结了对手的71连胜。这场比赛，也是科尔室内运动场第一次卖光全部球票。为了应对身高达到7英尺2英寸的阿尔辛多，伍腾在训练中让二队球员举着网球拍，这样首发就能适应对方的身高。

60年代中期，华盛顿最有名的夏季篮球训练营——杰里夫训练营，经过多年白人与黑人分开训练比赛后，终于取消了种族隔离。伍腾的球队一向不存在种族隔离，以上社会变革，使得当时已经成为全美强校的德玛沙得以参加篮球联赛。夏季联赛的决赛，是一场在华盛顿地区广受关注的比赛，参赛的双方分别是德玛沙高中与中学校级全明星队——即天主教高中强队与公立学校联合队的比拼。杰里夫的球场人满为患，伍腾不得不让包括里德在内的几个朋友坐在球队的板凳席上，因为其他地方根本无处下脚。

“那是一场伟大的比赛。”伍腾回忆道，“我觉得我的球队已经打出了最高水平。全场比赛两队不断交换领先，他们在最后打出了一个配合，三加时战胜了我们。输掉这种比赛不会让人感到难过，因为这是一场极高水平的比赛，我的孩子们打得那么努力那么好。离开那里时，我感觉很高兴。”

“第二天，和往常一样，里德到圣约翰高中打网球。他打了声招呼，我们聊了几分钟。他一句话也没提前一天的比赛。最后，我忍不住了，我问：‘里德，你怎么看昨晚的比赛？’他停顿了一下，看着我，最后终于开口了。‘我为你感到难过。’我说了类似那是一场艰难的失利之类的话，他摇了摇头，说：‘不，不是那回事。我很遗憾是你造成球队输球。’”

“我惊呆了。我说了类似‘啊？’这类的话。”

“他说：‘你失去了对比赛的感知。暂停的时候，你说的是进攻。你的球队进攻其实没问题，你们得分没有问题。你的麻烦出在防守和篮板上。你一次也没跟他们说要加强卡位，而球员在卡位上做得很糟糕。如果你想做教练，你就不能失去对比赛的感知。’”

“听他说那些话真的很不好受。我在想，如果我没说起比赛的话，他还会不会跟我说那些话。但我一直没忘掉他说的那些。事实上，那大概是我教练生涯中别人跟我说过的最重要的话。我一直试图对自己执教的每一场比赛都保持明确的感知。”

伍腾在这方面做得很好。2002年秋天退休时，他总共赢下了一千二百七十四场比赛的胜利，是历史上取胜场次最多的高中教练，而且他仅仅输掉了一百九十二场比赛。他的德玛沙高中连续四十四年、每年至少取得20胜，球队连败的场次也从来没有超过两场。退休后的第一年，德玛沙出现了一波九连败。有一天，有人在午餐会上问伍腾，他经历过的最长连败是多少时，伍腾停了一下。对方继续追问：“是三场？还是四场？”

摩根的表情好像刚刚被人电击了一样。“三场？”伍腾一副难以置信的表情，“我的老天啊当然不是，我们从来没有连输过三场。”

摩根确实会说“我的老天啊”这句话，而里德对类似问题的回答，一般是“我的天”。

里德和伍腾，就是一对性情相反但又感情和睦的夫妇。里德嗓门大，固执己见，经常出言低俗。伍腾则是一个安静而谦虚的人，总是询问别人的意见。他从来不说脏话，即便在比赛或训练中亦是如此。伍腾手下的球员也知道，不能在他身边说脏话。而里德，他每句话里的动词、形容词、副词和名词都有可能是脏话。跟里德打声招呼，回答你的可能是他对任何事物的看法，从州经济状况到国际篮球形势，再到更衣室里的女性。只有在对方不断追问下，伍腾才会吐露自己的想法，即便像天气这么没争议的话题也一样。

好几年后，伍腾对队中最好的球员基斯·博甘斯实施了禁赛处罚，原因是博甘斯在训练中和队友打架。一向认为不能用伤害球队的方式惩罚球员的里德，被伍腾的做法惊呆了。那周二当伍腾走进聚餐的餐馆时，里德没等他坐下就跳起来冲了过去。

“你想干什么？你疯了啊？对博甘斯禁赛？”里德说。

“里德，我别无选择。”伍腾开口说道，“他知道打架违反球队的规定，但他还是动手了。如果我让他逃过处罚，其他人会觉得因为他是球星我才这么做的……”

“去他妈的其他人。找别的方法处罚他，别禁赛。”

“好吧，那我到底该怎么做？”

“罚他款啊！”里德咆哮道。

伍腾大笑。“这主意也不坏嘛。”他说。

说话时，里德90%是用以下句式开始的，“我跟你讲讲我的看法……”；而伍腾的第一句几乎总是“你觉得……”。即便有着这么大的差异，两人仍然是关系亲密的朋友，毫无保留地信任对方，相互之间极为尊重。

“除非是自己想出来的，否则绝大多数教练不愿意听别人的意见。”说到伍腾时，里德这样评价，“摩根却从不那么自负。如果他看到了积极因素，或者有人向他提出了想法，如果他觉得有道理，他都会采用。他从来不需要个人声誉，从来不需要证明自己是最聪明的人。他是我见到的第一个真正思考篮球、愿意不断学习篮球的高中教练。对他来说，那不仅仅是一份工作。他总是想学到更多、变得更好。他绝不会让自尊阻挡自己做事。我们很少能在像他一样成功的人身上看到这些特质。”

如今，里德和伍腾可以坐在一起，聊上好几个小时的篮球。他们会从技术层面谈论比赛，也会谈论球员的性格。一般来说，都是伍腾提出问题，里德提供答案。

“他总在谈论对比赛的感知。”伍腾说，“总让我感到惊异的是，是他对人的感知。回到过去训练营时期，比尔·布拉德利过来参加过训练。布拉德利在普林斯顿上大学时，他会在夏天到华盛顿实习。即便在那么早的时候，他也是我见过的最优秀的年轻人之一。我还能想起有一天晚上，我们坐在一起聊到了布拉德利。有人说：‘这家伙以后能做总统。’”

“里德把雪茄从嘴里拿下来，摇了摇头。‘不，他做不了总统。’他说，‘他太他妈实诚了。他会成为参议员，或者最高法院大法官。’”

伍腾差点没能挺过1996年夏天，他需要进行肝脏移植才能活下去。重新回来做教练，很大一部分原因在于，伍腾决定利用自己的名声筹钱做手术以及肝脏疾病的研究。他建立了“德玛沙经典”赛事，他花费了大量时间和精力，通过吸引全美各地的高中球队参赛，让这个联赛取得了成功。伍腾还开始与德玛沙高中的管理层讨论退休计划。理想状态下，伍腾将再做两三年教练，然后将主教练的职位交给自己的儿子乔，后者一直都是他的助理教练。

德玛沙高中在这个问题上却开始闪烁其词。到了1998年，学校直接告知伍腾，伍腾退休后，他们不会考虑让乔接任主教练。伍腾感觉很受伤。他觉得自己这么多年取得的成绩，德玛沙应该愿意给乔一个接替自己的机会。“相信我，如果我觉得乔不够格，我绝不会提出那个建议。”伍腾说，“那既帮不了乔，也帮不了学校。”

那年春天，伍腾感到精疲力尽，他不确定自己还想不想继续做教练。他已经68岁了。经典联赛仍在运行，没有他，世界也不会停止运转。乔不会接替他的职位，事实上，乔已经成为天主教高中联赛中奥康纳高中的主教练。这意味着伍腾和自己的儿子将成为对手，而这是伍腾一直以来最害怕的。

有一天吃午饭时，伍腾看着里德，用一种少见的严肃口吻说："里德，你觉得我该不该退休？"

"绝对不该。"里德回答。

"为什么？"伍腾问道。

"因为你现在自我感觉很糟，是不是？"里德说，"你累了，德玛沙高中让你很生气，你也不满意这个赛季。所以你想，退休了我就能摆脱这一切了。大错特错。这才不是退休的时候。如果你这么干，那你最后的回忆就是糟糕的回忆。看看你的职业生涯，你不该这样退出。"

"另外，记住一件事。从退休那一天开始，你就真的变成老头子了。无论你自己有没有那样的感觉，反正别人是那样看你的。"

伍腾决定继续执教。"我已经做好退出的准备了。"他说，"里德那天让我改变了主意。当然，他的话照例是对的。我们打出了两个非常棒的赛季，又赢下了两个市冠军。当我觉得是时候退休、自己无法再经历一年重建时，离开的感觉太美好了。我忍不住想起1997年迪恩·史密斯（他与里德和伍腾都是相交多年的朋友）的球队在NCAA'最终四强'赛中输给亚利桑那大学时，他脸上的表情。他是历史上最伟大的教练之一，而他最后一段记忆，却是一场让人失望的失利。里德退出时是一个胜利者，我也是——我能做到这一点，也是听了他的劝。"

里德的另一个建议后来也被证明是正确的。他告诉伍腾，德玛沙高中拒绝让乔接替主教练位置，乔其实是幸运的。"你不想让他陷入那种境地。"里德说，"他在第一份工作中最不想要的，就是天天被人拿来和你对比。让他去别的地方，留下属于自己的印记。"

乔走的正是里德指出的这条路，他在五年前得到了丹尼斯·J主教监管的奥康纳高中。伍腾父子在赛场上成为对手，这是最难最痛苦的部分。“他坐在板凳上，面容慈祥。”乔笑着说，“人们不知道的是，为了击败对手，他什么都会做——我的意思是，什么都做。”来到奥康纳高中后的第三年，乔终于击败了自己的父亲。但是在赛季最后，赢得城市冠军的还是德玛沙高中，那也是伍腾的第十四个全市冠军。

对摩根·伍腾来说，退休后最大的福利，就是能更频繁地参加周二的午餐会。“我记得在我女儿们十几岁时，我太太告诉她们，毕业舞会最美好的部分，是购买裙子、为未来的舞伴而兴奋，是准备与期待的过程。”伍腾这样说道，他喝了一口茶，而里德已经冲出去，急着赶去伍德蒙特打牌了。“人生大多如此，期待确实比现实更好。”

“周二不来吃午饭时，我总是满怀激动地想来，而亲身来到这里的感觉永远都比期待更好。几乎每次走出这里时，我都感觉精神振奋，满是活力。每次来这里的路上，我发现自己总是在想‘我想知道里德对这件事或那件事的看法’，我想知道他对那天任何新闻的看法。”

伍腾笑了笑。“有一件事我可以确定，只要我来到这儿，我就能知道他到底是有什么看法。”

7

构建与重建

“我跟你讲过我是怎么被赶出1967年全明星赛的吗？我是被驱逐出场的，第一节就被赶出去了。其实我已经不做教练了，可居然还是在全明星赛上被驱逐了。有多少人遇到过这样的情况？”

只有里德。

尽管已经不再是凯尔特人的教练了，但联盟仍然要求里德担任1967年旧金山全明星赛东部全明星队教练。按照当时的规定，东西部全明星队的主教练由前一个赛季赢得东西部冠军的球队主教练担任。凯尔特人在里德带领下赢得了1966年的东部冠军，最终连续第八次赢得总冠军。里德希望取得1967年全明星赛的胜利，既因为过去四次由他担任教练时，东部明星队都取得了胜利；同时，这也是最后一次折磨西部明星队教练弗雷德·沙斯的机会。

“我在第一节追着责问一个裁判，因为他们吹罚太松了，我害怕有人受伤。”里德说，“突然间，有一个裁判，我都不记得他的名字了，他转过来吹了我一个技术犯规。我说：‘你干什么？你疯了啊？这是全明星赛，在全明星赛你吹什么技术犯规。’他说：‘哦，是吗？你刚刚为自己挣到了第二个。你被罚出场了。’最开始我以为他不是认真的，但他没开玩笑。我连第一节都没撑过去。”

这并非那个赛季里德唯一一次做教练工作。拉塞尔在凯尔特人兼任球员和教练，不过只要里德身在波士顿，拉塞尔一个月总有两三次会邀请里德主持训练，让他看看球队的优点和缺点。而刻意回避球员和比赛的里德，对于能够再次指挥球队同样很是高兴，即便这一切只是在训练而非比赛中。“事实上那样更好。”里德说，“我再没输过球。”

只不过，当凯尔特人输球时，里德也会有挫败的感觉。做总经理并不会让失败变得更容易接受，从某种程度上讲反而更难，因为如果比赛出现问题的话，里德很难控制住自己。但他能做的，只是干坐在那里看比赛。凯尔特人在那个赛季取得了60胜21负，从任何角度看，凯尔特人几乎都打出了一个优秀的赛季。可就是在这个赛季，威尔特·张伯伦终于打破了自己身上的“凯尔特人诅咒”。他的费城76人拿到了全联盟最好的68胜，在东部决赛中以4比1战胜凯尔特人，最终获得总冠军。

至少安布雷·琼斯是高兴的。里德一点也高兴不起来，拉塞尔也是。在接下来的那个赛季，张伯伦试图卫冕，在东部决赛中，76人大比分3比1领先凯尔特人。不过这一次，凯尔特人完成了逆转。他们连赢三场比赛淘汰76人，接着在总决赛里战胜湖人（还能有谁？）。到了第三个赛季，凯尔特人在常规赛大部分时间显得无比老迈，他们只赢了48场比赛，在东部排名第四。可比尔·拉塞尔、萨姆·琼斯、萨奇·桑德斯、唐·尼尔森和约翰·哈弗里切克不知怎么再一次找到了魔力，他们连续击败了三支常规赛战绩优于自己的球队——76人、尼克斯和湖人（又是湖人），赢得了十三个赛季中的第十一个总冠军。

在洛杉矶进行的总决赛第七场比赛，凯尔特人拼死一战，最终以108比106取胜，这是里德这辈子最激动兴奋的记忆之一。那天晚上，他和约翰尼·莫斯特一起，担任比赛的解说嘉宾。比赛开始前，里德看到了一份本来只有湖人工作人员才能看到的备忘录。备忘录上写明了湖人老板杰克·肯特·库克希望在赛后颁奖仪式上看到气球被放出的时间——他当时在湖人球馆的顶棚里藏了五千个气球，准备在湖人夺冠后放出庆祝。

比赛结束时，里德再也忍不住了。“老天，这真的太糟糕了。”他说，“我想知道杰克准备怎么处理那些气球。”

那是拉塞尔和萨姆·琼斯最后一搏，两人都在那年夏天宣布退役。拉塞尔通过在《体育画报》上的一篇文章宣布了自己的决定，震惊了所有球迷。但里德并不意外。“他们两个都能继续打下去。”里德说，“但他们和我一样，精疲力尽了。不断获胜会带来无比巨大的压力，因为一旦输了，对方就会大肆庆祝。做教练也让拉塞尔感到非常心累。他们退役时我并不开心，但我能理解他们的决定。”

自从当年初抵波士顿、接手一支糟糕的球队，这还是里德第一次面临重建的局面。里德聘请海因索恩担任主教练，他知道，拉塞尔和萨姆·琼斯退役，再加上纽约尼克斯和巴尔的摩子弹这两支新近崛起的球队，凯尔特人未来一两个赛季将会比较难过。里德预计的没错，接下来的两个赛季确实很艰难：凯尔特人在之后的第一个赛季取得了34胜，自1950年、即里德到来前一年以来第一次没能打进季后赛；球队的成绩在第二个赛季有所提高，取得了44胜38负，但却再一次错过季后赛。

里德仍然在重建，他还是秉持着“一年一名球员”的理念。1965年，他在首轮选下了唐·切尼，这是一个身高6英尺5英寸的凶悍防守型后卫；1969年，他选下了另一名后卫，来自堪萨斯大学的乔乔·怀特。接着，在1970年，凯尔特人获得了四号选秀权——这是1956年里德交易到选下拉塞尔的选秀权后所获得的最高顺位的选秀权。里德决定冒险一试，选下了佛罗里达州大身高6英尺9英寸的中锋戴夫·考文斯。在当时很多球探看来，考文斯身高太矮，很难在NBA打出效率。

“我因为两个原因选他。”里德后来表示，“他的速度很快，这让我想起了拉塞尔，而且他拥有杀手心态。为了赢球，他什么都愿意做。我觉得选这样的人，无论如何都不会错的。”

事实完全符合里德的判断。考文斯进入联盟的第二个赛季，凯尔特人就取得了56胜的战绩；在第三个赛季，球队获得了68胜。这两个赛季，凯尔特人都倒在了东部决赛，他们两次输给了纽约尼克斯。当时拥有威利斯·里德、沃尔特·弗雷泽、戴夫·德布斯切尔和比尔·布拉德利这一核心阵容的尼克斯正值巅峰，球队的主教练是里德·霍茨曼。与凯尔特人的另一个里德一样，霍茨曼也是纽约人。和里德不同，霍茨曼进入了纽约城市学院。

“他真是一个相当优秀的教练，我非常尊重他。”里德表示，“但媒体爱上他们，只是因为他们是纽约的球队。别把我的意思理解错了，他们确实是一支伟大的球队。可你能想象，在我们赢得那么多总冠军时，假如我们是纽约的球队，那会是什么样的情景？尼克斯拿了两次冠军，我敢发誓，他们球队的第十二人这种饮水机球员都出书了。现实一直就是这样。尼克斯好的时候，人们恨不得写诗赞美他们。他们就像棒球里的波士顿红袜与芝加哥小熊。所有纽约记者都爱他们。”

一直以来，尼克斯都算得上里德的痛处，即便凯尔特人绝大多数时候都稳压尼克斯一头——除了70年代尼克斯在季后赛赢过两次。里德一直认为，包括他喜欢的老板沃尔特·布朗，整个联盟都在卑躬屈膝地帮助尼克斯。即便里德和现在的NBA总裁大卫·斯特恩是好朋友，里德仍然坚称斯特恩是尼克斯球迷。

“有时候我提这个话题，就是为了让他不高兴。”说这话时，里德满脸微笑，“不过我说的都是事实。”

“那不是事实。”斯特恩坚持反驳道，“很多年前我是尼克斯球迷，现在我只是个篮球迷。”

说这话时，斯特恩真正给人一种联盟总裁的感觉。

里德和联盟的总裁一向保持着良好关系，无论是莫里斯·波德洛夫、沃尔特·肯尼迪，还是拉里·奥布莱恩或大卫·斯特恩。但这并不等于里德和他们没有爆发过争执。

“肯尼迪过去总是罚我的款。”里德说，“他会因为我跟裁判争吵被驱逐罚钱，也会因为我和球迷争吵罚我的钱。只要你想得出来，罚钱的原因什么都有。我一分都没交过。他会公开宣布对我罚款，而我会告诉他我绝不会交钱。这事就这么过去了。”

有一次，因为将和自己有矛盾的《华盛顿星报》记者斯蒂夫·赫尔许安排到波士顿花园顶层座位、没有让他和其他记者一起坐在下层看台，里德遭到了奥布莱恩的罚款处罚。NBA记者协会向奥布莱恩进行了投诉，奥布莱恩罚完款后告诉里德，下一次凯尔特人主场比赛时，赫尔许必须重新回到他过去经常坐的位置上。

“除非跨过我的尸体。”里德说，“想罚款随你便。但是在我的地盘，我让他坐哪儿他就得坐哪儿。”

现在说起这段往事时，里德依然大笑不止。“我把文章找出来读给奥布莱恩。”里德说，“我跟他说，真正让我生气的是，我妻子读完后非常难过。妈的，我都不做教练了，这群人还追着我不放。读完文章后，拉里对我说：‘里德，如果你敢把我的话传出去，我就杀了你。但我同意你的话。’”

对于斯特恩在80年代重塑联盟、将联盟再度带入巅峰的努力，里德十分敬重。“他做的最重要的一件事，就是让工会接受工资帽。”里德说，“我们也要肯定拉里·弗莱彻（当时工会主席）的努力，因为他理解工资帽是必要的，他没有阻挡这个进程。大卫在市场营销方面做得太好了。他做的事情中我唯一不赞同的就是让NBA球员参加奥运会。我理解他这么做的原因，而且那也帮助了这项运动在全球的发展，我知道这对他来说很重要。可现在却发展得太过分了。因为球员在外国的行为举止，因为他们表现得就像一个个被宠坏的孩子，还有乔丹的国旗事件（1992年奥运会男篮颁奖仪式上，迈克尔·乔丹身披美国国旗，用以遮挡锐步的商标。锐步是美国篮球队的官方赞助商，而耐克从1984年起就是乔丹的个人赞助商），我们成了丑陋的美国人。”

“现在，我们又出了世锦赛只拿到第六这种丢人的事，尽管去的不是最好的球员，却也是职业球员。拉里·布朗在第二年（2004年）找了一份适合自己的工作。他不仅要赢，球员最好也能规矩点。”

1992年职业球员可以参加奥运会后，里德也希望参与到奥运代表队的执教工作中。“不是做主教练，我太老了。”里德说，“我可以做做顾问之类的工作。我的确很了解国际比赛——我是第一个在美国以外的地方花大量时间考察的人。如果教练不想听我的，那他也没必要听我说的话。但如果有人来问问我也很好。当我还在做教练时，我没法做奥运代表队的教练。当我年轻时、做总经理时，我也做不了，因为那时参加奥运会的都是大学生，我知道他们想找的是大学教练。但现在不一样了。”

里德从没跟斯特恩或者任何NBA的人说过自己想涉足奥运代表队的愿望。“我不这么做事。”他说，“我不喜欢向别人要东西。也许在这种情况下我应该说点什么，因为大卫很可能没想到我会有兴趣。”

由考文斯领衔的重建后的凯尔特人在1974年赢得了队史上的第十二个总冠军；1976年，他们赢得了第十三个总冠军。这时，里德的名声已经广为流传：NBA赛事直播的中场休息时，他在CBS电视台主持着一档名为“里德论球”的节目；他也参与拍摄了米勒淡啤酒著名的‘不胀肚，味更好’的广告拍摄。自然，整个广告里，他的雪茄都没有离手。”

里德生活最大的问题，仍然是凯尔特人的所有权。沃尔特·布朗去世后，凯尔特人换了好几任老板，在里德看来，这些人远远比不了布朗。

“我还记得第一次扩张选秀时的情形（即1966年，芝加哥公牛在那一年成为联盟的第十支球队），球队的老板是马文·克拉特。他打电话给我，希望我能去纽约参加球队董事会会议。我去了。会议地点在泛美大厦，克拉特是全国股权投资公司的总裁。于是我去了那里，克拉特开始说，我们应该让哪些球员在扩张选秀中变成非受保护球员，他说：‘我们应该把萨奇·桑德斯和KC·琼斯归进这一类。’我只是坐在那里听他说话。他在房间里走来走去，问别人的意见。他觉得能从别人那里听到什么？他们都说：‘哦是啊，克拉特先生，你说的没错。’最后，我站起来说：‘我走了。’我走了出去。克拉特跟着我走进大厅，他说：‘里德，怎么了？’我说：‘你为什么觉得自己对篮球无所不知？你懂得商业和经济，你掏钱给我，了解篮球的是我。我们承受不了失去KC或萨奇的后果。可如果你想做那样的决定，没问题。你可以做决定，但请你找别人来管理球队吧。要么我管，要么你管。不可能我们两人都管。’”

“必须要称赞他的是，他理解了我的说法。他让我冷静，重新走回房间，让我告诉其他人我的做法，然后按照我的做法办事。”

克拉特远非里德遇到过的最差劲的老板。里德与约翰·Y.布朗的关系，差点导致他离开凯尔特人前往尼克斯。不过在这个布朗之前，凯尔特人的老板是伍迪·艾德曼，他也是来自纽约的商人。“他绝对是最坏的。”里德说，“他的其他很多投资进行得不顺利，他居然偷球队的钱。他坚持要求所有门票收入一律送交到纽约，送到他的手里，他说他会在纽约支付球队的开支。他不想让我们的会计人员参加任何工作。”

“问题是，他一笔账都没清过。情况变得特别糟糕，除非货到付款，没人愿意跟我们做生意。有一次，我自己掏了3000美元，因为电话公司已经准备停掉我们所有的电话了。有一次我们准备坐包机去别的地方时，包机公司要求我们预付8000美元。因为上一次他们把账单寄给艾德曼后，艾德曼一直没付钱。我得用自己的名字再签一张支票，否则我们连比赛都打不了。后来他终于卖掉了球队，球队被很多人起诉，人们都想拿回他欠的钱。”

里德一向认为自己是个相当不错的生意人——无论是否有关篮球。60年代期间，他曾是波士顿一家名为“阿妮塔·周”的中餐馆的股东，这家餐馆开了五年。据里德说，餐馆的饭菜非常好，问题在于周女士，她爱上了一个卷走餐馆不少利润的男人。里德发现，拉塞尔开餐馆也出现了同样的情况，于是他在经营很好的情况下撤回了自己的投资。

“事情没能得到更好的解决，其实挺遗憾的。”里德说，“我喜欢在比赛结束后有一个可以去的地方。一般来说，我只会去拿个外卖，回家或者回酒店吃饭。当我拥有一家餐馆时，我会在比赛结束后带人去吃饭。只是最后没成功而已。”

1976年夺冠后，凯尔特人再一次陷入困难局面。身高6英尺9英寸、却死扛其他高大中锋的考文斯，终于扛不住了。1977年，考文斯只打了五十场比赛；即便在接下来的两个赛季中他没有缺席太多比赛，他跟过去也判若两人了。随着所有数据全面下滑，1980年赛季结束后，在联盟艰苦打拼了十年，31岁的考文斯宣布退役。

由于球队战绩不佳，里德不得不做出一些艰难的决定。1977–1978赛季进行期间，主教练海因索恩被里德炒了鱿鱼，凯尔特人那个赛季最终只取得了32胜50负。“汤米最大的敌人是他自己。”里德说，“他非常聪明，也很强硬，可他谁的话也不听。他就是太固执了。他把自己逼到了一种不健康的环境中。”

最终迫使里德被逼无奈不得不改变的原因，是因为他觉得海因索恩已经失去了对球队的控制，尤其是失去了对球队两名首发前锋柯蒂斯·洛维和西德尼·威克斯的控制。这两人都是极具天赋的球员，共同在UCLA（加州大学洛杉矶分校）拿到了三个NCAA冠军。但里德越来越清楚地意识到，这两人都不太关心球队，不太在乎海因索恩希望他们或其他球员做到的事。

“我实在搞不清楚这些人是怎么回事，最终，我终于开口问汤米，能不能让我主持几天的训练。”里德说，“除了拉塞尔兼任球员和教练时邀请我这么做过之外，我从来没这样干过，而且从那之后我也再没这么做过。我只是觉得，也许这样我就能知道到底出了什么问题，可以帮助海因索恩。第一天，当我吹哨让所有人集合时，有十个人跑了过来。有两个人几乎没动，就是威克斯和洛维。事实上，洛维根本就是坐在一个篮球上。于是我说：‘嘿，各位，马上到这儿集合。’他俩来了，但是磨磨蹭蹭的。我对他们说：‘当我说马上，我的意思就是马上。’剩余的训练，他们都挺好，没有一点儿问题。几天后，汤米回来参加训练。我跟他说，如果在必须的时候命令他们的话，他们会听话的。汤米认同我的说法。大约一周后，我去看训练时，发现威克斯和洛维又恢复了老样子。汤米根本没去阻止他俩。就在那个时候，我决定必须做出改变了。汤米已经垮了，他不想再战斗下去了。我能理解。”

海因索恩之后，里德聘请萨奇·桑德斯担任球队主教练，事实证明那是一个巨大的错误。他和海因索恩（更别提里德）在脾气上完全相反，给他这份工作前，里德对这个情况心知肚明。球员生涯结束后，桑德斯去哈佛大学做了主教练。里德有一天去现场看比赛，哈佛大学在大比分领先的情况下被对手追上，最后被对手绝杀。里德觉得哈佛的球员在比赛中变得过于自负，而比分接近时，他们又变得不知所措。

“我会在这种比赛结束后狠狠地骂他们。”里德说。

他跟着桑德斯一起走进更衣室，等待自己的老队员发火。可他没有等来桑德斯的怒火。“各位，很艰难的一场失利。”桑德斯说，“明天4点继续训练吧。”

后来只剩他们俩时，里德批评了桑德斯。“你不能就这么放过他们。”里德说，“没理由输掉那场比赛。这种比赛之后你必须批评他们。”

即便如此，里德还是觉得桑德斯能够成为一名优秀的NBA教练。桑德斯很聪明，球员当然会尊重他；也许当他做职业教练而非大学生的教练时，他的态度能变得更强硬一些。里德心里总是对桑德斯有些偏爱，因为在桑德斯十三年的凯尔特人生涯中，他一直是个敢拼而强硬的球员。他总能打出凶悍的防守、努力拼抢篮板，为了球队能够取胜，无论里德让他做什么，他都毫无怨言。

1960年，里德选下了纽约大学毕业的萨奇·桑德斯。出现在训练营时，桑德斯戴着眼镜，两条腿都穿着厚厚的护膝。“打比赛时不能戴眼镜。”里德对他说，“这会显得你很害怕。如果你需要隐形眼镜，我们会为你做，但是不能戴眼镜。”

桑德斯对此表示理解。“好了，你的膝盖又是什么毛病？”里德问道。桑德斯说，什么问题也没有，他只是觉得戴护膝更有安全感。

“教练，我不觉得不戴护膝我还能打球。”桑德斯说。

里德什么也没说。那个赛季第一场表演赛开始前，里德让吉姆·洛斯卡图夫把桑德斯的护膝藏了起来。桑德斯没有选择，只能不戴护膝上场比赛。不过他没有异样的感觉，所以在那之后，桑德斯再也没用过护膝。对里德来说，聘用桑德斯是一个重要的决定，因为他总想尽可能多地聘用凯尔特人大家庭的成员。里德的成功中，有一个基本但又经常被忽视的因素，就是他对自己球员的极度忠诚，反过来，球员也对他极度忠诚。洛斯卡图夫就是其中一个例子。1957–1958赛季初，洛斯卡图夫遭遇膝盖大伤，他不得不接受手术，赛季报销。在那个年代，膝盖伤病是非常严重的问题，通常会威胁球员的职业生涯，有时候甚至直接导致球员退役。

第二年，当洛斯卡图夫出现在训练营时，里德发现他对受伤的膝盖还是很小心，不敢发力。“我问过医生他能不能打球。”里德说，“他们说，手术和复健后，受过伤的膝盖应该会比另一个膝盖更强壮。但他很害怕，我能看得出来。”

“最终，我坐下来和他谈了一次。我说：‘吉姆，你这样不行。我知道你的膝盖没问题。你唯一能找回过去状态的方法，就是从现在一直到赛季开始，完全听我的指挥，我让你做什么你就做什么。’”

洛斯卡图夫同意了。整个季前赛期间，他和里德会比全队提前两个小时前往当晚比赛的城市。在其他人出现前，两个人单独在球馆训练。里德会让洛斯卡图夫进行无球训练、倒地救球训练和急停启动训练——每一项训练的目的，都是迫使他对受伤的膝盖施加更多的压力。“如果他不按照我希望的方式做动作，我就会拿球砸他。”里德说，“有一天，我们俩训练时全队走了进来。我当时正朝他扔球，逼他倒地救球。其他人站在一边大叫：‘快去，狗狗，快去拿球！’吉姆一点儿也没退缩。就这样，他找回了状态。”

值得一提的是，洛斯卡图夫不仅多打了六个赛季，他还赢得了六个总冠军。

布伦纳姆经历的一件事，可以很好地总结老凯尔特人球员对老教练的感情。布伦纳姆在50年代早期和中期是第一代里德凯尔特人队的一员。布伦纳姆后来成为布兰戴斯大学的主教练，和所有老凯尔特人一样，他知道，里德做总经理期间，无论赛前赛后，里德办公室的大门永远向他敞开。

“我总是在办公室里为这些人留着一个冰箱。”里德说，“冰箱里总放着汽水和啤酒。有一天晚上布伦纳姆来了，他喝了啤酒。我走进办公室，他把啤酒藏在身后。然后他开始大笑。‘看看我。’他说，‘我都55岁了，可我还是不想让你看到我喝酒。’”

里德真心希望桑德斯能够取得成功，可是从第一天开始，他就面对着一个极为艰难的局面。约翰·哈弗里切克已经进入职业生涯的最后一年，考文斯不断老化，而球队的后场则是一团糟。乔乔·怀特的年龄也大了。威克斯和洛维这两个前锋虽然能力很强，但却是自私的球员。里德做了一笔交易，从洛杉矶湖人那里换回了唐·切尼，还交易来了科米特·华盛顿。华盛顿是一个强硬且无私的篮板手，可是他差点一拳打死鲁迪·汤姆贾诺维奇，由于影响太恶劣，湖人急于让他离开球队。切尼和华盛顿确实为凯尔特人提供了帮助，可这些帮助并不够。

那年夏天的球队交换，使得约翰·Y.布朗成为凯尔特人的新老板，而华盛顿则跟着凯尔特人前老板厄夫·莱文去了圣迭戈。1978–1979赛季初，桑德斯下课。“他其实没有一点机会。”里德说，“我们不算一支好球队。事实上，我们是一支很差劲的球队。我们又老又慢。可是当我们丢掉一场让我想起哈佛那场比赛的胜利时，我就明白，这样下去根本不行。我走进更衣室，等着他说话。”

“萨奇只是说：‘各位，很艰难的一场失利。明天训练见。’我知道，他只是不适合当时的局面而已，尤其不适合一支重建球队。”

桑德斯下课后，主教练由还在做球员的考文斯兼任。凯尔特人依然表现挣扎，只取得了29胜53负的成绩。赛季结束时，考文斯对里德说，他不想再兼任两份工作了。里德被迫做出了一个艰难的决定。自1950年来到波士顿后，这是他第一次从凯尔特人大家庭以外请人担任球队主教练。新教练是比尔·芬奇，他有着丰富的经验，70年代联盟扩张时他曾是克利夫兰骑士队的教练。芬奇看上去非常适合凯尔特人。

不过在聘请芬奇前，里德进行了另一个操作。而这个操作，大大降低了芬奇未来工作的难度。

任何考察过70年代末大学篮球的人都知道，印第安纳州大的拉里·伯德是一个极具天赋的球员。身高6英尺9英寸的伯德投射能力极强，拥有极为出色的传球能力，也对比赛有着完美的感知能力。1978年，作为四年级大三生的伯德已经是全美最顶尖的两三名球员之一，他计划在印第安纳州大打完第五年。伯德最初进入的是印第安纳大学（他在那里没打过一场比赛），随后转学到印第安纳州大，这意味着他必须在转学那年坐一年的“球监”。

每个人都知道伯德1978–1979赛季肯定会回到印第安纳州大。在打完32胜50负这一灾难般的赛季后，凯尔特人得到了第六顺位的选秀权。成绩糟糕的一个赛季过去后，球队一般需要任何能够立刻提供帮助的力量。轮到凯尔特人选秀时，他们宣布自己选下了一个下一个赛季甚至不会披上凯尔特人战袍的人：伯德。

“如果有人告诉你，他们早知道伯德这么厉害——包括我，他们都在骗人。”里德说，“我觉得他很好，非常好。他打的也是我们急需补强的位置。可我知道他拥有最强的职业精神吗？我不知道。我知道他是个篮球天才吗？不知道。他确实聪明，但我那时不知道他是个天才。”

“我选他，是因为我知道下个赛季他肯定是状元或榜眼，而我不打算让球队打出全联盟最差的成绩。我知道这是获得他的机会，我是从长远角度考虑的。接下来的那个赛季，我们也没多大希望。我认为他能在未来帮助我们赢得更多。”

对里德来说，难度最大的是要在1979年选秀前签下伯德。如果没能签订合同，伯德就会重新进入选秀，他会毫无疑问地成为那年的榜眼秀——状元自然是“魔术师”约翰逊。伯德带领印第安纳州大打进了NCAA决赛，在那场堪称美国历史上最有名的大学篮球比赛中，伯德的球队输给了“魔术师”的密歇根州大。时至今日，这场比赛仍被人简单地称为“魔术师VS拉里”，好像参赛的两支球队只是陪衬而已。

选秀前不久，伯德和他的经纪人鲍勃·沃尔夫走进了里德的办公室。里德知道自己必须给伯德开出大合同，因为他有权重新参加选秀。“我提出给他50万美元年薪。”里德说，“这比联盟历史上任何一个新秀的工资都高。我们在钱数上达成了一致。”

“然后鲍勃掏出了一份清单，他说这些‘额外’项目也必须包含在合同中。”

“额外”中包括：不管什么时候，如果伯德的母亲想看儿子的比赛，凯尔特人要负责她的机票钱；如果伯德决定回到印第安纳州大读完学位，凯尔特人要负责他的学费；凯尔特人要给他提供一辆车；（如果需要的话）为他买房提供无息贷款；如果入选新秀最佳阵容，凯尔特人还要给他奖金。当里德看到最后一个要求时，他发飙了。

“你觉得让我掏出历史上最高新秀工资的人居然还进不了新秀最佳阵容？”里德冲沃尔夫怒吼道。然后，他平静地转头对伯德说：“听着，拉里，我是这样做生意的。我认为你值多少钱，我就给你多少钱。我不玩虚的，我不会先砍个半价，然后再和你讨价还价。但我不卖汽车，不开银行，我不会给你掏大学学费，我也不会坐在这儿就你妈妈看比赛那300美元的飞机票钱跟你扯皮。我给你的这份合同，你什么都买得起。如果你打得和我想象的一样好，你还能挣到更多。但这些东西我是不会同意的。”

据里德说，伯德看了一眼沃尔夫，点了点头。谈判结束了，伯德签了合同，进而成为联盟历史上最伟大的球员之一。他为球队带来了天翻地覆的改变。新秀赛季那年，凯尔特人就从前一个赛季的29胜53负提高到了61胜21负。虽然在东部决赛中输给了76人，但所有人都知道，凯尔特人的复兴开始了。考文斯这时宣布退役，这使得里德的球队基本不存在能够为伯德提供帮助的内线力量。

而这，就是拉塞尔/白雪滑冰团之后里德做出的最伟大打劫交易的导火索。

里德将年老的鲍勃·麦卡杜交易到底特律活塞，换来了活塞的1980年第一顺位选秀权以及M.L.卡尔。和里德做交易的是迪克·维塔利，当时他是活塞的主教练兼总经理。很多年后，当维塔利成为一个成功的电视分析员与明星后，他对里德说，如果没有里德，他就不会挣到这么多钱，不会变得那么有名。“如果我没有用状元签和卡尔交换你的麦卡杜，我大概就不会被炒鱿鱼。”维塔利对里德说，“如果你没和我做那份打劫交易的话，我大概还会在其他球队继续做一个平庸的教练。”活塞在1980年打出了16胜66负，他们是东部联盟战绩最差的球队。这意味着，在春天的选秀中，一枚硬币将决定他们和西部战绩最差的球队谁能获得状元签。

如果获得状元签，里德早已确定了目标，那就是拉尔夫·桑普森。桑普森那时是弗吉尼亚大学的大一学生，他身高7英尺4英寸，拥有成为下一个伟大内线的潜力。除了有着如此惊人的身高外，桑普森还拥有后卫一般的控球能力，他的投篮手感也很柔和。他的跑动能力很强，即便不如拉塞尔和考文斯，但是在他这种身材的球员中，桑普森的速度足够惊人了。尽管拥有桑普森，但弗吉尼亚大学的常规赛成绩并不理想，落选NCAA全国锦标赛后，弗吉尼亚大学进入了全国邀请赛（NIT）。桑普森在全国邀请赛里终于打出了状态，他的球队终于在麦迪逊广场花园进行的决赛中，战胜了颇具实力的明尼苏达大学。里德到现场看了决赛，比赛结束后，他就像一个得了相思病的少年一样，对桑普森的潜力赞不绝口。他确信自己能够说服桑普森，让他在大一结束后就离开弗吉尼亚大学加入凯尔特人，做伯德的队友。

弗吉尼亚大学的主教练特里·霍兰德却颇为笃定，认为桑普森还没有做好离开学校的准备，认为他大概在这个阶段也不想离开学校——刚入学时，瘦高的桑普森体重只有188磅；大一赛季结束时，他的体重才达到205磅。此外，尽管里德公开表达过自己的看法，但霍兰德并不觉得里德真的想要桑普森。

“我记得自己听过一个里德的故事，他曾经在佛罗里达州大的一场比赛中中途退场，就是让外界认为他对戴夫·考文斯没兴趣。”霍兰德说，“所以我在想，他这样提及拉尔夫的名字，是不是不想让别人知道他真正想要的是谁。”

1974年成为弗吉尼亚大学主教练前，当霍兰德多年前在戴维森大学的莱夫蒂·德雷赛尔手下打球时，他和里德在不同的场合见过几次面。“我感觉自己和他算比较熟了，至少可以打个电话问问他。于是我给他打了电话。”霍兰德说，“里德告诉我，在桑普森这个问题上，他是认真的。我说，如果他真的准备选桑普森，也愿意给他一份状元应有的合同，我会劝桑普森至少和他见一面，听听他的说法。里德说，他愿意给桑普森和前一年伯德一样的合同。我觉得挺合理的，所以就跟桑普森及他的父母说应该见一面，因为对方毕竟是里德·奥尔巴赫。”

里德坐飞机先到了夏洛特维尔，见了霍兰德。他俩随后开了一小时车，到了桑普森的家乡哈里森堡（前提是里德让霍兰德推荐一家中餐馆，好让他在开车离开前能先吃一顿）。除了里德、霍兰德、桑普森以及他的父母，在场的还有弗吉尼亚大学法学院的一个教授。

“五分钟后，我就知道自己没戏了。”里德说，“每次我想说什么时，那个律师总会打断我，向桑普森提出五个我的话没道理的理由。”

“我的提议简单又直白：这是一个未来再也不会出现的机会。我们是一支好球队，只要桑普森加入，我们立刻就能变成一支争冠球队。如果他继续留在大学，那他很有可能沦落到一支烂队，从第一天开始他就要承担起全部责任。我们已经有伯德了，那会减少他的压力。此外，如果他在大学期间受伤，那他就挣不到钱了。他们都很有礼貌。走出他家大门前，我就知道自己没机会。但我还是付出了最大努力。”

“我觉得里德给拉尔夫留下很深的印象。”霍兰德说，“他认真听了里德说的话，也认为里德的话很有道理。但我也认为他想在大学留更长时间，无论在身体还是心态上继续成长。”霍兰德的预感没错。桑普森最终在弗吉尼亚大学效力了四年，与绝大多数巨星级运动员不同，他得以按时大学毕业。

里德得知桑普森决定留在大学后不久，他接到了弗吉尼亚大学法学院一个人打来的电话。那天晚上在哈里森堡和里德对着干的那个法学教授，非常钦佩里德的演讲能力。他想知道，里德是否愿意到法学院为学生发表毕业演讲?

里德笑了。“我对你只有一句话。”他说，“你这辈子都别想。”

不要忘了里德的座右铭：可以原谅，绝不忘却。

桑普森不参加选秀，选秀掷硬币时凯尔特人赢了，他们获得了状元签。里德非常喜欢明尼苏达大学的中锋凯文·麦克海尔。但他听到传言，据说金州勇士队的总经理阿尔·阿特尔斯想选的是乔·巴里·卡罗尔。卡罗尔是一个身高7英尺的中锋，那年率领普渡大学打进了NCAA全国锦标赛的“最终四强”。里德认为麦克海尔不仅更努力，而且比卡罗尔更优秀。里德还想知道阿特尔斯是不是那么迫切地想得到卡罗尔，他有没有可能做一笔交易，让自己既能得到麦克海尔，又能得到另一名球员。

勇士队有一个年轻的中锋，名叫罗伯特·帕里什，当时还处于成长期。理论上说，如果勇士能选到卡罗尔打中锋，那么勇士就愿意交易帕里什。于是里德提出了一个交易方案：我愿意给你一号选秀权，让你选下卡罗尔；作为回报，你要把三号选秀权和帕里什给我，因为有了卡罗尔，你也不需要或者不愿意要帕里什。

阿特尔斯上钩了。他如愿以偿地选下了后来泯于众人的卡罗尔，而里德得到了两个未来的名人堂球员。帕里什为凯尔特人效力了十四年，麦克海尔为凯尔特人效力了十三年。连续两个赛季总共只赢下六十一场比赛后，里德仅用了两个操作，就让凯尔特人重新回到巅峰。1981年，伯德和帕里什首发搭档前场，麦克海尔成为关键的第六人，靠着他们的努力，凯尔特人拿到了队史的第十四个总冠军。从1981年到1987年，凯尔特人共赢得三个总冠军，另外还有两次打进总决赛未能夺冠。他们与费城76人在东部的争夺，以及他们与卡里姆·阿卜杜尔-贾巴尔与“魔术师”约翰逊领衔的湖人的对决，拯救了岌岌可危的NBA，让联盟重获新生。

“魔术师”与伯德的对决已经超越了比赛本身。里德已经实现了构建与重建。1986年，当球队在常规赛取得67胜15负并赢得队史第十七个总冠军后，里德又一次开始了球队重建。可这一次重建没能取得成功，因为个中缘由，连里德也控制不了。

8

黑暗岁月

有两个人，里德认识，却讲不出任何故事。他从来没有说过“我跟你讲过伦·拜亚斯的事没有”或者“我跟你讲过雷吉·刘易斯的事没有”。

提到这两个名字，都会让里德的脸上蒙上阴霾，让他无比伤痛。毫无疑问，他们是凯尔特人历史上最悲剧的人物。

1984年10月，卫冕冠军凯尔特人送走了队中可靠的老将控卫杰拉德·亨德森，从西雅图超音速那里换来了1986年的首轮选秀权。这是典型的里德式操作，他总是先人一步。他知道，拥有伯德—麦克海尔—帕里什这套核心阵容，凯尔特人在一段时间内仍将是联盟的顶级强队。而且在那之前一年，他还为球队增加了丹尼斯·约翰逊，这也是一名优秀的后卫，曾在1979年跟随超音速夺得总冠军。随着丹尼·安吉逐渐成为明星球员，里德看到了一个将29岁的安吉交易到弱队、换来对方一号签的机会。

31胜51负、在第二年拥有乐透区签位的西雅图超音速进入了里德的视线。更完美的是，超音速获得了第二顺位的选秀权。里德欣喜若狂。他知道手握状元签的克利夫兰骑士准备选北卡罗来纳大学的中锋布拉德·多尔蒂，这意味着凯尔特人有机会选下马里兰大学的伦·拜亚斯。

里德对拜亚斯的情况相当熟悉。马里兰大学的主教练莱夫蒂·德雷赛尔是里德的好友。里德经常参加马里兰大学的训练，一方面因为德雷赛尔的球队中总有一些有潜力进入NBA的球员，一方面又可以和德雷赛尔见面叙旧。

“规则改变前，我偶尔会帮助莱夫蒂招募球员。”里德说，“我会跟那个孩子聊天，也有可能带他一起吃饭。我这么做，是因为莱夫蒂认为我能帮到那些孩子，而且我还能告诉他我对那些孩子的看法，我是否认为那些孩子适合他的球队等等。”

“有一次，我记得他让我在训练时和一个孩子谈谈。聊了一会儿后，我非常确信，这孩子做出暗示，想要钱。我对莱夫蒂说：‘别管那孩子了，他会找你要钱的。’莱夫蒂说不可能，他说这孩子有个做医生的叔叔，他不缺钱。当然，几周后他打电话告诉我，那孩子确实找他要钱了。他最后去了那种有钱可拿的学校。”

看到拜亚斯时，里德就知道，这是他见过的最好的球员之一。拜亚斯身高6英尺8英寸，他既有后卫的速度，还拥有柔和的跳投手感。他可以运球后跳投，因为起跳高度很高，几乎没有人能盖掉他的投篮。更重要的是，拜亚斯的职业态度非常端正。在马里兰大学期间，他每年都在不断进步。

“当我看到超音速进入乐透区后，我幻想过他们可能足够高的顺位，好让我们选到拜亚斯。”里德说，“但仅此而已，只是我的幻想罢了。然后，他们得到了二号签，当时我心想：‘我的上帝，拜亚斯和伯德在一起，我们会成为一支难以置信的强队。’”

里德花了不少时间和拜亚斯交流，一方面，他希望在有机会选下他时自己能做好充分准备，另一方面，他确实喜欢这个孩子。“他是一个非常友善的孩子。”里德说，“他很有礼貌，也非常努力。打心底里，我非常喜欢他。就算不喜欢他，我也很有可能选他，因为他的天赋真的太好了。有这样一个孩子，不用动脑筋都会选他。”拜亚斯曾经对里德说过，从小他的梦想就是为凯尔特人打球。选秀夜当晚，当联盟正式宣布凯尔特人选下拜亚斯后，身在波士顿的他正试着自己的凯尔特人新队服。选秀结束后，他坐飞机回到家乡。正如现在所有人都知道的那样，他和一些朋友一起，共同庆祝自己进入NBA。

第二天刚过凌晨4点，里德家响起了电话铃声。打来电话的是德雷赛尔，他的声音听起来非常憔悴。“出事了。”他对里德说，“莱纳德在一个派对上晕倒了，他现在在医院。”

里德当然惊呆了。一个身体状态堪称完美的22岁的孩子，到底出了什么事才会晕倒？里德想，也许他只是喝多了，里德心里这么祈祷着。可德雷赛尔的声音，让里德觉得事情没那么简单。第一通电话挂断没多久，德雷赛尔又打来了电话。他用虚弱无力的声音说道：“他死了。”

“这种情况就是，你明知道发生了什么，但就是不敢相信。”里德说，“我的意思是，几个小时前我还跟这个孩子在一起，他不能更健康、不能更高兴了。我无法想象到底发生了什么。”

很快，里德就得知了事件经过。拜亚斯死亡的原因是吸食了过量的海洛因。直到今天，里德仍然认为，拜亚斯要么完全不熟悉毒品，要么从来没吸过毒品。“我们在选秀前一周对他进行了检查，他干净得就像一张白纸。”里德说，“尼克斯和勇士也对他进行过检查，同样是什么都没查出来。跟我交流过的人中，没有任何一个人暗示他有吸毒的问题。如果那是他唯一一次吸毒，如果他因为实现了梦想、想因此和朋友一起做这种事，如果这种说法是真的，如果存在这种可能的话，那就更悲剧了。”

后来陆续出现的报道表明，那并非拜亚斯唯一一次吸毒，也不是他第一次吸毒。里德确实不喜欢谈这些往事。他只知道，拜亚斯是一个让他发自内心喜欢的人，他从来没看到过任何拜亚斯吸毒的证据。

“我觉得人们很难理解失去拜亚斯对我们球队带来的影响。我们那时正处于上升期，我们刚赢下了一个总冠军，他会成为我们下一代的领军球员。就像过去那样，补充一个伟大的年轻球员，当另一个伟大球员变老时，由他填补空缺。我们说的不是受伤，我们说的是一个至少拥有十年全明星水准的球员，而且失去他的方式是如此惨烈。”

“可影响又不限于此。那就像一块笼罩在头顶上的乌云，好像毁灭的先兆。你知道吗？有一句老话，说的是‘坏事成三’。这件事显然就是其中一个。我们这支球队，无论是现役球员还是退役球员，都能取得成功。这种事情不该发生在凯尔特人身上。”

接下来的几年，尽管没有拜亚斯，凯尔特人依然是联盟的豪强球队。到了第二年选秀时，另一名里德熟悉的、极为优秀的球员落到了凯尔特人的选秀区间。雷吉·刘易斯是西北大学的一个才华横溢的后卫，西北大学到波士顿打比赛以及夏天参加自己主办的训练营时，里德看过刘易斯打球。篮球圈的大多数人认为刘易斯能够成为1987年选秀前十顺位的球员。可是因为选秀前在芝加哥训练营的糟糕表现，他的选秀行情一路看跌。

“人们不知道他那周其实生病了。”里德说，“他真的不该上场打球。但他不想给球探留下胆怯的印象，于是他还是上去打球了。对他来说这是个错误，但我们却松了一口气。你看看，这就是我对现今球探方式最大的不满。这些人在赛季期间去看各种比赛，他们会看球员的训练，会跟他们的教练交流。然后他们在芝加哥看了球员两天的比赛，或者看了一天的试训，他们的看法就发生了变化。如果一个球员在实战中很强，那他就是个好球员。如果一个球员在训练中很努力，那就意味着在NBA的训练中他也会很努力。只看一两天的训练营表现，你是看不出来一个球员到底有多好或者有多差的。假如他像雷吉一样生病了呢？他一定会表现得很糟糕。假如防守他的人生病了，那他的表现就一定超过他真正的实力。我真的理解不了现在很多考察新秀的方法。”

1987年选秀大会开始时，里德已经快70岁了。整个时代以及凯尔特人已不再和过去相同。过去很多年里，里德是球队唯一的教练，也是唯一的管理层人员。直到1972年，凯尔特人才聘请了队史上的第一个助理教练。到了80年代，一切都不一样了。当然，现在和80年代也全然不同——有些球队助理教练过多，一些人只能坐在板凳席后面。其实在1984年，里德已经把球队总经理的职位让给了乔恩·沃尔克，由沃尔克负责球队的日常运作。到了这个阶段，在球探和助理教练的辅佐下，主教练会决定哪些人能在NBA立足、哪些不能。里德一向愿意倾听别人的意见，但他也总是明确地让其他人知道，到底谁才有最后决定权。

“我总是说：‘先生们，这事不是民主，这是独裁。’”里德说，“这不等于不允许你们不同意我的意见，你们当然可以。可你们必须向我证明，为什么你喜欢的人比我喜欢的人强。”

这种情况经常出现吗？

“没怎么出现过。”

说的好像真出现过一样。

选择刘易斯毫无疑问是一个正确的决定。新秀赛季他的上场时间并不多，但是当伯德在接下来的那个赛季因为先天性的背部伤病而倒下时，刘易斯补上了球队的空缺，场均得分18.5分。即便伯德后来复出，刘易斯仍然是球队的核心成员。伯德的背伤（在里德看来，这是第二件坏事）让他再也无法恢复到受伤前的状态。复出后，他仍然保持了高水平的竞技状态。但是到了1992年时，强撑着上场都成了一件困难的事。那个赛季结束后，伯德宣布退役。刘易斯被选中接替伯德，担任队长。回顾凯尔特人队史，担任过队长的人都是传奇球星：鲍勃·库西、比尔·拉塞尔、约翰·哈弗里切克、戴夫·考文斯以及伯德。对刘易斯来说，这自然是极高的荣誉。

“让他做队长是很自然的事。”里德说，“他性格外向，天生就是领袖，他是那种所有人都喜欢、都愿意仰仗他领导的人。我以为他在未来十年里都会是我们的队长。”

随着伯德退役，加上麦克海尔与帕里什老化，1992–1993赛季的凯尔特人已经和过去大不相同，但仍是一支强队。他们在常规赛取得了48胜34负，季后赛首轮的对手是夏洛特黄蜂。凯尔特人坐拥主场优势，外界普遍认为他们能够晋级下一轮。

刘易斯在季后赛第一场比赛中的表现非常出色。第二节进行没多久，他已经拿到了17分，凯尔特人大比分领先对手。可是在一次快攻中，刘易斯不知为什么跌跌撞撞，随后突然倒在场上。事后得知，他是心脏病发作。凯尔特人虽然勉力维持赢下了那场比赛，可是因为失去刘易斯，他们连续输掉了接下来的三场比赛。凯尔特人在刘易斯的初步体检报告中得知了一个令人崩溃的结果：他患有先天性心脏病，再也不能打篮球了。

显然，这就是第三件坏事，而局面则变得更为糟糕。“当我听说初步医学报告时，我觉得他再也不能打球了。”里德说，“这种事不能冒险。这和脚踝骨折或者膝盖手术不一样，我们说的可是心脏病。”

但刘易斯还不想就这样结束自己的篮球生涯。他找到了一个医生，那个医生告诉他可以继续打球。那个医生说，继续打篮球不会让他面临生命危险，他的心脏足够健康，能够支持他上场。刘易斯和那个医生——吉尔伯特·玛吉一起，召开了一个气氛愉快的新闻发布会。在发布会上，玛吉表示，他认为刘易斯没有理由不继续打球，而刘易斯表示，他会在新赛季揭幕战那天重披凯尔特人战袍。

里德对此表示怀疑。“我只是不能理解。”里德说，“我希望他没能找到一个他想听什么就跟他说什么话的医生。我觉得我们应该等等看的，但这事让我很紧张。”

“我理解这个孩子的感受，他是个篮球运动员。对于这样的人来说，才27岁就被告知再也不能打球了，这听起来让人无法接受。所有球员都一样，尤其是那些年轻人，他们觉得自己是安全的。”

事实并非如此。7月27日，距离第一次晕倒还不到三个月，刘易斯在一场非正式比赛中再次晕倒。这一次，病情严重多了。他在发病当天就死亡了。

某种程度上讲，即便刘易斯存在健康隐患，但是相比拜亚斯，他的死亡带给波士顿和凯尔特人的震动更大。刘易斯早已是凯尔特人大家庭的成员，在为球队效力的六个赛季中，他均有出色的表现。他还是球队的队长。凯尔特人已经走在了错误的方向上：麦克海尔在赛季结束后退役；帕里什显然已经进入职业生涯末期；伯德早已离开球队。现在又出了这样的事，凯尔特人下一代的领袖，死在了27岁那年。

即便留在波士顿的时间越来越少、同时放手让其他人负责球队的绝大多数决策，里德还是被这件事彻底打击到了。他为刘易斯和他的家人感到难过，但他也为自己的大家庭——凯尔特人大家庭感到痛苦。和拜亚斯一样，这件事的后续也出现了吸食毒品的传闻，还打了官司，这让局面变得更加混乱与丑陋。十多年后，里德仍然不愿意谈论这个话题。

“有一件事是确定无疑的。”里德说，“接下来几年发生在球队身上的事，起于拜亚斯，伯德受伤时进一步恶化，雷吉去世时达到了最高峰。这些都是对球队的严重打击。伯德的情况很糟糕，因为历史上最伟大的球员之一出现了伤病。拜亚斯和刘易斯的情况更糟，因为去世的是两个年轻人，他们的家庭遭受了比我们更多的痛苦。”

里德停了下来，盯着自己的雪茄看了一会儿。“让我生气的是

NBA的处理方式，尤其是对雷吉这件事的处理方式。在这两件事上，我们都遭受了无法预见、而且明确的永久性伤害。联盟里没有一个人想过给我们提供任何救济或帮助。事实上，在雷吉这件事上，联盟甚至在他死后还要把他的工资计算进我们的薪金总额。”

“我还记得在60年代，当沃尔特·布朗想出多送一个选秀权给尼克斯从而帮助他们的主意时，我对他说：‘沃尔特，总有一天凯尔特人也会需要联盟其他球队的帮助，我保证，你是得不到帮助的。’他不相信我。但事实和我预料的一模一样。尼克斯成绩糟糕时，联盟帮助了他们。我们遇到了悲剧，他们连一点反应也没有。在我看来，看着那么多年一直处于巅峰的凯尔特人遭遇打击，很多人其实是很享受的。这仍让我感到无比愤怒。”

“雷吉去世几年后，他们改变了规则，规定当一名球员缺席整个赛季的比赛时，你可以找其他球员替代他，可以在工资帽以下支出一部分钱。他们那时候从来没想过给我们补偿，而我们的球队那时候状况仍然十分艰难。就是因为这个原因，我永远也不会原谅他们。”

刘易斯的死，标志着凯尔特人进入队史上最凄惨的一段时期。除了建队最初的四个赛季，凯尔特人从来没有在那么长的时间里打得那么差。球队连续八个赛季胜率未能超过50%，其中一个赛季甚至只有15胜67负。球队打进了一次季后赛，但只有35胜47负，而且很快就在第一轮被淘汰出局——球队没有任何一个赛季的胜场超过63场。

刘易斯死亡时，里德仍然是球队的总裁，但他已经七十多岁了。尽管球队管理层偶尔仍会征求他的意见，但大多数情况下只涉及简单的操作。这并不等于里德减少了对球队的感情投入，所有的失利都让他感到崩溃。在电视上看比赛让他非常痛苦，因为他知道，球队就是缺少足够多的优秀球员，无法真正与联盟的豪强竞争。

随着1990年聘请戴夫·加维特担任球队的执行副总裁，在他自己的认可下，里德的“独裁”结束了。加维特曾任NCAA大东区总裁，他被公认为篮球界最有智慧的人之一。总经理沃尔克平时向加维特汇报工作。从严格意义上讲，加维特要向里德汇报工作。但全队上下都知道，聘请加维特的目的就是让他负责运营球队。

接手球队后，加维特的任务之一，就是新聘请一个主教练。连续两个赛季在季后赛首轮出局后，吉米·罗杰斯在那年春天被炒了鱿鱼。整个职业生涯都奉献给大学篮球的加维特希望请来一个伟大的大学教练：杜克大学的迈克·沙舍夫斯基。里德认为这是个好主意。

“有一些大学教练，事实上有很多大学教练，适应不了职业比赛。”里德表示，“体系就是他们的一切。他们找来球员，说：‘你要这样打球。’就算那些孩子的技术不适合也要硬着头皮顶上去。我注意到沙舍夫斯基一点，每年根据不同的球员，他会打出不同的进攻战术。这种灵活性正是职业比赛需要的。”

双方约定见一次面。沙舍夫斯基从达累姆坐飞机到华盛顿，加维特则是从波士顿去华盛顿。他们计划悄悄见面，讨论工作内容。“我跟戴夫和里德说过的唯一一件事，就是希望在认真开始谈判前保密，假如真的走到谈判那步的话。”沙舍夫斯基说，“于是我坐飞机到了那边的机场，里德在那里跟我见了面。我们走到路边，他的敞篷车停在那里，车牌上写着CELTIC（凯尔特人）。那里的所有警察都认识他，我们朝车那边走时，他们都说：‘里德，这么说你要聘请老K教练了？’”

“对于我想要的保密，这真是再好不过的开始了。接着我们去了布兰基餐馆，那地方的每一个人都认识里德。我的意思不是某些人，不是大多数人，而是每一个人。”

“不，不是那样。”里德后来表示，“很多人不认识我。”

“也许只有一个人不认识他。”沙舍夫斯基说。

“接下来的三个小时，大概是我人生中最有趣的三个小时。你要知道，小时候我在芝加哥长大，那时候芝加哥没有NBA球队。我爱凯尔特人，不止因为他们总在赢球，而是因为他们打球的方式。就算是个孩子也能看出来，那支球队里的每个人都想取得胜利。他们不卖弄，不会因为球权而争吵。拉塞尔是最好的球员，但他在进攻中基本不接球。历史上有多少球队能做到这一点？”

“小时候我一直觉得里德·奥尔巴赫是最伟大的教练，现在我还是这么认为的。现在我和他坐在一起，讨论做凯尔特人教练的事。他给我讲了所有过去的故事，当然，讲故事的时候他一直抽着雪茄。我真希望能拍下一张照片，把照片挂在家里，让其他人看到。”

“那是一个我永远也不会忘记的下午——尽管整个过程没能如我所愿的秘密进行。”

尽管执教凯尔特人、为里德工作非常吸引沙舍夫斯基，甚至能让他实现童年的篮球梦想，但他最终还是留在了杜克大学。沙舍夫斯基那时还没赢过全国冠军，他认为自己还有未完成的事业。此外，沙舍夫斯基一直认为，大学教练比职业教练更能对球员的人生产生影响，对他来说，这一点很重要——2004年夏天，沙舍夫斯基又一次证明了自己的选择，他拒绝了湖人开出的800万美元年薪。

“如果不是里德和凯尔特人，在职业生涯的那个阶段，我甚至不会去面谈。”沙舍夫斯基表示，“可因为那是凯尔特人，是里德和戴夫，他们都是我尊重的人，我必须听听他们的说法。我甚至还得想想他们的提议，里德这个人很有说服力。”

尽管感到失望，不过里德还是能够理解沙舍夫斯基的决定。“有些人应该留在大学篮球。”里德说，“他就是其中一个。”

聘请沙舍夫斯基的尝试，是里德最后一次以凯尔特人最终决策人身份参与的操作。那年他已经73岁了，他自愿将权力移交给自己喜欢和尊重的加维特。随着时间推移，里德的生活重心开始越来越多地转移到华盛顿。大多数日子里，他都会前往离家几个街区远、位于华盛顿西北部的办公室，在那里接听电话、回复邮件。办完工后他会去吃中午饭，然后再前往伍德蒙特参加每日的牌局。

南希在那时已经结婚了，生有一个女儿，1996年时，她做了外祖母，这让里德成了外曾祖父。里德的小女儿兰迪搬到好莱坞，在电影产业界工作。她在与里德同一代的布鲁克林人梅尔·布鲁克斯手下工作了十八年，之后成立了自己的制片公司。

“我记得有一次我们去洛杉矶旅行，我带伯德见了梅尔·布鲁克斯。”里德说，“梅尔很爱篮球，能见到伯德让他很兴奋，他为伯德进行了各种表演。伯德这个人，想让他微笑就跟让蒙娜丽莎大笑一样难。但布鲁克斯实在太搞笑了，伯德笑得都快喘不过气了。我之前从没见过、之后也再没见过他笑得那么厉害。”

此外，里德还与乔治·华盛顿大学重新建立起了联系。当斯蒂芬·特拉奇滕伯格在1988年成为校长时，他和另一名副校长鲍勃·切尔纳克都认为，让里德更多地参与学校活动应当是他们优先考虑的问题。这并不是说里德和学校的关系曾经疏远过——事实上，他一向忠诚于乔治·华盛顿大学。但他并没有活跃地参与到学校的活动中。

两个人明确表示，他们希望里德感觉更自在一些，希望他能感受到，自己已经成为学校的一部分。对里德来说，这意义重大。“是他们给了我机会。”里德说，“比尔·雷因哈特承诺给我了一份奖学金和机会，他实现了所有承诺。是学校的这些人，才让我得到了起步的机会。”

1993年，乔治·华盛顿大学主场球馆史密斯中心外面，揭幕了一块纪念里德的牌匾；球馆内部也挂出了一面旗帜。当午餐会的成员范围扩大到乔治·华盛顿大学员工时，特拉奇滕伯格和切尔纳克偶尔也会参加。马克·贾维斯担任乔治·华盛顿大学教练期间，里德还是他非正式的顾问。当然，这种做法完全说得过去。贾维斯是土生土长的波士顿人，在剑桥林奇&拉丁高中读书，就读于波士顿大学，直到最后参加乔治·华盛顿大学。

“我会带他吃午饭（当然是中餐），我们就这么聊天。”里德说，“我总觉得，他想知道我对事物的看法。这并不等于我说什么他就会做什么，只不过有时候我能感觉到他听了我的建议，或者他直接告诉我听了我的建议。”

贾维斯在1998年离开乔治·华盛顿大学，前往圣约翰大学担任主教练，接替他的是汤姆·潘德斯。潘德斯的经验非常丰富，来到乔治·华盛顿前，他曾在塔夫茨、哥伦比亚、福特汉姆、罗德岛及德州大学任教。潘德斯偶尔参加午餐会，他恭敬地对待里德，但却不像贾维斯那样征求里德的意见。对此，里德表示理解。

“很久以前他就这样了。”里德说，“他有自己的主意，我明白。如果他想交流，他知道我在那里，知道我会尽全力帮他。但我不会走进他的办公室说：‘我觉得你应该这么做。’如果这么做了，我就成了招人讨厌的校友。”

不知是不是巧合，潘德斯在乔治·华盛顿大学的执教经历并不成功。他招募了太多学业有问题、太多总是在场下惹麻烦的孩子。2004年4月，潘德斯被迫辞职。离职后，接替他的是年轻的卡尔·霍布斯，他曾在康涅狄格大学吉姆·卡尔霍恩手下做了八年的助理教练。知道霍布斯可能太害羞，不好意思征求里德的建议，作为学校运动部门的主管、聘用了霍布斯的杰克·科瓦岑保证，两人能合得来。当然，里德一直密切关注着霍布斯和他的球队，毕竟，每一个主场比赛他几乎都去看过。

“你必须明白，自己身处职业生涯的哪个阶段。”有一天吃午饭时（当然还是中餐），里德对霍布斯说，“你不是吉姆·卡尔霍恩，你还没有他那样的阅历。这意味着你不能急躁，不能像他一样对裁判施加压力。你必须依靠胜利、依靠特定的行为方式，赢得他们和所有人的尊重。你会做到这一点的，但是记住，现在你还没做到。”

霍布斯尝试了。他的直觉告诉他，在比赛中要保持高度活跃。球员时期，霍布斯是一个矮个（5英尺8英寸）、球风具有高度侵略性的控卫，而他的侵略性也经常会在比赛中表现出来。有时候在比赛里，乔治·华盛顿大学最活跃的人，是在边线来回走动的年轻教练霍布斯。上赛季有一场比赛，当霍布斯因为球队失利而生气得大喊大叫上蹿下跳时，里德转身对身边的几个人说："做教练真的有那么难吗？"

在乔治·华盛顿大学，没有比科瓦岑更听里德话的人了。两人之间同样也有不平常的联系。科瓦岑在康涅狄格州布里奇波特长大，他的父亲是一个狂热的凯尔特人球迷。高中时他是一个相当优秀的篮球运动员，优秀到那时在波士顿学院做教练的鲍勃·库西亲自前往他家去招募。

"现在你可以想象一下那次的场景。"科瓦岑说，"从我爸的角度看，库西到我家跟上帝本人到我家没什么区别——里德另当别论。他还带来了一个波士顿学院的年轻英俊的牧师，我妈看了一眼就喜欢上了。还有其他几所很不错的学校也来招募过我。杜克大学对我有兴趣，还有圣十字学院和南卡罗来纳大学。不过库西那次家访过后，一切争论便结束了。有了库西和那个牧师，我没有一点选择，只能去波士顿学院。"

在波士顿学院上学期间，科瓦岑得到了一个结识里德和凯尔特人球员的机会，因为凯尔特人经常到学校训练。即便在那时，科瓦岑也能感觉到，里德不是好惹的人。"我跟你们说，现在你们看到的这个人，脾气已经好多了。"他说，"我的意思是，他那时真是个强硬的王八蛋。他明确地知道自己想要什么，知道什么时候想要。如果他的愿望没能实现，你就要小心了。不过每隔一段时间，库西总能请到他跟我们全队谈话，那真是太棒了。那家伙知道应该对我们这些大学孩子说什么才能让我们兴奋起来。当然，就算他照读农业年历，我都觉得棒极了。”

上大学时，科瓦岑可以用学生折扣，花1美元看凯尔特人的比赛。“我们那时在花园球馆打过不少比赛。”科瓦岑说，“另外，所有保安都认识库西。唯一的问题是，我们走进球馆找到最好的位置，当买票的人进来后，我们只能移到上层的看台。不过，那仍是世界上最划算的买卖。”

科瓦岑是一个优秀的大学球员，1968年大四那年，他的场均得分达到了15分。他在东部联赛打过几年的半职业比赛——在马西克高中做老师和教练期间，他会在周末开车参加哈姆登·比克联赛的比赛（由生产笔的比克公司赞助），一场比赛能挣到200美元。“我最大胆的一次行动，就是试图说服七年级的迈克·吉明斯基（后来成为杜克的明星球员，在NBA打了十四年）参加校队，不过没能成功。他们说他打不了，不过那时候他的身高已经有6英尺8英寸了。”

离开马西克高中后，科瓦岑到布朗大学做了一名助理教练。70年代末，他搬家到华盛顿，做了天主教大学的主教练。学校聘请他有一个特殊要求，就是让他将球队从NCAA二级联赛升入一级联赛，学校还承诺新建一个体育馆，增加校队的实力。“每年招募球员时，我都会告诉他们，毕业前他们会在新球馆里打球。”科瓦岑说，“当然，自始至终这个承诺都没实现。”

尽管天主教大学在一级联赛中取得了一些成功——包括1980年在一场三加时大战中战胜了当年挺入“精英八强”的圣约瑟夫大学——可是当新校长到来后，他决定采取和过去完全相反的做法，让天主教大学降入三级联赛。学校最终建好了一座新体育馆，但规模远远小于科瓦岑的预期，毕竟使用这座球馆的只是一支三级联赛的球队。不过科瓦岑早就离职了，他接受了北弗吉尼亚地区乔治·梅森大学运动部门主管的职位。梅森大学建了一座新体育馆——那毕竟是一所州级大学，所以用州资金建造球馆并没有问题。乔治·梅森大学的实力也逐渐强盛起来，1989年他们进入了NCAA全国锦标赛，这是校队历史上的第一次。1994年，当乔治·华盛顿大学的职位出现空缺时，科瓦岑得到了那份工作。

“搬到华盛顿地区后，我在比赛里见过里德。”科瓦岑说，“只要乔治·华盛顿大学有比赛，我就能看到他，不过他也会去看别的比赛。他记得我，因为我是库西手下的球员，也因为他记得他见过的每个人。不过在我加入乔治·华盛顿大学后，我们的关系才真正变得亲密起来。”

科瓦岑进入乔治·华盛顿大学时，里德和安布雷·琼斯一周定期有几天会在学校打壁球。“打完球后，他会来到我的办公室，点上一根雪茄。我们就这样坐在一起聊上一会儿。”科瓦岑说，“我知道所有凯尔特人球员的名字，因为库西跟我们讲过，所以我对很多故事都很熟悉，这些都帮助我增进了和里德的感情。有一次训练时停电了，于是库西坐在那，给我们讲了两个小时凯尔特人的故事。所以我知道很多。这让里德感到很舒服。”

“有一天早上我们坐在一起，他对我说：‘来吧，我们走。’我问去哪儿，他看着我，好像我疯了一样，然后说：‘中国多尔，吃午饭。’我以为自己的表坏了，因为那时才10点半。但你不能跟里德争论。于是我开车和他一起去吃了饭，从那之后，我就一直参加他的午餐会。我和团体里的其他人一样：如果因为其他事迫使我不得不错过午餐的话，我真的会非常生气。我知道，这是生活中少数几个能让我心情愉悦的事——我知道走出餐馆时我的心情肯定会比走进餐馆时更好。事实便是如此。”

可能在指点科瓦岑的主教练时不那么咄咄逼人，但是在指点科瓦岑时，里德一点也不客气，不管什么事都是这样。

“我做运动部门主管的第一年，他在我们第一个主场比赛时知道我。他对我说：‘你这出问题了。’那时我们的球队状态不错，刚刚连续第二年进入NCAA全国锦标赛。所以我实在想象不出来他说的到底是什么。我说：‘教练，问题？什么问题？’”

“他说：‘你的热狗不好吃了。’我以为他在开玩笑，但他没有，我们的热狗确实不好吃了。里德喜欢在比赛期间吃热狗，但他想吃好吃的热狗。于是我想到了这个主意。我找来五种热狗，带他到学生会进行试吃。我们很重视这件事，还找来其他人观看整个过程。”

“他走进来，尝了所有热狗，挑出自己喜欢的那个。然后我们和那家热狗公司签订了合同，由他们供应热狗。换上新热狗后的第一场比赛，他又走到我跟前。‘你的热狗还是有问题。’他说。我问有什么问题，他拿着一个热狗说：‘热狗不热。好热狗必须是热的。’我对他说：‘教练，咱们球馆没有烹饪热狗的设备。这些东西必须在别处做好，包好后送过来。我们真的没办法加热。’”

“他盯着我说：‘斯特诺（一种灌装酒精加热设备），弄来斯特诺那东西，那能给食物保温。’现在我该怎么办？给整个球馆装配斯特诺吗？学校没那么多钱。于是我又想到了一个办法。我在运动员俱乐部里安装了斯特诺，告诉里德他可以在那加热热狗，这样就可以保温了。他终于高兴了。”

运动员俱乐部其实是史密斯中心的一个小房间，专门留给校队最核心的人员。赛前接待会通常在这里举办，一般有食物和饮料（以及斯特诺），中场休息时还供应点心。你可以想象，只要出现，里德就是运动员俱乐部的明星。不过有一天，他对科瓦岑说，他不会再去那里了。

“什么？”科瓦岑说，“我为你的热狗准备了斯特诺……”

“对，那很好。”里德说，“可走进那里，所有人都站在那里吃喝。我做不到，我太老了。”

科瓦岑于是又想出了一个主意。运动员俱乐部的中间有一张圆桌，每场比赛前，上面会摆着一个牌子，写着“为里德·奥尔巴赫保留”。里德和自己带来的人——通常是周二午餐俱乐部的成员——一起坐在桌边，直到比赛开始前才会离开。

有人抱怨过为里德保留那张桌子吗？

“你开玩笑吗？”科瓦岑笑着说，“里德偶尔不来看比赛时，我会让其他人过去坐在那里。他们都不坐，那里就像一块圣地。”

为里德解决了热狗和桌子问题后，科瓦岑原以为不会再有事了。

想都别想。

“国歌。”科瓦岑说，“他追着国歌的问题不放。”

里德是海军老兵，他多次出国，非常爱国，也非常为自己的祖国感到自豪。过去，任何运动的任何球队在播放国歌时都会肃立致敬，不过随着电视产业接管体育界，这种情况在篮球领域发生了变化。电视传播商通常都不愿意播出奏国歌时的画面。（“911”事件后这种情况曾经改变过一段时间，不过在过去二十年里，总体趋势仍是不播放奏国歌时的画面）因此，国歌仪式总是被安排在首发阵容入场仪式前十到十五分钟。教练们已经养成习惯，他们会在国歌仪式前将球队带回更衣室，进行最后的赛前指导。

这种现象让里德非常生气。

“这是不对的。”里德说，“国歌仪式应该放在入场仪式之后、两队都在场上时进行。这有多难，在场上站两分钟能难受死他们吗？这是对国家的冒犯，我是不能容忍的。”

在这个问题上，里德一直追着科瓦岑不放。科瓦岑总是点头同意，但现实不会发生任何改变。因为即便他很愿意找双方教练及电视转播商，说“我们要这么做，因为里德说我们应该这么做”，但他却不能这么做。“事实上问题不在我的球队。”他说，“我可以让我的教练这么做。问题在于客队的教练。如果一支球队在场另一支不在，那场面会很难看。”

里德能够理解科瓦岑的说法。他也就同一个问题指点过乔治城大学的主教练约翰·汤普森。最后，汤普森决定让球队在国歌仪式时留在场上。不过客队没有这么做，汤普森觉得另一支球队被弄得很难堪。

“911”事件后，随着爱国主义浪潮的兴起，电视转播商终于将奏国歌的时间推迟，这样在国歌仪式时，双方球队都能在场。过了一段时间后，有些学校又恢复了过去的做法。不过乔治·华盛顿大学坚持在双方球队入场仪式结束后、双方均在场时奏国歌。某种程度上说，这让里德感到一丝欣慰。

“这种事情不应该在出现那样的悲剧后才实现。”里德说，“不过现在至少在我的学校，他们做的是对的。”

乔治·华盛顿大学是里德的学校，这一点毋庸置疑。

让我们回到聘请老队员模式的凯尔特人，他们在1990年请来了克里斯·福特。福特是个扎实的NBA球员，也是1981年凯尔特人夺冠阵容中的一员，他也有在NBA执教的经验——这让他与其他担任球队主教练的其他前凯尔特人球员有所不同（除了KC·琼斯，他接替芬奇，拿到了1984和1986年的总冠军）。

福特的执教成绩一直不错，直到刘易斯死亡，他也跟着球队一起，急速恶化。1995年，M.L.卡尔接替他成为教练，但他做得更糟，在1997年打出了联盟垫底的15胜67负。保罗·加斯顿在1992年成为凯尔特人老板，他认为必须做一些激进的改变，才能改变球队的命运。随着加维特和里德的离开，加斯顿将目标放在了大学教练身上。

沙舍夫斯基终于拿到了大学的全国冠军——事实上他拿到了两次冠军，分别在1991年和1992年。不过他已经不再是最热门的大学教练了，1995年时，他曾经出现过非常严重的健康问题。那时，大学教练中无可争议的明星是里克·皮蒂诺。他让肯塔基大学从丢人的NCAA禁赛丑闻中走出，带领球队五个赛季里三次打进全国锦标赛

“最终四强”。1996年，他带队赢得了NCAA全国冠军，1997年，他的肯塔基大学在决赛中加时输给了亚利桑那大学。

更重要的是，皮蒂诺拥有NBA执教经验——80年代末，他曾在纽约尼克斯做过两年的主教练——因为在1987年带领普罗维登斯大学打进NCAA“最终四强”，至今他仍是新英格兰地区的英雄。当然，皮蒂诺坚称自己无意离开肯塔基大学（就像他在成为尼克斯主教练前坚称无意离开普罗维登斯大学一样）。加斯顿知道，自己必须开出一份皮蒂诺无法拒绝的合同。

加斯顿这么做了。皮蒂诺除了得到1000万美元的年薪外，还获得了管理球队的绝对权力。他是球队的CEO、总经理和主教练，如果愿意的话，他甚至可以在电视上做球队解说。从很多层面上看，皮蒂诺获得的权力很像里德在五六十年代拥有的权力。区别在于两人的薪水，皮蒂诺有数不清的人帮他做事，而里德只有一个训练师。

里德对加斯顿说，无论花多少钱请皮蒂诺做主教练都是非常合理的。“那家伙真的是一个非常好的教练。”里德说，“无论从哪个层面上讲都是。”但里德提出了一个警告：他对皮蒂诺坚持要球队的绝对控制权有些担心。这种担心并非源自皮蒂诺的做法与他的原则不符，而是在于他认为，在90年代的NBA，一个人承担不了这么多责任。“如果你看看那些没人帮助想做到这些的人，”里德说，“通常他们都没有成功。对于‘有分歧时一个人是最终决定者’这种做法，我没有意见。但是在今天这个环境下，没有人能做一个无所不能的全能者。当年我那么做，联盟只有十支球队，没有一个球队拥有球探。世界已经不同了。”

获得皮蒂诺的唯一办法，就是让他在所有问题上都拥有决定权。里德能理解。加斯顿快要崩溃了，球队已经糟糕到了丢人的地步。但是在加斯顿最终确定合同前，皮蒂诺还有一个要求：他不仅要事实上的绝对权力，也要球队向外界表明，他是球队唯一的决策人。他希望成为凯尔特人的总裁。凯尔特人已经有了一个球队总裁，他的名字叫阿诺德·（里德）·奥尔巴赫。从1970年开始，总裁的头衔就是里德的。

里德没有一丁点儿指点皮蒂诺的意愿，他不想告诉皮蒂诺该怎么管理球队。过去那些年，当负责球队日常运营的人愿意咨询他的意见时，里德也愿意提出意见；但是没人询问他的意见，他也绝对不会主动出击。可是当加斯顿打电话告诉他，皮蒂诺想要球队总裁的职位，而他必须把这个职位给皮蒂诺时，里德感到非常受伤。

“保罗已经尽全力处理好当时的局面了。”里德说，“他说出的第一句话是：‘我犯了一个错。’他告诉我自己有多抱歉，但他已经对皮蒂诺做出了承诺。我不准备把这件事闹大，那不是我的风格。我知道他是真的感到抱歉，他为我做过很多非常好的事，很多事都是他没必要做的，所以我不准备为难他。但这件事确实很让我伤心。尽管我试着不对皮蒂诺产生看法，但我还是看不上皮蒂诺。我就是不能理解，为什么他非要那个头衔。他拿到了钱，又得到了权力，为什么他还非要得到那个头衔呢?”

任何了解皮蒂诺的人都知道这个问题的答案。皮蒂诺的野心，不比肯塔基州的面积小。尽管很受伤，但里德的态度和波士顿人没有太大区别：只要皮蒂诺能带来胜利，就算他想要“世界之王”这个头衔也没问题。里德告诉皮蒂诺，想交流的话，他随时都有空。可如果没人问他，他绝不会提出建议。

皮蒂诺就像一个骑着白马的王子，以球队救世主的身份来到了波士顿。他到来的时机，看上去无比完美。凯尔特人在那个赛季打出了全联盟最差战绩，他们有可能获得状元签。所有人都知道，状元肯定属于维克森林大学的蒂姆·邓肯——自从麦克海尔和帕里什退役后，波士顿再也没见到如此具有天赋的内线球员。

皮蒂诺做教练，邓肯做球员，凯尔特人将又一次重回巅峰。而集总裁、CEO、主教练、上帝众多职位于一体的皮蒂诺，必将荣誉满身。没有比凯尔特人前总裁、现任球队董事会副主席的里德更希望实现这个目标的人了。

9

扩大圈子

“我跟你讲过见克林顿和戈尔的事吗？都是好人，都是篮球迷。天呐，克林顿那家伙真的太喜欢聊篮球了，我根本插不上话。”

其实，克林顿和戈尔的故事，讲得最好的是皮特·道林。因为里德过于谦虚，从他口中听不到全部的故事。道林喜欢以这样的方式开头：“我这么说吧，他让整个白宫都停滞了。”

道林第一次和里德见面，是在1995年的夏天。他已经在特勤局工作了九年，是当时负责克林顿总统安保工作的特工之一。那时在凯尔特人担任助理教练的唐·凯西，是道林的朋友。道林有个同事乔·康林，凯西当年在新泽西卡姆登的尤斯提斯主教高中做教练时，他是球队的经理。“乔身高6英尺6英寸。”道林说，“其他人觉得那样的身材能让他成为一个优秀的大前锋。事实上有那样的身材，他成了一个非常优秀的经理。”

70年代初，和康林一起在圣玛丽学院读书时，道林通过康利认识了凯西。80年代初，曾经在马里兰大学做过加里·威廉姆斯队友和室友的一个经纪人约翰·麦克唐纳，经常到费城为当时在波士顿学院做教练的威廉姆斯考察球员。凯西那时已经是天普大学的教练了，道林只要在费城，就会和凯西在一起。两人的友谊就是这样加深的。

1995年夏天，凯西来到华盛顿，参加一个为俄克拉荷马城爆炸案受害者家庭筹款的慈善高尔夫球赛。道林需要收集一些用于无声拍卖的竞拍品，他联系的其中一人就是凯西。

“他知道周末我一直都在。”道林说，“周三我接到了他的语音邮件，说他周四要来华盛顿，还要跟里德一起吃午饭。他知道，为了能和里德·奥尔巴赫见面，我几乎什么都愿意做。他还知道，如果我提出想带里德·奥尔巴赫去白宫吃饭，他应该不难安排。”

安排吃饭没有问题。事实上，安排一个包间也不是问题，因为当时管理白宫餐厅的人是个铁杆凯尔特人球迷。里德、凯西和道林被人一路带到包间，三人享受了一顿美好而安静的午餐，直到有人进来告诉他们，副总统戈尔听说里德在白宫。对方想知道，教练能不能匀出几分钟，出去和副总统见见面。

里德当然愿意。他和凯西、道林走到了戈尔的办公室，几个人高兴地聊起了篮球。里德的执教生涯始于戈尔的母校圣奥尔本斯，这让戈尔尤其感兴趣。几个人的谈话被一通电话打断了。连克林顿总统也听说里德在白宫的事了，他也想见里德。

于是里德、凯西和道林跟戈尔道了别，又去了椭圆形办公室。据道林回忆，凯西那时明显兴奋起来了。他是“健康与体育”总统顾问委员会的成员，现在他得到了几分钟的机会，可以和总统谈谈自己的观点。

当然，根本轮不到他说话。

“总统只想和里德聊篮球。”道林说，“他想了解凯尔特人，想知道老凯尔特人的故事，想知道里德对一些大学球员的看法。两个人不停地说啊说。有几次还有人插话，告诉克林顿，他原本预约两点要见的人还在外面等着。”

里德也能回忆起那次会面的某些细节。“我有些尴尬。”里德说，“我终于对他说：‘总统先生，我真的非常荣幸，非常自豪。我这样一个在布鲁克林长大的孩子，一个篮球教练，居然能让美国总统推迟几分钟原定的安排和我交谈。但我能够理解，你有工作要做。'”

克林顿回答道：“我们还可以再聊几分钟。”

当里德和道林说服克林顿他们应该离开时，时间已经到了两点半。凯西想留下来，他还有话想跟总统说。“我必须把凯西拽走，否则总统那天剩下的安排都要作废了。”道林说。

三个人感谢总统从繁忙的日程安排中抽时间和他们交流，最后终于离开了椭圆形办公室。离开时，里德注意到等在外面的人。那个人看起来很眼熟。里德后来想起来，那是比尔·盖茨。

整整三十分钟，比尔·盖茨只能坐在外面干等，因为美国总统想和一个老篮球教练聊篮球。

对道林来说，那一天他过得极为兴奋。自从1976年开始在特勤局工作后，他已经习惯了在总统和副总统身边工作。可是和里德·奥尔巴赫在一起，则是完全不同的感觉。

“对我来说，凯尔特人就是终极球队，里德就是终极教练。”道林表示，“高中时我是一个很一般的球员，所以里德和凯尔特人对我来说就是人生巅峰一样的存在，尽管我是纽约人。”

其实在哈维尔高中打球时，道林算是一个优秀的球员。他得到过圣玛丽学院的招募，这所学校当年在主教练吉姆·费兰的带领下，曾是二级联赛的一支强队。在那个年代，二级联赛的学校不存在签意向书这回事。道林其实是被费兰的一个朋友招募的，这个朋友负责纽约和新泽西地区的球探工作。

“协议挺简单的。”道林说，“我被告知可以参加球队试训，如果能被选上，我就有奖学金。如果没被选上，我还是可以去那所学校，只不过我爸妈要掏钱了。”

道林不知道的是，那时圣玛丽学院已经有很多优秀球员了。有四名球员最终进入NBA，其中包括弗雷德·卡特，他后来成为费城76

人和巴尔的摩子弹队的首发球员。“他们真的非常、非常好。”道林说，“被球队裁掉我并不意外，我也没有崩溃。”道林在大二时又尝试了一次，结果还是被裁。他说：“在那之后我就明白了，我不是那块料。”

也就是在圣玛丽学院读书期间，道林开始认真地思考未来进入执法部门的可能。他最初选择的专业是会计，不过后来转去英语专业——“因为那是我能找到的和会计最没关系的专业”。道林之所以想从事司法部门的工作，源自于他看过的一个电视节目。

“没有一个特勤局的特工会承认这一点。”道林说，“不过我最初的目标是加入联邦调查局（FBI）。在我小时候，每周六晚上有个电视节目，叫《小艾弗莱姆·金姆巴雷斯特秀》，我觉得他们在节目里做的事特让人兴奋。我喜欢抓坏人。所以大学毕业后，我就有了这样的想法。”

无论FBI还是特勤局，都很少招收刚刚毕业的大学生。了解到这个情况后，道林先到马里兰州的蒙哥马利郡做了警察。做警察时，他依然和大学好友帕特·奥卡罗尔保持着联系。奥卡罗尔先是在特勤局实习，后来成了正式雇员。正是奥卡罗尔说服道林，去申请特勤局的工作。

“我朋友喜欢说我是通过斯奎克·弗洛姆和莎拉·简·摩尔得到这份工作的。”道林说，“他们俩都曾在1975年试图刺杀福特总统。因此特勤局被批准在1976年多招收四百人，我就是其中之一。”

和所有特勤局工作人员一样，道林最初被派到了外地，他的派驻地点是费城。1979年，他接到任务，人生第一次保护一名总统候选人（所有来访的外国使节及总统候选人都由特勤局驻外办事处负责安保）。这个人并非随便一个候选人，他是泰德·肯尼迪。

“你不能像对待大多数候选人一样对待他，保护其他人自然要小心，但不用疑神疑鬼。”道林说，“这个人的两个哥哥已经被刺杀身亡了，你必须时刻把他视为被刺杀的对象。我非常尊重他和他的家人处理那种局面以及对待我们的方式。我负责他的安保差不多有一年时间——从1979年9月一直到1980年大选结束。”

几年后，道林被指派负责当时的阿肯色州州长、未来的总统比尔·克林顿的安保，他再一次和肯尼迪有了交集。1993年夏天度假时，克林顿一家去了曼沙文雅岛，和肯尼迪一家及杰奎琳·肯尼迪·奥纳瑟斯一起度过了一段时间。

“有一天下午，我们站在一艘游艇的舰桥上，肯尼迪参议员走了过来。”道林回忆道，“那里就克林顿总统和我。他走过来对总统说：‘我想告诉你一件事：多关注这些家伙。’他指着我说，‘因为他们除了照顾你，就没别的目标了。’能听到他说这些话，我心里挺感激的。”

离开费城后，道林被调到华盛顿的办事处，负责了四年布什副总统的安保工作，接着又被调到了克利夫兰的情报部门。1992年，当他还在克利夫兰工作时，他接到了电话，邀请他长期加入总统候选人比尔·克林顿的安保团队。

“我是他的一号特工。”道林表示，“为他工作的前三天，我们几乎没说过一句话。那时他在新英格兰地区开展竞选活动。第四天，我们到了缅因州波特兰的一个机场。那天前往下一个竞选宣传地之前，州长要在机场和乔治·斯蒂芬诺波罗斯和詹姆斯·卡维尔见面。他们在一个安全的房间里，我在外面。有一家人在那里等着，准备坐飞机去迪斯尼世界玩。那个孩子是‘许愿基金会’的，我开始和他聊天。我的孩子那时候跟他年龄差不多。”

“州长走出房间后，我们坐车去了下一个宣传地点。那天晚上回到机场时，车里只有他和我。他扶着我的肩膀说：‘你有孩子，是吧？看到你在机场和那个小孩子聊天，我能看出来。’我们的关系在那之后变得越来越好。他是那种你可以坐下来和他交心的人，和他在一起我总是感觉很舒服。更重要的是，我希望他也愿意和我在一起。”

克林顿当选总统时，道林已经被调回到华盛顿，在总统安保部门担任助理主管。“这是一个挑战。”道林微笑着说，他知道和克林顿有过五年的密切合作，别人在说起这事时一定会拿他开玩笑，“相比里根总统和布什总统，克林顿总统更年轻，也更活跃（这里可以自由想象其他人开的玩笑）。前两人都喜欢在戴维营安安静静地放松，而克林顿总统很少去那个地方，他喜欢出去。我记得有一次在曼沙文雅岛，我们必须求他，不要在周六晚上出去吃冰淇淋，因为他出去一次，整个小镇都要瘫痪了。后来是另外一个人出去，帮他买了冰淇淋。”

在道林的记忆中，那些年里最艰难的一刻，发生在1995年一个周日的早上。清晨5点半，他坐在早餐桌旁看报纸，准备一会儿前往白宫——主管总会在周日早上提前前往白宫，在总统决定外出晨练时有所准备。他在《大观杂志（Parade）》的“个性”专栏看到一篇八卦文章，声称克林顿夫妇将在当年晚些时候分居，希拉里·克林顿还会在第二年的民主党总统初选中挑战自己的丈夫。那篇文章表示，这个消息的来源是“特勤局”。

道林感到非常不舒服。“如果第一家庭不能全身心信任我们的话，我们就没法工作。”他说，“这事很简单。有人写了这篇东西，声称消息来源是特勤局，这让文章立刻有了可信度。我们是白宫的一个部门，人们相信我们。那是我们第一次出现那种情况。我知道那不是真的，但那已经不重要了；因为文章已经人尽皆知了。”

那天晚些时候，克林顿把道林叫到椭圆形办公室，递给他杂志，问到：“你看这个了吗？”

“是的先生，我看过了。”道林回答，“看到这个东西让人非常痛苦，我也觉得很尴尬。但是你不觉得吗，如果有人真的做了这种事，他不应该摆出些证据，让故事变得更可信吗？”

这番话似乎缓解了紧张的情绪。克林顿理解了道林的立场，再也没提过这件事。道林松了一口气，但他至今还能生动地回忆起那天早上的感觉，即便退休后也是如此。如果说克林顿那天早上还没有彻底原谅他的话，那么当道林带里德到白宫餐厅吃饭那天，克林顿也彻底原谅他了。

那天，当他们终于离开椭圆形办公室和白宫后，道林送凯西回了他住的酒店，然后又开车送里德回家。车停在里德家门口时，里德对道林说，他想送一些东西给道林。“接着我发现，他从自己的行李箱一件一件地掏东西。”道林说，“他一直在那里放着各种东西。他给了我一个印有他头像的维蒂麦片盒、一些凯尔特人的东西，还有一些东西是给我的孩子。他给了我很多东西。然后他转身过来对我说：‘听着，我们有一群人周二会去市中心的中国多尔吃午饭。如果下周你有空的话，也过来吧。11点。’”

和其他人一样，道林对上午11点这个时间也有些摸不着头脑，但是得到邀请还是让他感到很兴奋。他回答自己愿意参加。“走进去后我发现，那里全是老人家。”道林说，“我基本上一个人都不认识。当然，我认出了摩根，也听说过杰克·科瓦岑的名字，但也仅此而已。我满怀敬畏地坐在那里，心想：‘等我告诉其他人我和里德·奥尔巴赫吃过饭吧。’我感谢里德邀请了我，告诉他这对我有着重大的意义。他用‘啊，别客气’这种语气回答了我，和他平常的口气没有区别。”

道林也犯了很多人犯过的错误：他以为午餐邀请是一次性的。一周后的周二晚上，道林家里的电话响了。他立刻听出了电话里传来的声音。

“你他妈的去哪儿了？”

“我应该去什么地方吗？”

“到餐馆来吃午饭啊。”

“我不知道自己又被邀请了。”

“好吧，你被邀请了。下周二见。”

即使成为午餐会的常客后，道林仍不确定其他人是否真的欢迎自己。有一天，他问里德在伍德蒙特的一个朋友埃尔文·米勒，自己参加午餐会到底合不合适。“我不想冒犯别人。”道林说，“我想知道里德叫我来是不是仅仅出于礼貌，因为那天在白宫……”

“你开玩笑吗?”米勒说道，“他不是那么做事的，他喜欢和你在一起。再给他找个新人吧。”

那时候，只要道林有机会聊到特勤局的工作，里德就会专门找他的茬。在电影《空军一号》中，其中一个反派就是特勤局特工，这把里德逗乐了。他说：“现在，我们知道特勤局的本来面目了。”

“我已经习惯被他嘲笑了。”道林说，“如果他没嘲笑我，我会担心他是不是出了什么问题。”

接下来的七年，里德和道林的关系变得愈加亲密。道林经常带着儿子斯蒂芬去看乔治·华盛顿大学的比赛，儿子能接受里德的指点，让他欣喜若狂。“这些年来我一直训练他，现在他和里德·奥尔巴赫坐在一起，从里德那里学习篮球。”道林说，“我忍不住，真的太激动了。”还有一次，里德邀请斯蒂芬·道林和他的司机（皮特·道林）一起去自己家，参观他的那些收藏品。斯蒂芬想知道，里德到底有多少枚冠军戒指。

“他带斯蒂芬去了自己存放戒指的地方。”皮特·道林回忆道，“他把十六枚戒指一枚一枚地拿出来，给斯蒂芬讲每一枚戒指的故事。这是多么美妙的一段经历啊。”

里德非常喜欢孩子，他的这一面，很少有人知道。他非常溺爱自己的三个曾孙，也特别喜欢给孩子讲故事，就像他喜欢给大人讲故事一样。

有一天晚上，道林带着自己的母亲去看乔治·华盛顿大学的比赛。道林的母亲比里德大三岁，两人不久前都接受了心脏手术，所以对比病情就成了两人的话题。比赛结束后，茜茜尔·道林飞奔到楼下和前圣十字学院的主教练乔治·布兰尼打招呼（布兰尼的儿子当时是乔治·华盛顿大学的助理教练）。

“里德回头一看，发现我妈妈已经走了。”道林回忆道，“她当时已经84岁了。我们发现她在楼下，里德摇着头说：‘老天，我愿意让她在我的球队打快攻。’”

道林唯一没能说服里德做的事，就是让里德给他讲一些战术，帮助他执教的几支年轻的球员——除了斯蒂芬外，他还有两个女儿，他是三个孩子所在球队的教练。“每年做教练时，我都会邀请他去讲讲战术。他会让我读他的书，说书里有我需要的所有战术。但我想让他给我一些不一样的东西，一些别人不知道的，所以我坚持不懈地问他。最终，当我最后一年做我孩子的主教练时，他说他愿意坐下来教我。但他没履行承诺。现在我想，他大概觉得如果我理解不了书里的东西，那我也没什么可教的了。”

道林还是成功邀请到里德在1997年特勤局特工毕业典礼上担任演讲人。“我记得和他一起走进去时，所有人都有些紧张，因为他们都很敬畏他。”道林说，“我心想：‘我能和一个得到这么多人尊重的人做朋友，这真的太美好了。’不过里德真的很善于应对那样的场面，他能让每个人放松下来。他说：‘嘿，有人介意我抽烟吗？’当然不会有人介意。他点燃了一根雪茄，开始和大家聊起天来。”

“他的演讲太棒了。他谈到了加入特勤局时一个人所要做出的承诺，谈到自己对任何做出这种承诺的人都充满敬意。然后他说道：‘有一件事我很明确，一个人是需要很大的勇气，才能做你们做的事情。’我当时就坐在助理局长旁边，她靠过来对我说：‘现在我知道今年圣诞节该问圣诞老人要什么了。’”

里德还在2002年道林的退休派对上发过言。在特勤局工作了二十六年后，道林决定退休，接受纽约的AXA保安公司提供的一份薪水更高的工作，担任该公司安保部门主管。不止里德，整个“中国多尔帮”都去了，而且围坐在一张圆桌旁。那天唯一缺少的东西，就是炒面。

“让我给你们讲一件事。”里德对所有人说，现场除了“中国多尔帮”和道林的家人，其他全是特勤局的特工，“我不知道皮特这份新工作到底做什么，但我敢保证一件事：他一定会做得特别好。”

道林心里明白，不管里德怎么拿他开玩笑，这才是里德对自己的真正感受。“那天晚上他能来现场，对我太重要了。”道林表示，“午餐会的全体成员出现在那里，也有着非常重要的意义。我感觉自己是一个秘密俱乐部的成员，我们说的那些话，只有团体里的成员才会明白。从这个角度说，这和在特勤局工作没有什么不同。我知道，如果我需要帮助或者遇到了麻烦，马上就会有十二个人站出来帮助我。”

“自从开始这份新工作后，我总试图在每周二上午11点安排开会。我想在那个时间点让自己忙碌起来，分散自己的精力，这样我就不会去想自己错过的事情。”

有一个周二，道林在午饭时间把电话打到了罗伯·艾德斯的手机上。手机在餐桌间不断传递，最后一个接电话的是里德。“嘿，皮特。”里德说，“他们给你那么多钱，就是让你坐在那边跟我们闲扯淡？”

“毫无疑问，里德真的想念皮特。”赞恩边摇头边说。

里德从心底里原谅了保罗·加斯顿让他把球队总裁头衔让给皮蒂诺的行为，很大一部分原因在于他确实很喜欢加斯顿。也因为即便里德已经不再参加球队的日常管理，加斯顿仍尽全力，让他仍能感受到自己是凯尔特人重要的一个成员。

“我跟很多老板打过交道。”里德说，“其中最好的是沃尔特·

布朗。在他之后，我见过好的，也见过坏的。保罗·加斯顿是好老板之一。”

事实上，在为凯尔特人工作的五十四年里，里德一共和十五任球队老板打过交道。“当我1950年第一次来到这里时，沃尔特·布朗几乎快破产了。”里德回忆道，“如果他没能说服卢·皮埃里（他曾拥有过三个赛季的普罗维登斯蒸汽机车队，球队最终破产）加入他投入5万美元，我们大概连第一个赛季都撑不过去。事实上，有几次我不得不自己掏钱为球队买单。”

1964年9月布朗去世，这深深地打击了里德，因为他失去了一个恰好是他老板的朋友。布朗的遗孀马乔丽和皮埃里接管了球队，他们在第二年将球队卖给了杰克·沃尔德隆，后者是鲁伯特酿酒厂的老板。这仿佛开启了一扇不停开关的大门，凯尔特人的所有权在接下来的二十年里十二次易手，其中包括1978年著名的球队交换。那时凯尔特人的老板厄夫·莱文用自己的所有权和约翰·Y.布朗及小哈利·曼古里安交换，换到了布法罗勇敢者队的所有权。在那份交换协议中，莱文带走了四名凯尔特人球员。随后，莱文将勇敢者队迁到了圣迭戈，球队后来更名为快船。就这样，几个凯尔特人球员莫名其妙地成了（现在的）洛杉矶快船球员；而快船则成了NBA里失败者的代名词。

加斯顿家族为凯尔特人带来了很长一段时间都不曾有过的稳定性。那时，凯尔特人终于实现了持续盈利，自1979年拉里·伯德加入球队以来，第一次实现球票场场售罄。加斯顿家族成为球队所有权人，保证了里德不会被其他球队挖走。毕竟从1979年他和索尼·沃布林及尼克斯有过一段暧昧期后，其他球队就没有停止过挖凯尔特人墙角的努力。

在汤姆·考辛斯拥有亚特兰大老鹰队的时期，对方甚至提出过送给里德部分球队股权的提议。“他希望我过去，做三年主教练，再做两年总经理。在那之后，我会担任球队CEO，并且拥有部分股权。我不记得他说的具体数字了，可能是15%左右。那时（80年代末）我已经太老了，做不了教练，而且我也很满意自己在凯尔特人的状态。所以我告诉他，我很荣幸，但谢谢你，我不去了。”

直到90年代，快船的老板唐纳德·斯特林还找到过里德，提出让他负责球队的想法。“我本可以在马里布海滩拥有自己的地方。”里德笑着说，“我已经75岁了，我跟他说自己太老了。他说：‘不不，你不老，你能行的。’我必须拒绝他。假如我是65岁而不是75岁的话，也许我会认真考虑他的提议。”

加斯顿让里德感觉，自己仍是凯尔特人重要的一份子。他经常咨询里德的意见，特别是在加维特离开球队之后。那时，午餐会已经成为里德每周生活的必然组成部分，就像摩根·伍腾喜欢说的那样，“过上了自己想过的生活”。

里德有一天跟加斯顿提到了午餐会，他说假如加斯顿正好周二在华盛顿，他非常欢迎加斯顿加入自己的小团体。“午饭钱谁掏？”加斯顿问。

“我付钱。”里德说，他不太明白这事有什么重要的。

“从今往后我希望饭钱由凯尔特人队负责。”加斯顿说。

“没有必要这么做。”里德说。

“我知道。”加斯顿说，“我也知道你绝不会开口找我要这个钱。但我希望饭钱由凯尔特人负责，我只想保证你每周都能聊些篮球。”

“这当然没问题。”里德说。

从那天开始，里德午餐会的支出就由凯尔特人负责了，但外卖不算。里德每周都会要些外卖，带回家给自己的管家，偶尔给女儿南希带一些，有时候也给自己带一些，晚一些时候再吃。里德总是用另外一张信用卡交外卖的钱。凯尔特人有可能注意到多出来的20美元？即便注意到了会在意吗？当然不会。只不过里德就是这样的一个人。

“我总是像用自己的钱一样用凯尔特人的钱。”里德表示，“其一，过去出现过球队没钱只能靠我的情况。尽管现在不再这样了，但我试着尽量不去占球队的便宜。坐飞机去波士顿时，我用的是美国航空的折扣券，而且我总是尽量提前预订机票，这样我就不会因为自己懒得接电话或打电话而浪费几百美元。我只是不觉得有理由浪费任何人的钱。”

从很多角度看，里德是一个典型的经济大萧条时代走出来的孩子，甚至在86岁时，身上还有着过去的烙印。他愿意花钱——尤其愿意在家人和朋友身上花钱，但他并不认为有理由浪费钱。2003年冬天有一天，他特别生自己的气，因为去蒙哥马利郡拜访某人时，他读错了停车咪表。他以为已经过了5点就不要再交钱了，实际上那个咪表在7点之前都需要交钱，里德因此吃到了一张35美元的罚单。

他能想办法撤销罚单吗？应该是可以的。他只需要给当时与华盛顿警察工会合作的罗伯·艾德斯打一个电话，后者再找找人，就能撤掉那张罚单。里德没去打那个电话，他只是写了张支票。“我自己搞砸了。”里德说，“你若是搞砸了，就该付出代价，然后闭嘴。”

这也正是1997年加斯顿将球队控制权交给皮蒂诺后里德的做法。那一年年底，里德收到了加斯顿开出的一张10万美元的支票——这远远多于球队正常付给他的薪资。

“这是什么？”里德问。

“这是我的做法，告诉你我对发生的一切感到抱歉。”

“没有必要这样做。”

“就是因为你觉得我不用做，我才要这么做。”

争论到此为止。至少那时，里德不再争了。

在皮蒂诺执掌凯尔特人的那段时间里，里德几乎没在公共场合评价过他，私下里也很少谈及他。甚至在午餐会上，如果有人提到皮蒂诺有些问题的操作或言论时，里德都会三缄其口。一部分原因在于，里德认为应该给皮蒂诺一些时间，让他为球队打上自己的烙印。但最重要的原因还是出自对凯尔特人的忠诚。

凯尔特人没能赢得那年的状元签，皮蒂诺在凯尔特人的任期没能赢得一个开门红。凯尔特人没能获得状元签和蒂姆·邓肯，他们只拿到了三号签和六号签。皮蒂诺用这两个选秀权，选下了科罗拉多大学的后卫昌西·比卢普斯，以及曾经在肯塔基大学为他打过球的前锋罗恩·莫瑟尔。比卢普斯后来成了球星，可地点却是在底特律。莫瑟尔在凯尔特人撑了两年，随后被皮蒂诺交易到了丹佛掘金，和他一起被交易走的，还有另一个里德很喜欢的球员——波派·琼斯。

皮蒂诺进行的操作中，第一个让里德无法赞同的出现在1997年夏天。皮蒂诺当时既没有续约里克·福克斯，也没有留下大卫·韦斯利。这两个均是里德认为球队需要的球员，也是他劝说皮蒂诺留下的人。

“里克的确问过我对这些人的看法。”里德说，“问题在于，他问我的意见，我会告诉他我的看法，但他从来没有考虑过我的意见。并不是说我的看法永远是对的。但我跟他说，疯了才会放福克斯和韦斯利离开，他俩是那种可能成不了明星，但会在很长一段时间里都能成为球队的扎实轮换球员。”

福克斯后来成为洛杉矶湖人三连冠阵容的重要组成部分，而韦斯利在夏洛特黄蜂成长为明星球员。三年后，在ESPN接受鲍勃·瓦奥瓦诺的电台采访时，皮蒂诺被问到了是否为没续约福克斯和韦斯利而后悔的问题。“我当然感到后悔。”皮蒂诺说，“可你们必须要理解当时的情况。我在大学工作了八年，我是两眼一抹黑，所以在做出那些决定时，我需要依靠别人的意见。”

至少有一个比皮蒂诺整整多了十六枚NBA总冠军戒指的人，告诉过他应该保留那两名球员。这让人不得不好奇，皮蒂诺到底依靠的是什么人。

皮蒂诺还是聪明地在1998年用十号签选下了保罗·皮尔斯，但皮尔斯是另一个因为在选秀前的训练营表现不佳而顺位大跌的新秀。“那是一个好的选择，我至少可以这么说。”里德说，“但本来轮不到我们选他。”

同样让里德感到满意的是，和掘金的那笔交易除了换走莫瑟尔外，还换来了丹尼·福特森。他认为福特森能够让球队的内线变得更加强硬，他愿意做脏活累活，也有能力保护篮板。“好球队里总有一个像福特森一样的球员。”里德说，“里克说他在更衣室是个麻烦人物。我的态度是：‘处理好就行了，他值得你付出精力。’但里克不认同。”

就这样，福特森被交易了——他还被交易了两次。第一次，皮蒂诺试图将他交易到多伦多猛龙，换来“了不起的”埃尔文·威廉姆斯和肖恩·马克斯，可问题是威廉姆斯没能通过交易后的体检。于是皮蒂诺在那年夏天又把福特森交易到了金州勇士。从那之后，凯尔特人的内线就一直缺乏强硬度。

无论在哪儿做教练，皮蒂诺最大的问题，是他不愿意为失败或错误承担责任。错总在别人——通常犯错的都是球员；偶尔错在联盟；有时候他要依靠别人，因为他不了解情况。总之，皮蒂诺从来不会错。

最明显的例子发生在1994年，那时皮蒂诺的肯塔基大学在NCAA全国锦标赛第二轮被马奎特大学击败，爆冷出局。马奎特大学有一个名叫托尼·米勒的小后卫，他既不是好投手，也不擅长打半场进攻。可是在开放进攻中，他就成了一个非常有用的球员。如果对他进行贴身防守，他会在完成过人后创造快攻机会。皮蒂诺在四十分钟里固执地采取全场紧逼防守，米勒整场比赛都能轻松地破掉肯塔基的防守。最终，马奎特大学取得了比赛的胜利。

赛后新闻发布会上，在身边坐着三个大四球员的情况下，皮蒂诺说了以下这番话。“这支肯塔基，缺少领袖、缺少天赋，整个赛季都缺少化学反应。”

整个肯塔基队，包括三个坐在皮蒂诺身边的伤心欲绝的孩子，在那个赛季赢下了47场比赛。那一天，球队输给了主教练的固执。可皮蒂诺从来不这么认为。面对失败时，他的座右铭永远都是“我教得很好，他们打得很烂”。

当皮蒂诺又一次在凯尔特人时期指责自己的球员时，连里德都忍不住摇头说：“你不能总说输球因为球员，赢球靠的是教练。一方面，很多时候这种话不符合现实。另一方面，如果一直这样说，你就会失去球员的支持。”

有一次，里德试图给皮蒂诺讲一个自己的故事。“每过一段时间，当我们输掉一场比赛时，我会对球员们说：‘各位，这场比赛怪我。今晚我没做好。我做出了糟糕的决定，是我没让你们做好比赛的准备。所以忘掉这场比赛就好，继续向前。我去承受外界的指责。’这么做，我有两个原因：第一，这很有可能是事实，谁都可能有糟糕的表现；第二，他们欣赏我有时候愿意承担外界批评的做法。这样做，当确实因为他们的原因输掉比赛时，我就可以好好地教训他们，他们也会接受我的批评。”

不管怎么说，皮蒂诺不是这么做的。

大多数人对皮蒂诺的这个缺点抱有宽容的态度，因为他确实是一个非常优秀的教练。他非常善于说服大学球员，让他们接受他的体系、风格和职业精神，从而为他的球队付出全力。但在职业体育界，这种体系却很难起到效果。但里德认为皮蒂诺的问题不在于做教练。

“那家伙做教练没问题。”里德说，“我看过他的比赛，他很厉害。他只是掉进了如今很多人掉进去的陷阱：他想要一切。这在四五十年前大概行得通，可如今却是做不到的。你需要能够支持自己的人，需要依靠他们告诉你所有真相——无论是好是坏。我觉得里克除了自己之外谁都不信，而这，真的太糟糕了。”

更糟糕的是，被皮蒂诺抛弃的前球队总裁，是一个愿意为球队做任何事的人。如果一方不愿意倾听、不愿意信任，那另一方是提供不了帮助的。在篮球的问题上不信任尽管已是87岁高龄的里德·奥尔巴赫，有点像在音乐上不信任莫扎特或贝多芬一样。当大师说话时，聪明的人应该耐心聆听。

10

史上最伟大……未必吧

“我给你讲过泰德·莱昂西斯和迈克尔·乔丹的故事吗？乔丹刚来华盛顿时，约翰·汤普森给我打电话，希望我能去和莱昂西斯吃顿饭。我说没问题，我去。莱昂西斯看上去是一个完美的好人，但他对我说：‘你能不能跟迈克尔谈谈，跟他说说管理一支球队是怎么回事？’我看着他，说：‘你怎么了？疯了吗？你觉得我会坐下来给敌人建议？你们这些家伙就是我的敌人！我是凯尔特人，不是奇才！’”

对奇才队来说，这真是太糟糕了。也许，只是也许，假如亚伯·波林考虑过让里德接管他的球队，里德说不定真的会接受他的提议。毕竟，成年后里德大部分时间都是在华盛顿度过的。更重要的是，里德还在罗斯福高中教书时就认识波林了。比里德小6岁的波林当年曾是他的学生。

可波林从来没找过里德。“我应该会拒绝他。”里德说，“但谁知道呢。还是要看他提出的时机和开出的合同。”

当莱昂西斯从波林手中买下华盛顿国会队的所有权及奇才队的少数股权后，他率先提出了让乔丹担任篮球队CEO的想法，里德对这个做法的可行性表示怀疑。“我是这么看待乔丹的。”里德当时表示，“我认为他是一个聪明人，是个好人。但他真的愿意为球队重建付出努力吗？他真的愿意长时间工作、亲自观察球员、四处打电话询问交易，在必要时做出艰难的抉择吗？”

“也许他愿意。但我觉得对他来说，这会是一份非常难做的工作。他在生活中已经有不少需要他考虑的事情了。另外，乔丹也是一个过去万事如意的人。他是一个具有超强意志力的球员，他几乎可以强迫比赛按照自己的意愿进行；他可以威逼队友，让他们按照自己的意愿行事。可是做管理层时，这是行不通的。我觉得他会遇到一些并不愉快的惊喜。我希望自己能说出‘我觉得这事对每个人都好’这样的话，但我并不是很确定一定会有好的结果。”

以上这些，都能证明莱昂西斯希望找来里德与乔丹合作的想法是正确的。里德大概是地球上极少数的几个可能——没错，可能——说服乔丹的人。

事实很快证明了里德的直觉。乔丹几乎不在华盛顿停留。当他在接管球队不到两周后决定炒掉主教练加菲尔德·赫尔德时，他派出了韦斯·昂塞尔德向媒体发布这个消息，可怜的昂塞尔德当时还挂着奇才总经理的头衔。而乔丹自己，却跑到佛罗里达的超级碗上开拓自己的商业帝国去了。

这就是线索一：乔丹太忙了，忙到没时间做他的工作。

随之而来的就是线索二。乔丹想聘请自己的老熟人罗德·希金斯担任球队主教练，但希金斯当时正在金州勇士队担任助教。当勇士提出，如果想让希金斯在赛季进行期间就前往奇才担任主教练，奇才必须对勇士做出一些补偿。听到这个要求后，乔丹目瞪口呆。

线索二：仅靠自己的名字，乔丹不能呼风唤雨了。

真正的导火索出现在那个赛季结束后。奇才找来了达雷尔·沃尔，担任球队赛季剩余比赛的主教练，但他并不在球队的长期计划中。乔丹决定，他想聘请的是迈克·贾维斯。而贾维斯当时在圣约翰大学正值个人职业生涯的巅峰。那个赛季，圣约翰大学赢得了大东区冠军，以二号种子身份进入NCAA全国锦标赛，这等于NCAA篮球委员会认为圣约翰大学是全美水平最高的八支球队之一。

贾维斯当时在圣约翰大学的年薪是100万美元，他对奇才的主教练职位很有兴趣。贾维斯一直有进入NBA的想法，不过身为波士顿人，凯尔特人才是他理想中的球队。尽管如此，当初在乔治·华盛顿大学做教练时，他还是很喜欢生活在华盛顿。而且执教一支由迈克尔·乔丹掌管的球队同样很有吸引力。

贾维斯和他的律师见了一面，他让律师去和乔丹协商这份工作。贾维斯的律师是罗伯·艾德斯。

“他想要这份工作，但不愿不惜一切代价。”艾德斯表示，“我们讨论了他需要付出什么代价才能得到这份工作。迈克认为他应该拿到一份为期五年、年薪300万美元的合同，因为朗·克鲁格拿的就是这种合同，他离开伊利诺伊大学前往亚特兰大老鹰的情况和迈克相似。不过当你的客户提出一个他想要的数字后，你知道那和他最后实际获得的肯定存在差别。我们同意，至少有一份为期四年、年薪不低于200万美元的合同，才值得他换工作。因为如果一两年后球队进展不顺利，假如他的合同少于以上数字，都会让球队很轻松就能炒掉他。我感觉，如果进展不顺，迈克尔·乔丹是不太可能站出来说‘是我的错，我走人’这种话的。”

艾德斯坐飞机回到华盛顿，和乔丹在他位于MCI中心的新办公室进行了会谈。艾德斯注意到，乔丹和里德有一个共同点：整个会谈过程中，乔丹一直抽着雪茄。但两人相似之处仅此而已。短暂的寒暄过后，乔丹向艾德斯摆出了他准备的合同：两年，年薪100万美元。

“我惊呆了。”艾德斯说，“他想让迈克在不涨薪的情况下接手一支看上去会烂很久的球队，而且合同年限比他和圣约翰大学的还短。于是我对迈克尔说，我们要一份七年、年薪400万美元的合同。他看着我说：‘搞什么，你疯了？’我跟他说，没错我就是疯了。我们抛出的都是在对方看来极为荒谬的数字，现在，也许我们可以认真谈一谈了。”

“他不高兴了，非常不高兴。我们聊到了其他教练的薪水。我提到了尼克斯给杰夫·范甘迪（艾德斯的另一个客户）的合同，表明自己无意从奇才索要那样的合同，因为范甘迪将尼克斯带进了总决赛。这时候乔丹突然爆发了：‘你他妈的不许在我的办公室里提那个名字！’现在轮到我震惊了。我知道他不喜欢范甘迪，这没什么，可你连尊重对手都做不到？你就不能承认他是个好教练？我猜他不能。”

两人最终说出了最后的底价。乔丹提出年薪150万美元，最多三年；艾德斯表示，合同最少四年，年薪最低200万美元。低于这个条件，贾维斯就不会来了。

“到了那时，他基本上算是把我赶出了办公室。”艾德斯说。

艾德斯打电话给贾维斯，告诉他面谈进行得不顺利，也说了乔丹开出的合同。贾维斯请他再努力一次，看乔丹愿不愿意给一份四年的合同。艾德斯问他，是否愿意接受前三年保障、最后一年有买断条款的合同。贾维斯说，如果合同能谈成，他愿意接受那样的条件。

艾德斯那天下午开车回到MCI中心，给乔丹留了一盒相当昂贵的雪茄。第二天他打电话给乔丹，说如果前三年的保障合同金额为200万美元的话，贾维斯愿意为第四年设立球队选项，也愿意增加买断条款。“三年，年薪180万美元，没有选项。”乔丹说，“这是我能做出的最大让步了。我不会再提出新报价了。”

艾德斯问他是不是真的确定，因为他不认为贾维斯愿意接受这份合同。而乔丹直截了当地告诉他，谈判结束了。艾德斯把信息转告给了贾维斯。在艾德斯看来，贾维斯明智地拒绝了乔丹的合同。

“只有三年保障的话，一年后炒他鱿鱼、让他背黑锅太容易了。”艾德斯表示。事后证明，这番话具有先见之明。“我觉得我让迈克失望了，因为他确实很想得到那份工作。但乔丹一点儿也不让步。”

贾维斯不会担任奇才主教练的消息，在一个周二早上登上了报纸。那天，一脸愁苦相的艾德斯在11点半走进了“中国多尔”。饭菜端上桌时，人们正在讨论艾德斯和乔丹的谈判到底出了什么问题。一般情况下，当艾德斯迟到时，他会表现得像一个政客那样，和聚餐的每个人一一握手，评论对方的穿着或者询问对方的近况。如果在座的有婴儿的话，他甚至会亲吻对方。

那天则是另外一番情景。“里德，我希望你能理解。”艾德斯说，“我尽到了全部努力，想为迈克协商出一份合同。”

艾德斯知道里德喜欢贾维斯，这种喜欢可以追溯到后者在乔治·华盛顿大学执教那段日子。他知道里德绝不会质疑他为客户争取利益时的谈判技巧。尽管如此，他还是希望里德能从他这里听到第一手的消息。

“坐下，冷静。”里德命令道。作为一个与警察工会合作的律师，作为一个经常在半夜被叫起来赶往枪击现场的律师，艾德斯很少发抖。但是现在，他很明显地在发抖。

艾德斯详细地讲述了整个谈判过程，没漏掉一个细节，包括乔丹的脏话和他送出的那盒雪茄。里德默默地听他说话，没有打断也没有评论。艾德斯说完后，里德平静地说：“在我看来，你已经尽了全力。如果是我，我不会担心的。”

艾德斯很明显地松了一口气。“里德能够理解，对我来说非常重要。”艾德斯后来表示，“我不希望他觉得因为我耍律师的小聪明毁掉了迈克获得那份工作的机会。他比任何人都了解谈判，他知道，有时候对客户来说，没谈成合同比谈成合同更好。事实证明确实如此。但在那时候，没有人敢确定我们做的就是对的。”

“父亲去世时，我只有26岁（艾德斯现年55岁）。我不会说里德像我第二个父亲这种话，但他在我眼里确实非常重要。他的认可对我来说极为重要。我真的认为，所有参加午餐会的人都是这样的。

那天我本来没时间去吃午饭，因为那几天我忙的都是贾维斯和乔丹的事，我对工作一直是非常努力认真的。但我必须告诉里德到底发生了什么，告诉为什么会这样，而且我不想打电话说这些事。”

乔丹的第二选择是迈阿密大学的主教练莱纳德·汉密尔顿，碰巧的是，他也是艾德斯的客户。当汉密尔顿告诉乔丹自己的律师是谁时，乔丹表示，基于在贾维斯的谈判中发生的事，他不认为自己能和艾德斯达成任何协议。汉密尔顿在得到艾德斯的同意后，另找他人做自己的代理律师。

“我觉得迈克尔的做法是对的。”艾德斯说，“我们两人之间有着很大的怨气，很可能达不成协议，而莱纳德又迫切地想得到那份工作。”

汉密尔顿太想要那份工作了，他甚至接受了艾德斯认为贾维斯无法承受的要求。一个赛季后，汉密尔顿丢掉了工作。

对于里德来说，这些故事只不过证实了他的怀疑：乔丹无法接受任何人对他提出的挑战。接下来从乔丹阵营传出的流言也没能让他吃惊：乔丹决定复出。

“我有点为他感到难过。”里德说，“我的意思是，如果他想打球，他就应该打球。但在我看来，在这件事上他是赢不了的。他已经不像过去那么强了。他年龄大了三岁，速度也开始慢了下来。而且在这支球队，他是拿不到总冠军的。就算他是28岁而不是38岁，我也不觉得他能在那支球队赢得总冠军。也许他能带领球队进入季后赛，但这能让他满意吗？我不觉得。他可是迈克尔·乔丹。”

对于篮球运动员乔丹，里德只有尊敬。他曾经公开表态，说乔丹是历史上最伟大的球员。只是在被问到如何组建一支夺冠之师时他回避过这种问题，表示至少在自己那个年代，他也许首先会选比尔·拉塞尔，因为没有伟大的中锋就无法获得总冠军。

“我当然愿意做乔丹的教练，不只是因为他的能力，还因为他的态度。”里德表示，“那家伙为了胜利什么都愿意做。那种球员，能够让好教练跃升为伟大教练，让好球员成长为伟大球员。”

当乔丹最终发表声明表示他将要复出后，里德耸了耸肩。“他会打出一些精彩的比赛。”里德说，“尤其是在前半个赛季当他还有体力的时候。但我觉得客场比赛会拖垮他。他会越来越疲劳，还有受伤的可能。当你年龄增大时，你就更容易受伤。”

当然，里德的直觉又一次应验了。奇才的2001–2002前半个赛季，几乎成了乔丹的胜利大巡演。球队打得很好，尽管那时的乔丹已明显不再是过去那个乔丹，但他仍然保持了很高的竞技状态。可全明星赛结束后，球队的状态每况愈下。奇才开始输球，乔丹的表现也变得不稳定起来。没过多久，因为受伤，乔丹缺席了球队最后13场常规赛。更重要的是，里德发现奇才内部开始出现问题。

“我为道格·柯林斯感到难过。”里德说，“我觉得当球员中有你的老板时，你是做不成教练的。球员到底听谁的？听教练的还是老板的？我只是不认为这种情况能维持下去。”

做出复出的决定后，乔丹请来了柯林斯担任球队主教练。乔丹年轻时，柯林斯曾经在芝加哥做过他的主教练，然后在公牛开始赢得总冠军前被炒——有人说炒掉柯林斯是乔丹的要求。当乔丹用一份四年、2000万美元的合同邀请他重新回来执教时，柯林斯实在拒绝不了这样的一份合同。

第二个赛季比第一个赛季的情况还要糟糕。乔丹将球队的希望之星理查德·汉密尔顿交易到底特律活塞，换来杰里·斯塔克豪斯，主要因为汉密尔顿明确表示，他不愿意场上场下都要服从“老人家”的管理。乔丹以为他可以更轻松地应付同为北卡校友的斯塔克豪斯。当华盛顿媒体为这笔交易大唱赞歌时，午餐会上的里德则是不住地摇头。

“他看过斯塔克豪斯打球吗？”里德说，“那个人时刻需要球权。

当你和乔丹做队友时，你不应该时刻需要球权。记下我的话：这会是一场灾难。”

事实再一次证明了里德的观点。乔丹和斯塔克豪斯整个赛季都在针锋相对，最开始还是私下里相互指责，后来直接捅到了媒体上。乔丹依旧保持了良好的状态，对于一个2月就年满40岁的人来说，他的状态相当惊艳了。但他的好状态，通常要以整支球队为代价。在40岁生日那段时间，整支奇才队几乎到了要公开反抗他和柯林斯的地步。夸梅·布朗这个2001年选秀被乔丹钦点为状元的球员，已经被乔丹和柯林斯彻底吓没了信心。

看到这一切，里德不知道该笑还是该哭。“我觉得有些难过，特别是为柯林斯难过。因为我确实很喜欢他，我认为他是个非常优秀的教练。”里德表示，“但我又很想大笑，因为每次看报纸时，我总能看到‘错都是别人的，乔丹没错’这样的文章。他控制媒体的能力着实让我吃惊。我见过善于应对媒体的人，但我从来没见过乔丹这样能控制媒体的人。无论他做什么，媒体总说他是对的。嘿，他能做到这一点，当然是他厉害。但我真的不知道他怎么才能摆脱这个漩涡。”

当亚伯·波林决定炒掉乔丹，将他视为一个失败的管理者而非正为球队效力的传奇巨星时，里德的观点再一次得到了证实。几乎所有华盛顿媒体都在抨击波林，领头的是里德的好友约翰·汤普森，他指责波林“将乔丹送回了种植园”。

当这样的评论以及《华盛顿邮报》的迈克尔·威尔伯几乎歇斯底里的抱怨摆在里德面前时（他对这些评论很熟悉），里德只是摊开手，简单地说：“我跟你怎么说的？”

话说回来，乔丹在华盛顿经营球队的同时，另一边的波士顿其实也不怎么好过。皮蒂诺总裁生涯的蜜月期很快就过去了。外界普遍猜测，假如皮蒂诺知道凯尔特人得不到蒂姆·邓肯，他究竟还会不会放弃肯塔基的王位，跑到波士顿仅仅“屈任”一个总裁。

凯尔特人在皮蒂诺到任的第一个赛季，确实取得了一些进步——毕竟前一个赛季他们刚刚打出了15胜67负。凯尔特人的成绩提高到了36胜46负，但还是没能进入季后赛。皮蒂诺就像一个疯狂的科学家，不断地向不同发展方向调整球队阵容。但球队依旧原地踏步，每个赛季的胜率都没有超过50%。即便在1998年选到保罗·皮尔斯，再加上皮蒂诺到来前在1996年选到的安东尼·沃克，球迷在凯尔特人身上仍然看不到起色。

这段时期，里德一次也没有批评过皮蒂诺，无论公开场合还是私底下。甚至在午餐会上，身边都是信得过的朋友时，只要有人提到皮蒂诺的名字，他都会转换到别的话题。他唯一可能说的一句就是：“有太多优秀的球员是我们的人。”换句话说就是“放走福克斯、福特森、波派·琼斯和韦斯利，他到底在想什么？”

对凯尔特人来说，这段时光过得极为艰难。毕竟，他们是NBA历史上最值得骄傲的球队。可从1995年开始，球队就再也没能打进季后赛；自从雷吉·刘易斯倒在球场那天起，他们便再没赢过一场季后赛的比赛。

“对我来说，看到这个样子确实非常痛苦。”里德有一天承认道，“我和球迷一样，感到非常沮丧。打开电视看到球队赢球还行，如果看到对方球队开始得分，我就会关掉电视，我觉得自己好像为球队带去了坏运气一样。但我还是时不时地关注比赛进展。这从来都不是一种轻松的感觉。当然在我们是一支强队时，我过得也不轻松。因为那样看比赛时，我就会有更高的期望，那会让我变得更紧张。即便如此，球队现在的状况还是很难让人接受。我只是想看到球队重新变强而已。”

皮蒂诺在波士顿苦苦挣扎时，NBA最优秀教练的头衔，被菲尔·

杰克逊收入囊中。他是——或者至少表现的是——公牛王朝的最后一块拼图，1990年公牛解雇道格·柯林斯后，他成为球队的主教练。不管是不是巧合，公牛在第二年春天赢得了队史上的第一个总冠军。在乔丹1993–1994赛季第一次“退役”前，公牛又赢得了两个总冠军。那个赛季也许是菲尔·杰克逊执教能力最强的一个赛季。乔丹离开后（这是最关键的因素，真让我受不了），斯科特·皮蓬被迫成为球队的领袖，公牛在常规赛取得了55胜。如果不是因为和尼克斯的系列赛第五场比赛中的一个糟糕判罚，公牛很有可能重返总决赛。

一年后，曾发誓（只是第一次发誓）绝不复出的乔丹在常规赛末宣布复出，公牛在季后赛中输给了奥兰多魔术。常规赛末到季后赛结束这段短暂的时间，是乔丹第一次、也是唯一一次更换球衣号码，他穿上了45号，而不是23号。在很多人看来，这不过是一个市场营销策略，力图卖出更多乔丹的队服而已。乔丹那时仍在寻找比赛状态，这使得他在那年的季后赛里发挥并不如意，最终导致魔术的尼克·安德森说出了那句著名的“23号比45号更厉害”。

一年之后，23号终于回归，公牛又一次赢得三连冠，1997–1998赛季结束时，他们在八年内拿到了六个总冠军。可是在拿到第六个冠军后，乔丹和菲尔·杰克逊已经和公牛著名的“杰里”——老板杰里·雷因斯多夫及总经理杰里·克劳斯——陷入全方位的公关大战。与其继续为杰里们卖命，乔丹和杰克逊双双选择“退役”。又过了一年，两人再次回到联盟。菲尔·杰克逊成为湖人主教练，乔丹做了奇才的CEO。

杰克逊再次向世界证明，自己就是总冠军的最后一块拼图，他将沙奎尔·奥尼尔和科比·布莱恩特领衔的天赋横溢却总是无法取胜的湖人，转变成了NBA总冠军。湖人分别在2000、2001和2002年赢得总冠军。在2002年冠军赛季期间，有人注意到，菲尔·杰克逊即将获得个人的第九个NBA总冠军。历史上只有一个教练赢得过九个NBA总冠军，那就是里德。于是人们开始对一向平易近人的里德发问，询问他对杰克逊以及杰克逊冲击纪录的看法。

“他完成了一份了不起的工作。”里德表示，他真心这么认为，“但他从来没有组建过一支球队，他总是在一切就位后接手。他和我的做法完全不同。”

上帝啊，这可是一场大论战。老一代的大师说年轻的大师——准确说是“禅师”——不能和自己相提并论。某种程度上说，里德就是这个意思，他只不过换了一种表达方式。

其实，现在的NBA和50年代里德打造凯尔特人时的NBA已经大不相同了。里德那时既是主教练，又是总经理、营销主管，还是球探主管（也就是唯一的球探）。有时候，他甚至会在赛前站在波士顿花园球馆的大厅里，清点到场的球迷人数。如今，NBA已经发展成价值几十亿美元的大型商业联盟，球队数量翻了两倍，每支球队都拥有庞大的管理层和教练团队，有时候管理层和教练团队的总人数超过两位数。球队需要应对自由球员、聘请专业人员，还要和各类经纪人明争暗斗。

里德过去做的，与杰克逊现在做的完全不同，但两人的成功中都包含一个相同的关键因素：他们知道如何赢球。“我不是贬低他取得的成绩。”在因他的评论引起的喧嚣中，里德这样说道，“很明显，那家伙的工作做得非常出色。我觉得他做得最好的，就是让明星球员相信他的体系。想做到这一点并不那么轻松。可我说的没错：那些球队都不是他组建的。没有人请他做这些事。如果人们不满意我说过的话，没问题，那就让他们不满意吧。”

里德并非完全相信杰克逊的“禅宗”那一套东西，也不觉得冥想是在困难局面中取得胜利的关键一环。“我在更衣室一向很简单。”里德说，“从个人角度来说，比赛开始二十分钟之前我根本不在乎球员到底在做什么。他们可以大声播放音乐，也可以不听音乐；他们可以一个人静坐，也可以围成一圈聊天、讲笑话。比赛开始前我们的更衣室里总有人。”

“不过从比赛前二十分钟开始，我会把其他无关人等赶出去，我会要求球员在几分钟里做到全神贯注。我不会说漂亮话。当然，过去我们没有现在那么细致的考察对方球队，但我们在一年里交手的次数太多了，我们了解每支球队的情况。我可能会提醒球员，让他们注意某个特定战术或动作；我会提醒他们，上一次和对方交手时是什么情况。我不会说花哨的东西。我的意思是，咱们诚实一点吧，你能说的话也就那么些。如果球员不知道哪些重要，不知道要付出什么努力才能取胜，你大可以没完没了地说，但球队还是赢不了球。”

里德认为，有一个赛前仪式对凯尔特人的成功起到了至关重要的作用。那就是拉塞尔的呕吐。

“每场比赛前他都会呕吐。”里德说，“我说的是，每场比赛前他都会非常大声地呕吐。我们在花园球馆的更衣室非常小，他在里面会感觉特别不舒服。听他呕吐的感觉实在太糟糕了。但在大多数的比赛里，这还是挺有效的。”

“有一年，我们的对手是湖人，我们打到了第七场比赛。做完赛前动员后，全队一起来到球场。正在做上篮练习时，我突然想起来，拉塞尔还没吐呢。我赶紧走到场地上，说：‘所有人都回更衣室。’他们都看着我，好像我疯了一样。那时距离比赛开始还剩不到十分钟，我说：‘我说什么你们都听到了，赶紧回去。’我觉得球迷一定觉得出了什么疯狂的事。回到更衣室后我说：‘拉塞尔，你忘记呕吐了！现在赶紧去！’他一句话没说，立刻走进卫生间吐去了。”

“我们自然赢下了那场比赛。”

事实上，里德在第七场生死战中从无败绩；他的第七场比赛总战绩为8胜0负，其中在总决赛为4胜0负。有意思的是，菲尔·杰克逊的球队在总决赛里从来没打到过第七场，不过他的湖人两次在西部决赛第七场中后来居上赢得比赛胜利，包括2002年在萨克拉门托加时战胜国王。

“对他的成功，你没什么可说的。”里德说，“在我看来，他是NBA历史上最伟大的教练之一，看看他的成绩够了。但我必须要说：我永远也理解不了他对丹尼斯·罗德曼的放纵。人们总说我对拉塞尔有双重标准，那不是真的。如果我让拉塞尔做了什么事，我一定也会允许其他人做。我不明白菲尔怎么会允许罗德曼做那些事。不过他们是赢家，所以你只能承认，他的方法奏效了。只是我不会那样做而已，每个人都有不同的做法。”

里德表示，做拉塞尔的教练唯一的一个困难，就是拉塞尔有时候不想参加训练。如果拉塞尔偷懒，那么其他人都会偷懒，因为拉塞尔是他们的榜样。“有一天，我们打了二十分钟高强度队内对抗赛。”里德说，“我对他们说：‘给我认真打二十分钟，打完就可以回家了。’训练一开始，拉塞尔就在偷懒，所有人都不好好打比赛。我冲他们怒吼，让他们认真起来。我对着拉塞尔喊叫，让他严肃一点。一点用没有。他就是不想好好训练。最后我让所有人都出去，我看够了。”

“但我不会就这么轻易放过他们的。第二天我们正常进行了训练，我绝口不提前一天发生的事。最后，终于到分组对抗了。我从口袋里掏出五根新雪茄，我说：‘各位，抽完这样一根雪茄大概要三十分钟。今天下午我没有安排，我会坐在这里抽这些雪茄。只要你们能认真打完二十分钟的对抗赛，咱们就立刻结束训练回家。假如有任何人偷懒，那咱们就重新计时。在你们认真训练前，咱们哪也不去。听懂了吗？’”

里德停了停，边回忆边摇头。“拉塞尔肯定有事要办，他打得就像季后赛第七场比赛一样，在18英尺之内，没有人有任何出手的机会。我的意思是，他盖掉了所有的出手，像疯了一样跑出去执行快攻。十五分钟后，我必须叫停了。再打下去，他们就没有力气打第二天晚上的比赛了。我说：‘好了，拉塞尔，你个混蛋，快滚吧。’我让他们都回家了。”

里德喜欢谈论如今的教练。讽刺的是，最得他欣赏的，大多是大学教练。比如里德的多年好友鲍勃·奈特，迈克·沙舍夫斯基，还有最近退休的迪恩·史密斯和约翰·汤普森。

“你知道什么让我感到不爽吗？”里德说，“是暂停。叫完暂停后，所有教练围成一圈和工作人员交流。他们站在那里说话，那群孩子等着有人给他们指示。你知道他们为什么这么做？为了上电视！如果他们站在那里，镜头就更容易捕捉到他们。有些教练现在都成专家了，因为他们允许记者坐在那里，让记者听到他们在谈论教练的工作做得多好——因为他正在跟教练交流嘛！”

“我还记得第一次看到这种情况的情景。主角是蒂格·菲尔普斯，他站在那里说啊说啊不停地说。暂停时间马上结束时，他走进球员的圈子，有个孩子在地上铺了一块毛巾，因为他的西服价值2000美元，他不想直接跪在地板上。他讲了十秒，球员就上场继续比赛了。我喜欢蒂格，我真的喜欢他。在圣母大学时他是个非常优秀的教练，但那个样子，你在搞笑吗？”

“这些人拿的都是百万年薪。如果拿的是这么高的薪水，甚至拿几十万美元，你就不该站在那里，在暂停时听助教说话。这么做，你是在向我表示，你对比赛、对球队没有感知，你不知道该在暂停时说什么？看看那些最优秀的教练，我说的是最好的——奈特、沙舍夫斯基和退休前的迪恩，你见过他们要助教做这些事吗？绝对没有！他们明确地知道自己该说什么，知道为什么要说那些话。”

谈到如今的教练，尤其是占了大多数、喜欢在镜头前作秀、违背他原则的教练，里德真的可以说个没完。“我看到他们站在那里，每个回合都在尖叫、大声抱怨。”里德说，“如果他们真的需要这么做，那他们的球队真的不怎么样。如果你在训练里好好指导球员了，他们就不需要每个回合都要你去指挥。所以他们为什么要这么做？为了上电视。现在每场比赛都有电视直播，他们知道如果自己站起来，就会有摄像机跟拍他们。这快把我搞疯了。我心想：‘如果你工作做得好，让球队做好了准备，你就应该坐下来看球队打球，看看你的工作成果到底怎么样。如果奈特和沙舍夫斯基站起来了，那么只有一个原因：有人搞砸了战术，或者他们要对裁判施压。’”

里德笑了笑，想起了自己和裁判诸多的争吵画面。“我可以给你讲讲沙舍夫斯基。说到对裁判的态度，他真是一个艺术家。他总是在向裁判施压，甚至坐着或跪在场边都能给裁判压力。你看看他，他嘴里总是说个不停。迪恩过去也是这样。但沙舍夫斯基站起来过几次呢？几乎从来没有。他和（马里兰大学主教练）加里·威廉姆斯总能给我带来惊喜。他们一刻不停地向裁判施压，却很少吃到技术犯规。在这方面，他们都是天才。”

谈到伟大教练时，里德很少提起约翰·伍登的名字。两人彼此相互尊重，但不像和奈特、史密斯或者过去的阿道夫·鲁普那样，里德和伍登的关系从来就不亲密。

“他（伍登）总是有些冷漠。”里德说，“我觉得那是中西部地区人的特点。不过我总是能从他那里学到很多。我记得在60年代，他一个赛季会到东部打一次比赛，只要有时间我就会去看他的训练，因为他的球队里总有非常好的球员。招募卢·阿尔辛多那年，我对他说：‘嘿约翰，你得到阿尔辛多了。老天啊，他会为你的球队提供非常大的帮助。’他看了看我，说：‘哦，你是说纽约的那个小伙子？是的，我们很高兴得到他。’”

里德认为，伍登是一个了不起的教练，他认为伍登在某些方面被外界低估了。“我总听到有人说，他的球队里都是伟大的球员，这没错。不过这要从两方面去看。第一，你必须得到那些好球员，这是工作内容之一。第二，得到好球员后你要保证自己不会搞砸。很多教练，我的意思是非常多的教练在得到好球员后打不出好的成绩。伍登让好球员变得更好；让更好的球员成为伟大的球员；让伟大的球员更伟大。那就是教练。”

里德还认为，没人能打破伍登的十次NCAA全国冠军的纪录，因为现在的大学比赛，已经和六七十年代伍登统治体育界时大不相同了。“其中一点，过去他不用离开西部地区就能打进最终四强。他只需要在西海岸打两场比赛，有时候态度强硬一些就能让比赛在自己的主场进行，然后他就能进四强了。过去那会儿，全国最多只有五支球队有击败他的实力。现在，可能有三十支或更多的球队有这样的实力，你还需要到处旅行，赢下4场比赛才能进入最终四强。U-CLA拿冠军的大多数时候，他们总共只需要赢四场比赛，其中基本有两场是主场比赛。”

事实上，UCLA共有过九次赢下四场就拿到全国冠军的情况。1975年伍登赢得了个人的第十个全国冠军，全国锦标赛的规模扩大到三十二支球队，UCLA这次赢了五场比赛，最终拿到冠军，而伍登也选择在赛季结束后退休。“别理解错了，他取得的是非常了不起的成就，尤其考虑到他们每一年都是其他球队的靶子。可是在过去，你不必担心好球员只上一年大学就会离开学校。放在今天，卡里姆·阿卜杜尔–贾巴尔和比尔·沃顿不会在大学呆上四年，他们可能高中毕业后就转成职业球员了。情况完全不同。”

“就是这个原因，让我觉得奈特（三次冠军，五次打进最终四强）和沙舍夫斯基（三次冠军，十次打进最终四强）足以和伍登相提并论。迪恩（两次冠军，十一次打进最终四强）也很了不起。现在的比赛掺杂了很多因素——不仅要留住自己的球员，现在的大学比赛，难度大得多。”

里德微笑了一下。“我再告诉你一个这些人的特点，他们绝不会在镜头面前作秀。你给我找来一个知道所有摄像机位的教练，我就敢说他是个赢不了球的教练。”

菲尔·杰克逊呢？“他不知道摄像机在哪儿。但他总是知道沙克和科比在哪儿。聪明的家伙，非常聪明。”

11

永远保持一颗教练的心

“喂，猜猜，保罗·加斯顿刚给我打电话了。他希望我回去做球队总裁。”

里德很少流露出太多的感情，可是在2001年1月的这个周二，他却明显的非常兴奋。作为波士顿的“大总管”，眼看球队的胜率即将连续第四年超不过50%，里克·皮蒂诺在赛季进行期间宣布辞职。1月8日皮蒂诺辞职时，凯尔特人只有12胜22负。而整个皮蒂诺时代，凯尔特人的总战绩只有102胜146负，成绩最好的是他执教的第一个赛季，36胜46负。皮蒂诺的失败无法让里德感到一丝一毫的喜悦，因为他的失败等同于凯尔特人的失败。里德甚至没有不喜欢皮蒂诺；他只是无法理解皮蒂诺对全局的控制欲，无法理解他一边不听任何人的意见一边声称自己得不到帮助。

“换一个环境，他也许能取得成功。”里德坚持这样表示，“当他在尼克斯做教练时，尽管他不喜欢上头有个总经理（艾尔·比安奇），但他的教练工作还是做得相当出色。那是因为，他只做教练的事。”

既然皮蒂诺不再做教练了，那么他在1997年坚持要求的总裁职位，现在出现了空缺。里德已经拥有董事会副主席的荣誉职位，加斯顿希望他能再次成为“总裁”这一职位的主人。

“这么说来，你愿意?”当里德说出这个消息时，摩根·伍腾这样问他。

“当然。”里德说，“我知道加斯顿为发生的一切感到遗憾。没有必要再跟他提过去的事，我只是告诉他，我很高兴再次成为球队总裁。事情到此为止。”

“所以他就这么把职位还给你了?”在距离里德要坐下来的地方两个座位远的地方，响起了这样一个声音，“这是不是说你要把10万美元还给他了?”

说话的自然是赞恩，他比任何人都知道怎么挑逗自己的兄长、如何戳中他的软肋。所有人都记得1997年年底为了让皮蒂诺当上球队总裁，加斯顿给了里德10万美元作为道歉的事。里德一脸嫌弃地朝赞恩摆了摆手，但他和其他人一样大笑起来。

和里德一样，赞恩也是午餐会的核心，但他却是另一种风格。两兄弟谁也想不起来，到底谁先想出了一周聚一次的主意，但邀请别人的确是赞恩先提出来的，最终形成了每周二定期十二到十五人的聚会。如果用篮球做比喻，里德就是午餐会小团体的教练——绝对的领袖，所有人都尊重他，愿意为他打球（在午餐会方面，就是愿意和他一起吃饭、聊天、听他说话）；赞恩是总经理——或者说是组织者，他保证教练每周都能见到自己想见的球员。几乎每个周一，赞恩都会给定期参加午餐会的人打电话，向他们确认午餐会如期进行。所有人都知道赞恩会打电话，这似乎已经成了一种仪式，所以，如果有人周一要出门，他一定会给家人留下口信，在赞恩打电话时由家人代为转达——因为赞恩每周总是在固定时间给所有人打电话，而且绝不用电话答录机留言。

“我只是觉得用起来没意义。”对于不用电话答录机这事，赞恩的回答很是简单。

“如果他的电话打晚了，我就会担心。”克里斯·华莱士说，“周二仪式的一部分，就是周一晚上赞恩打电话。”

我也如此。如果赞恩给我打电话的时间是9点10分而非9点5分，我总会借机取笑他，说他年龄大了动作慢了。过了一段时间后，赞恩打电话的时间精准地定在了9点7分，而且他要求我儿子丹尼接电话。之前我在周一晚上出门时，丹尼曾帮我接过几次电话——自然，我也是请我太太保证，那个时间段家里有人接电话。赞恩觉得，和当时只有5岁的丹尼聊天，远比和我聊天更有意义。

接起电话后，丹尼会说：“你好吗，赞恩？”然后两人会聊上几分钟。丹尼那时的睡觉时间是8点半，不过周一晚上他会坚持到9点7分，等着先和赞恩聊天。

每当说起年轻时没钱供赞恩接受正规的艺术培训，里德总是一脸愁苦。赞恩的天赋无可争议。即便到了81岁，他仍能画出漂亮且神形兼备的水彩肖像，惹人驻足观看。赞恩从来没有接受过正规培训，里德经常说，“想象一下，如果他接受过培训将取得什么成果”，但他依然成为《华盛顿星报》极为成功的漫画家，还为很多杂志画过正规的肖像，对象主要是政治家。只有一件事能让他顾不上工作，那就是喝酒。不过好多年前，当他的妻子格特鲁德和朋友介入、要求他寻求帮助后，赞恩彻底戒掉了酒瘾。

想也能想到，在戒瘾中心治疗时，赞恩的朋友为他提供了巨大的帮助。“在那段治疗期间，每周他有一次见访客的机会。”海米回忆道，“治疗的第二周，我们一群人决定去看望他。去之前我们当然先去喝了个大醉。太鼓舞人心了，毫无疑问。”

其实，赞恩也觉得朋友们那样很鼓舞他。“当我看到他们那副样子时，我心想：‘妈呀，我喝多时就是这样的？我最好还是别喝了。’”

他也做到了。

虽说其他人在吃午饭时也会和里德争论，但没有人比赞恩说话更直接了。尽管性格强硬，但里德对很多人都有着偏心。其中一些人，礼貌点儿说，就是不太正常。举个例子，前乔治城大学主教练克雷格·艾什里克的不正常之处，就是赢不了比赛。里德和艾什里克的老上级、退休的乔治城大学主教练约翰·汤普森是好友，汤普森曾在60年代中期为里德打过球。汤普森1999年退休时，将主教练职位交给了常年担任助教的艾什里克，很多人对汤普森的这个决定持怀疑态度。五年之后，在球队仅仅一次打进NCAA全国锦标赛后，更多的人不看好艾什里克，包括乔治城大学的管理层。最终，艾什里克在2004年3月被炒了鱿鱼。

直到最后，里德仍坚定地支持艾什里克。“放过他吧。”如果有人（好吧，其实是我）批评艾什里克，里德会这样说，“他是个好人，也是一个比你想的更好的教练。他只是运气不好而已。”

在大多数比分胶着的比赛里，艾什里克的运气都很差。有些人会说，那不是运气的问题，但里德不认同。如果你是他的朋友，那他就会把你当成朋友，小比分输球就是因为运气不好。

每当里德为艾什里克说话时，赞恩都会大翻白眼。赞恩有一天说：“如果你不喜欢他，你会说他狗屁教练也做不成。”

“不是这样。”里德坚称，“我喜欢很多人，但我不觉得他们能做教练。”

“举个例子啊。”

里德看了一眼坐在一起的人，然后坏笑了一下，指着皮特·道林说：“皮特，他就完全做不了教练。”

“里德，他只是自己孩子的教练。”

“所以呢？不算吗？”

一起吃饭的人没人说过鲍勃·奈特不会做教练的话。不过他的名字经常被提到，一是他喜欢制造新闻，二是他和里德是朋友，还有一部分原因，在于我和奈特的关系。只要里德说起奈特——频率差不多一个月一次——他总会一脸微笑地走进餐馆大声说：“我前几天跟你兄弟聊天了。”

当奈特登上新闻时——特别是他在2000年9月被印第安纳大学解雇、2001年3月被德州理工大学聘用这段时间，每个人都会讨论他的优缺点。别人批评奈特时，里德通常保持沉默，但他会表达自己的观点，证明奈特是个伟大的教练——比如他真心关心自己的球员，他对朋友非常忠诚等等。任何了解奈特的人都知道，里德说的没错。不过，每当里德说完自己的观点，赞恩总会拆他的台。

“你想说什么都行。”赞恩说，“你说的每句话可能都是真的。但不管怎么说，他都是爱欺负人，是个混蛋。”

“你根本不认识他。”

“我不需要认识他。”

里德和奈特的友谊可以追溯到1962年，里德在那年用首轮最后一个选秀权，选下了奈特在俄亥俄州大的队友兼好友约翰·哈弗里切克。奈特还记得，当时他躺在宿舍的床上看书，哈弗里切克突然冲进来，告诉他自己被凯尔特人选中了。“我跟他说，那是你能去的最好的球队了。”奈特说，“他们会让你发挥出最大的潜力。你要和拉塞尔成为队友、为最好的教练打球了。”

小时候在俄亥俄州奥尔维尔，奈特一直关注着凯尔特人，每周六下午都会收看NBA比赛的录播。“甚至在得到拉塞尔前，他们打球的风格就已经很优秀了。”奈特说，“还在为雷因哈特打球时，里德就喜欢快速打法，我喜欢看他们的比赛。得到拉塞尔后，他们从一支强队变成了冠军之师。我现在还能想起拉塞尔的新秀年，当他们和（圣路易斯）老鹰队比赛时，里德让拉塞尔去防（名人堂球员）佩蒂特，佩蒂特在他的防守下打得非常痛苦。那时候我就知道，里德已经找来了所有拼图，明白他为什么要为了拉塞尔做交易。”

哈弗里切克新秀年在凯尔特人打球时，奈特在俄亥俄州的凯霍加瀑布高中做主教练，但他经常开车去波士顿花园球馆看自己的老朋友打比赛。也就是在那段时间，奈特第一次见到了里德。没过多久，奈特去西点军校做了助理教练，不过他仍然保持了开车去波士顿看哈弗里切克比赛的习惯。不过奈特和里德第一次真正的接触，还是在某年夏天的库特谢尔训练营，那时他得到机会，和乔·拉普奇克、克莱尔·比和弗兰克·马奎尔一起，听里德谈论篮球。这些人有时候会去距离西点军校只有几英里远的比的办公室——尽管当时已经退休，但是比在纽约军事学院还保留了一个办公室。奈特和他的上级塔茨·洛克也去过几次。

1965年秋天，奈特接替洛克成为西点军校主教练后，他和里德开始建立起真正的友谊。那年12月的圣诞假期期间，西点军校在麦迪逊广场花园有比赛要打。和往常一样，里德前往纽约，考察当时只有八支球队参加的小联赛。西点军校三战两胜，他们先击败了维拉诺瓦大学，随后输给了波士顿学院，最后战胜了伊利诺伊大学。奈特记不清到底是哪场比赛了，但他记得比赛结束后不久，他在更衣室附近座位下的走廊里见到了里德。

“嘿，鲍勃，我要跟你说点事。”里德说，“我真的很喜欢你的球队打球的方式。他们打得很努力，也很聪明。”

听到这个评价，奈特又震惊又兴奋。首先，这可是里德·奥尔巴赫给出的评价。“那时25岁的我，正在努力拼出自己的路，然后他告诉我，他喜欢我做的一切。在我印象中，那是第一次有我看重的人评价我的球队。我没法告诉你那对我有多重要。”

一直以来，奈特总是在学习所有运动中的伟大教练。他研究过里德取得的成功，并且得出结论：里德之所以取得那么多成功，原因很明确。“他是最初那批、甚至有可能是第一个真正理解执教哲学的人。”奈特表示，“他和文斯·隆巴迪做得比其他人都好。我一直认为，在执教方面，心理和身体的投入比例是四比一。里德是第一个想明白的。他知道不能用一个标准对待所有球员。有些人必须时刻对他们保持严厉要求，有些人则需要安抚。他懂得赢家的心理。他可以从弗兰克·拉姆西这样似乎不如别人有天赋的人身上看到潜力。比尔·拉塞尔也一样。里德喜欢快节奏的篮球，但他知道，如果没有伟大的防守者和篮板手，他永远也拿不到冠军。所以他改变了球队的风格，冒着失去伟大球员的风险换来了拉塞尔。和他地位相同、像他一样每年都在赢球的人，很少有人有他那样的勇气。”

奈特还认为，里德让拉塞尔成为主流体育联盟第一个黑人教练的决定，同样也是绝妙的一个运作——但他并不是从社会或者政治角度看待里德的这个运作。“那也许是最有智慧的运作之一。当里德不做教练后，他最担心的是如何为拉塞尔提供动力。”奈特表示，“比尔尊重里德，愿意为他打球，但他并不一定愿意为其他人做这些事。但每个人都敢保证，拉塞尔一定会为拉塞尔努力打球。里德当然明白。他能给拉塞尔那个机会真的太棒了，但那同样出自非常实际的考虑。”

奈特在西点军校执教那段时间，他和里德的关系变得越发亲密。奈特前往印第安纳大学、成为一个富有争议性的标志人物时，他依然保持着和里德的友谊。一般来说，当奈特在公开场合和别人发生争论或者出现类似情形后，他就会给里德打电话。一方面咨询他的意见，另一方面，他希望里德能理解他的立场。“我从来没想过去教育他。”里德说，“我知道他不会愿意听那种话。但有时候，我会说类似‘不要总把事情搞得那么难’这种话。有时候他可能会听我的，有时候不听。”

1982年，一场悲剧发生在了奈特球队里的明星球员兰登·特纳身上。作为1981年NCAA全国冠军的一员，特纳下半身瘫痪，终生只能坐在轮椅上。这一悲剧事件，让里德和奈特的友谊提升到了新的高度。第二年春天，作为全国篮球教练协会的代表，奈特参加了NBA选秀前的芝加哥训练营。里德也在那里，考察球员，为选秀做准备。

那时候的选秀共有十轮，这意味着球队要在那些最后几轮可能进不了队的球员身上冒险。

“我们只是坐着看比赛，我说了一个想法，如果凯尔特人能象征性地选下兰登，那对他真的有着很重要的意义。”奈特说，“我没把这件事看得很重，只是提过一次而已。我也不想逼得太紧。”

几周后的选秀大会上，里德宣布，凯尔特人会用自己的第十轮选秀权选下兰登·特纳。所有人都知道里德这么做的原因，但这件事还没完。和首轮新秀一样，里德安排特纳坐飞机来到波士顿，为他送上了一件印有他名字和号码的凯尔特人球衣。“我没法更多地强调这件事对兰登的意义。”奈特说，“有NBA球队愿意选他已经很好了，还是被凯尔特人和里德·奥尔巴赫选中！直到今天他还会说起这件事。”

里德没把这件事看得太重。“想到这个主意的是鲍勃，不是我。”他说，“不过当我们真的这么做之后，我的态度是，做就要做好。我们选了他，他就是凯尔特人的一员了。我希望他能感受到自己已经成大家庭的一份子。”

两年后，当奈特成为美国国家队主教练时，他邀请里德前往布鲁明顿，在奥运前训练营为球队做演讲。“只要有可能，我非常愿意邀请他为我们的球队训话。”奈特说，“我甚至要他录成录像带，我好放给球队看。所有人都认识里德，知道他对篮球有着怎样的意义。如果他们不知道，我会保证让他们知道，因为这是他们应该知道的。”

在这么多年及这么多动荡中，奈特始终强调与里德保持联系。奈特有着惊人的记忆力，所以他很少进行书面记录。但他却在办公桌上时刻保留一个字条，写明上次和里德通话的时间。“我这么做，只是为了提醒自己每个月给他打次电话。”奈特说，“对我来说，他非常重要。做他朋友唯一痛苦的一点，就是他不让你做任何事。”

去年，奈特终于为里德做了一点儿事。

《崩溃边缘的赛季》这本书出版十七年后，奈特和我进行了交流。这是那本书出版之后，我俩的对话第一次超越“你好，最近怎么样”这个范畴。他这么做只有一个原因：里德请他这么做。

在我和奈特的交流中，我们聊到的有关里德的最后一个话题，就是周二的午餐会。“有时候去东海岸办事时，我就会去参加午餐会。”奈特表示，“我听说过午餐会的事，有时间我很愿意参加。”

奈特和很多听说了午餐会的里德朋友一样，即便不是里德告诉他的，也有其他人告诉他。从某种程度上讲，就像摩根·伍腾说的那样，午餐会在每个参与者心中扎下了根。我亦不例外。当赞恩打电话逗我别接受他的邀请，我就成了午餐会的常客。和所有参加午餐会的新人一样，更多的时候我只是在听他们说话——这也是我平常的习惯。很快我就明白，每个人都有特定的角色。里德是德高望重的长老，午餐会的核心永远是他；他决定什么时候点菜，什么时候离开。里德一般会在聚会开始时保持沉默，如果某个话题勾起他的兴趣，或者让他想起过去的故事或者一系列往事的话，他就会说个没完。里德似乎特别喜欢争论，能让他争起来的，既有体育时事和新闻热点，也有那些到底谁更好的经年不衰的争论：迪马乔还是威廉姆斯？张伯伦还是阿卜杜尔-贾巴尔？（没人敢拿这两个人和拉塞尔对比，至少站在组建球队基石的角度没人敢）乔丹还是“魔术师”？布什还是克里？

除了里德的故事，让午餐会变得如此具有活力的另一个原因，是参与成员的多样性。里德、摩根·伍腾、萨姆·琼斯、杰克·科瓦岑、卡尔·霍布斯（他比汤姆·潘德斯来得更频繁）和乔·麦基昂是篮球圈人士；皮特·道林和鲍勃·坎贝尔是特勤局特工；鲍勃·艾德斯、安布雷·琼斯和我一辈子都在和体育打交道，但工作内容各不相同；赞恩和海米比我们谁都了解里德，因为他们认识里德的时间更长；

里德的女婿雷德·柯林斯近些年和我打交道的时间更多；穆雷·利伯曼是里德的泌尿专科医生，里德既是他的朋友，也非常信任他的医术；“伍德蒙特帮”——斯坦利·沃克、赫尔曼·格林伯格、埃尔文·米勒还有其他几个人，认识里德的时间也很长；赞恩的女婿斯坦利·科普兰德算是整个小团体中最坚定的体育迷，作为一个平面设计师，他比其他人看过的现场比赛都多——其中很多是高中篮球赛。

我们这些人都是体育迷，所以午餐会上的大量时间被用来聊体育也就不足为奇了。不过很多时间，讨论最激烈的话题通常和体育无关。皮特·道林习惯把桌子靠墙的一边称为“共和党边”；他、坎贝尔、柯林斯和安布雷·琼斯经常坐在那一边，聊起政治话题时，他们就可以和里德、赞恩、艾德斯、海米和我针锋相对。从小在怀俄明州和蒙大拿州长大的柯林斯基本上是“共和党边”的领头发言人，谈到枪支管控的问题时尤其如此。当克里斯·华莱士在2003年年底离开ABC新闻转投福克斯电视台担任新闻主播时，“民主党边”的这几个人自然拿他大开玩笑。

华莱士的加入，大概是我为小团体做过的唯一受到所有人认可的贡献。过去我和他在好几个场合见过面，我一直觉得他是个非常低调、谦逊的人，不同于电视圈的大多数。绝大多数在电视台工作的人不仅自认是大人物，而且还特别愿意向别人强调这一点。华莱士却不是这样的人，这可能和他职业生涯开始于《波士顿环球报》有关。也有可能，作为电视大明星迈克·华莱士的儿子以及主流电视制作人（前CBS新闻部主管比尔·莱纳德）的继子，克里斯·华莱士并不觉得为电视台工作有什么特别。

有一天晚上，我们都去现场观看一场冰球赛。聊天时，我提到了午餐会的事。“等等。”华莱士说，我可以听出他明显非常惊讶，“你这是在跟我说，每周你都能和里德·奥尔巴赫一起吃午饭？”

在我解释完午餐会到底是怎么一回事，说清自己是如何得到邀请之后，华莱士摇了摇头。“只要一次就够了。”他说，“我很愿意参加。”

当团体成员询问能否带客人来时，里德的态度很简单：如果他是你的朋友——你最好保证他是你的朋友，里德自然欢迎。每个人都知道，总有一些人是不可能融入进去的，所以在挑选自己带去的客人时，每个人都很小心。华莱士看起来很轻松就融入进了小团体，不过他后来承认，他花了好一段时间才敢说话。

“体育在我的人生中一直扮演着重要的角色。”华莱士说，“对我来说，里德属于我过往的一部分，像是模糊不清却又是金色的回忆。我人生中最纯真的阶段，就是他做凯尔特人主教练的那些年，我那时对什么都爱憎分明。当他开始讲述库西、拉塞尔或琼斯兄弟的故事时，我的记忆仿佛回到了黑白年代，我好像能看到他们在拼花地板上跑动的样子。”

“当然，小时候我恨里德，恨凯尔特人，我恨他那狗屁胜利雪茄。我想冲过去，把雪茄从他嘴里拽下来，狠狠地摁在拼花地板上。赢的总是他，就像洋基队过去总是赢家一样。小时候我特别痛恨两个伟大的王朝——凯尔特人和洋基。当然，现在我认为里德是体育历史上最伟大的标志性人物之一。能得到每周听他讲故事的机会，真的太美好了。”

球迷的身份无法说明体育对华莱士的重要性。在华莱士很小的时候，他的父母就离婚了。母亲后来和比尔·莱纳德结婚，在克里斯7岁时从芝加哥搬到了纽约。克里斯那时已经是芝加哥白袜队的忠实球迷，但是芝加哥那时没有NBA球队，所以他很快就爱上了尼克斯。13岁那年，悲剧降临到克里斯一家，比他年长五岁的哥哥彼得在希腊的一次登山事故中死亡。

这次悲剧，让克里斯和他的父亲重新建立起了感情联系。迈克·华莱士不是太热衷体育，但他知道儿子对体育的痴迷。于是迈克建议，两人定期到图茨·谢尔餐馆吃饭，这个餐馆那时在纽约是体育圈人士必去的地方。“我记得自己见到了霍华德·库塞尔、艾迪·阿卡罗和米基·弗农，还有其他人。”克里斯·华莱士说，“乔·迪马乔也经常去那里。我觉得那很有意思，我父亲也能轻松一些。我想，因为他知道我很喜欢那样的氛围。”

克里斯·华莱士第一次接触他未来的职业，是在1964年，他的继父安排他在那年的旧金山共和党大会上为CBS电视台的沃尔特·克罗凯特打杂。巴里·戈德沃特在那年的共和党大会上一枝独秀，华莱士至今还记得戈德沃特在摄影棚里抨击媒体时的情形。“我还记得，当他说到‘寻求刺激的评论员与专栏作家’这句话时，很多共和党代表开始从下面摇动摄影棚。”华莱士说，“我还记得自己心想，还有什么比成为世界中心、与真正的领袖合作还能挣到钱更好的事呢。在那之后，我想我差不多确定了未来的目标。”

克里斯·华莱士后来进入哈佛大学，大学时他的成绩很好。1969年毕业后，他拿到了足够的法学院入学考试分数，可以进入耶鲁法学院。“我本可以做希拉里·罗德哈姆的同学。”他说，“不过在毕业和法学院开学之间的那段时间，我发现自己真的不想去上学。我想进入新闻界。最后我有两个选择，一是进入《波士顿环球报》，另一个是进入本地一家电视台。我和我继父谈了一次，他说：‘如果你想做报纸，那就现在去做。你总能得到从报纸转行到电视台的机会，但没人能从电视台转到报纸。更重要的是，你能学到如何做报道，如何写作，如何更好地思考。’”

华莱士接受了继父的建议，在《波士顿环球报》工作了四年。“我喜欢那里。”他说，“我负责波士顿市政内容的报道，我有一个专栏，我在那里学到了很多东西。不过我觉得，因为我父亲和继父的关系，我的心最终还是属于电视。”

1973年，曾经在CBS电视台担任制片人，和迈克·华莱士和比尔莱纳德都是朋友的罗伯特·乌斯勒成为芝加哥WBBM-TV电视台的主管，他为克里斯提供给了一份工作。克里斯认为，是时候进入电视圈了。在WBBM-TV工作了一段时间后，1978年克里斯跳槽去了纽约的一个NBC下属电视台；1989年，他又跳槽到了ABC电视网。直到2003年为福克斯电视台工作的机会出现前，他都在ABC电视台工作。

克里斯一直没有放下对体育的关注。如果电视台要做一个体育报道，他经常自愿参加，因为这能让他有时间看自己喜欢的比赛，见一些他仰慕已久的运动员和教练。我们俩也正是因此有了交集，最终使得他成为午餐会的常客。

“午餐会在我心里变得这么重要，说实话我自己也有些吃惊。”华莱士曾经这样表示，“我跟我的妻子说起过他们，我觉得午餐会这么重要，大概因为它每周能让我在一段时间里完全忘掉工作，忘掉家里的烦心事（克里斯有六个孩子，四个亲生，两个是继子女），忘掉在那一周里要我处理的所有事情。这是只属于我一个人的时光，是我真正喜欢和期待的，我能和一群自己喜欢的人在一起，他们没有别的目的，只享受和彼此的交流。”

克里斯大笑着说：“我必须承认，我会跟我的朋友说‘那什么，前几天里德·奥尔巴赫讲了个张伯伦和比尔·拉塞尔的故事，那时候亚历克斯·汉纳姆叫张伯伦不要跟拉塞尔或里德说话……’，能跟他们吹牛，这种感觉真的太爽了。”

2000年9月，就在里德83岁生日前不久，多萝西·奥尔巴赫去世了。多萝西已经和癌症抗争了两年，最后几个月里，她的健康状况极度恶化。里德从来不说这件事，但和他一起开车去吃饭的乔治·华盛顿大学的几个人，经常在里德回家的路上陪他一起为妻子取药。多萝西在一个周六的晚上去世，第二天，赞恩打电话通知了所有人。每个人自然而然地问到了同一个问题：“我们能做些什么吗？”

“嗯，其实还真有可以做的事。”赞恩说，“里德让我转告大家，不要太在意了。他知道每个人都有想说的话，但他不愿意再去想这件事了。”

听到赞恩的这番话，我们并不太吃惊。里德一向不愿意表露太多的感情，也不习惯周围的人对他流露感情，即便其他人出于关心才这么做。但毫无疑问的是，里德和多萝西一起生活了五十九年，她的去世必定会给里德的生活及精神带来重大打击。多萝西去世那天，雷德·柯林斯、里德和女儿南希都在医院。

“我们回家后，里德点燃了一根雪茄。”雷德回忆道，“你也能想到，他非常沉默。自从多萝西生病后，他从来没在家里抽过一次雪茄，因为他知道那对多萝西的身体不好。里德好像知道，多萝西希望他点上一根雪茄，他也理应享受雪茄。那些年，里德的很多朋友都去世了，但全世界和他最亲密的是谁，不必多说。”

即便过去多年，里德还是不愿谈起多萝西去世的事情。“她不喜欢看报纸。”里德微笑着说，“因为报纸上哪怕有一点关于我的负面报道都会惹她生气。她非常聪明，我一直尊重并倾听她的看法。无论我做什么，她都非常支持，尤其是早年间我到处奔波、想弄明白自己未来的选择最后决定做教练的时候，她是我的坚强后盾。”

1950年，年轻的里德夫妇做出了人生中最艰难的决定。里德那时得到了凯尔特人主教练的工作，而南希的医生表示，波士顿寒冷的冬天不利于南希哮喘病的治疗。“我们决定，在第一个赛季尝试一下多萝西和孩子住华盛顿、我住波士顿这个做法。”里德说，“我相信，她其实比我过得更难。我总是忙个不停，四处去客场打比赛，执教球队。我有很多事要做，特别是最初几年。赛季中只要有时间我就会回家，但我知道这对她来说也不轻松，毕竟她要一个人抚养两个小孩子。”

“但她从来没抱怨过。一段时间过后，我们都习惯了这样的生活方式。某种程度上说，我觉得这对全队更好。赛季进行期间，我不是一个好相处的人。我试图比赛结束就忘掉工作，但我做不到。如果输球了，我的心情就会非常糟糕。妈的，有时候甚至赢球了我的心情也很差，因为我们打得不好。另外，那个年代波士顿的报纸数量太大了，有几次那些记者真的对我穷追不舍，多萝西肯定不喜欢那样的状态。这样安排生活的话，她就能避开大多数消极影响。”

当里德第一次将退休计划告诉拉塞尔时，拉塞尔给多萝西·奥尔巴赫打了电话。“拉塞尔以为她是唯一一个能说服我打消念头的人。”里德说，“他的想法没错。如果真有人能说服我，大概就是她了。”

不再担任教练后，里德自然把生活重心放到了家庭生活上。里德保留了在波士顿的公寓——直到今天仍然保留着，但只会在必要的时候去住，比如重要比赛或者参加会议。奥尔巴赫一家的朋友都知道，晚上不要给他们打电话，因为那是里德和多萝西留给彼此的时间。外界对里德的诸多误解之一，就是认为他喜欢被人关注的感觉，事实并非如此。作为工作的一部分，他欣然接受人们的关注，职位要求他在公开场合做什么，他也不会退缩。但他从不会去请求别人的关注。事实上，他渴求的是与家人和朋友安静地生活。

“我受不了那些无时无刻不在制造新闻的教练。”里德说，“我做教练那会儿，比赛结束后我通常会走出更衣室，在走廊和媒体聊上几分钟。然后我会说：‘好了，够了。去跟球员聊吧，比赛是他们打的，不是我。’我从来不希望别人产生我认为自己是球队明星的想法，我不是。我是球队的教练，不是明星。”

“如今，人们在摄像机前都没个够。他们那么指责裁判，有一半原因在于他们知道，这么做时镜头就会拍到自己。”里德笑着说道，“当然，我做教练时，我也很会对裁判施压。但我只会在自己真的生气时冲裁判发火。反正在过去大部分时候，球场边是没有摄像机的。”

多萝西·奥尔巴赫比自己的丈夫还不喜欢外界的关注。需要的时候，她会前往波士顿，比如凯尔特人在波士顿花园球馆为里德退役2

号球衣时，还有纪念里德加入球队五十周年，以及里德的80岁生日派对——那是在舰队中心球馆举行的一桩盛事，所有参加派对的男性都系着黑色领结。除非参加这些活动，多萝西很满足地和孩子、孙辈以及重孙辈一起生活在华盛顿。

多萝西去世后十天，午餐会小团体又聚在了一起。海米在之前一周的周一晚上给赞恩打了电话。“我知道里德明天不能来。”海米说，“但他能不能到餐馆露个面，把信用卡留下？”

表面上看，海米的这番话很恶劣，可那正是里德喜欢的，因为同情是他最不需要的东西。里德也知道，海米比谁都更为他难过。午餐会恢复后，每个人都有些忧郁。按照赞恩安排，我们按顺序安慰里德，让他节哀顺变。我们的做法都一样：搂住里德的肩膀，在他耳边小声说上几句。摩根·伍腾带了一张吊唁卡，因为他害怕开口说话自己会忍不住痛哭，他沉默地把卡片递给了里德。每个人说完后，里德的反应都很温和，他小声地回上一两句，也许还会拍拍对方的后背，或者多握一会儿手。所有人坐下后，全场依然保持沉默，没人知道该说什么，不知道怎么才能打破这样的气氛。

里德多等了几秒，看看其他人还有没有别的话要说。然后，他朝“中国多尔”的经理艾玛·李挥了挥手，说出了他总在每周二11点10分说的那句话：“艾玛，咱们开始吧。”

12

新　人

“嘿，杰克。几年前你让我去谈话的那个孩子怎么样了？我说的一句话他都没听，是不是?”

杰克·科瓦岑放声大笑。里德说的是勇猛先生·布朗（没错，这是他的真名），汤姆·潘德斯在乔治·华盛顿大学做教练的那段短暂而糟糕的时间里，布朗这个天赋横溢的得分手在这里打了两年。大二那年结束后，在身边朋友的怂恿下，布朗决定退学，参加NBA选秀。曾经做过教练的科瓦岑知道这个是一个错误的决定，他知道布朗身材过于矮小（身材瘦小，身高只有6英尺1英寸），而且技术上还有很多缺陷，他还没有为进入NBA做好准备。科瓦岑还知道，布朗绝不可能听他或潘德斯的话，而且布朗的朋友还说，如果布朗回到乔治·华盛顿大学继续打球，科瓦岑和潘德斯这两人会是最大的受益者。

“你想让我跟他谈吗?”里德问科瓦岑。

“当然，为什么不呢?”科瓦岑回答，“不过有一个问题。跟他谈话时，你能不能带上所有冠军戒指？否则我不保证那孩子知道你是谁。”

里德笑了。他理解如今这个时代的球员；他也知道，现在的大学球员，都是在他停止做教练后的十五到十八年才出生的。“他们大多数人都不记得拉塞尔、库西、哈弗里切克或者琼斯兄弟，更别说我了。”里德说，“没问题，我懂。他们都以为篮球起源于迈克尔·乔丹。”

事实上，随着乔丹退役，如今很多球员认为，篮球起始于科比·布莱恩特，或者勒布朗·詹姆斯。科瓦岑安排里德和布朗某天早上在自己的办公室见面。乔治·华盛顿大学的球员其实都听说过里德的名字；他们在训练时见过里德，也会参加赛季初名为“里德·奥尔巴赫经典赛”的锦标赛。（里德会出席这项赛事，但他不会下场颁发奖杯。“他们的对手从来都不是好球队。”里德说，“除非他们找来有实力的对手，否则我才不会走那么长的路下去。”）这些球员也知道，每天来到史密斯中心时，他们都能在大门外看到一块刻有里德名字的牌匾。

“他们知道他是个人物。”科瓦岑说，“但他们并不清楚里德到底是什么人。”

布朗和里德见了面。他听到里德解释说，现在NBA的选秀只有两轮，而且据里德从球探那里听到的消息，他很有可能不会被选中。布朗听到里德进一步解释，说现在只有首轮被选中的二十九名球员能获得保障合同。里德告诉他需要在哪方面努力才能提高自己，里德还说，如果他在这些方向上继续努力两年，他就能成为首轮新秀。里德没提到高等教育价值这个话题。

“我明白那是浪费时间。”里德说。

布朗感谢里德抽出时间和他谈话，随后还是坚持转为职业球员。无论是首轮还是次轮，都没有球队选他。无论是选秀当年还是之后的这些年，他都没能进入NBA。

当里德提起布朗时，科瓦岑说：“教练，我想他是在NBA发展联盟或者类似的联盟打球。”

里德摇了摇头。“那太糟了。你知道啊，那孩子的得分能力确实不错。他不是好投手，却能做得分手。他能找到得分的方法。如果留在学校，他本有机会进入NBA。”

因为有着惊人的记忆力，里德对很多球员保持着关注，包括几乎所有在乔治·华盛顿大学打过球的人。他自然不会教育学生，让他们留在学校，因为他相信，有时候有些球员就应该提前离校转为职业球员。“你必须针对个案分别对待。”里德说，“布朗不用想就知道了，他应该留下。但亚历山大·科尔（90年代中期乔治·华盛顿大学的中锋）如果上完大二就参加选秀的话，他会成为乐透秀。他选择了留校，最后落选了，因为在大学的那几年他没能取得任何进步。事实上，他的状态反而变差了，他搞砸了。”

乔治·华盛顿大学的球员中，最让里德感到伤心的，是因加·德尔。1993年和1994年迈克·贾维斯担任球队主教练期间，来自尼日利亚的德尔在球队打进NCAA全国锦标赛的过程中成为了明星中锋。德尔拥有超群的上半身——“从腰部往上，他的身体就像用石头雕刻出来的那般美妙”，里德这样描述道；但他的腿部力量却很差，手感也非常糟糕。“那就是问题。”里德说，“他的手也像是石头雕出来的。”

如果能学会正确的打球方式，德尔还是很有潜力的。和很多海外球员一样，德尔小时候很少打篮球，到了大学之后，他正不断学习并提高自身能力。大二结束后，一个经纪人找上他，说服他参加选秀。他被新泽西篮网选中，虽然赚了不少钱，但却几乎没有上场机会，没能打出名堂。2004年新年过后没几天，德尔在新泽西的家里晕倒，32岁就死于心脏病。

里德痛恨挥霍天赋的行为。尽管他非常欣赏迈克·沙舍夫斯基，但他还是会说起沙舍夫斯基在杜克大学遇到的第一个明星控卫汤米·阿梅克。“我一直觉得迈克没给他机会，让他真正发挥自己的潜力。”里德表示，“我看过那孩子高中时的比赛，他的得分能力非常强。可是在杜克，他的队友有约翰尼·道金斯和马克·阿拉里，迈克没给过他太多出手机会。我觉得迈克限制了他。到现在我还觉得那孩子有在NBA打十年的能力。”

道金斯和阿拉里毕业后，大四的阿梅克在1987年成为杜克的二号得分手，但他自始至终也没能进入NBA。阿梅克后来成为大学教练，目前在密歇根大学工作。听到里德说他可以在NBA打十年的评价后，阿梅克大笑着说：“他真的说了那话？好吧，为什么他没选我呢？”

“我知道他会这么问。”里德说，“这个问题问得好。那时候我们已经有很多后卫了。我还是觉得，如果那孩子在大学能得到更多出手机会的话，他会成为一个优秀的职业球员。”

之所以提到阿梅克，是因为里德知道他和沙舍夫斯基是朋友，他喜欢时不时拿朋友开开玩笑。只要特勤局犯了什么错，皮特·道林和鲍勃·坎贝尔都会被里德嘲笑；只要NCAA有什么问题，杰克·科瓦岑绝对是遭殃的那个人（有五年时间他是锦标赛委员会成员）；乔·麦基昂的软肋是大多数女子篮球运动员有限的弹跳能力；只要布什政府捅了篓子，雷德·柯林斯就会被嘲笑；里德还会提醒罗伯·艾德斯，告诉现在的教练钱拿得太多，球队都有黑幕；只要杜克输球或者沙舍夫斯基犯错，被嘲笑的肯定是我。

有一天，当里德再次提到阿梅克时，我不得不做出回应。“你知道啊，我看着汤米打了四年的大学篮球。”我说，“他是个非常优秀的大学球员，但他没有投篮能力。他能传球，会防守，可以发动快攻——但他自己都会告诉你，他不是个好投手。”

里德看我的眼神，就像路人看街边发传单的人一样。“摩根，你看过阿梅克高中时的比赛。”里德说，“他是不是个好投手？”

“他是了不起的得分手。”伍腾说，“没人能防住他。”

里德一脸不屑地看着我，而我坚持自己的立场，说：“好吧，我还是不觉得他能在大学成为顶级得分手。”

罗伯·艾德斯这时候笑了起来。他说：“约翰，你知道自己在干什么吗？你是在告诉历史上最伟大的职业教练和最伟大的高中教练，他们对球员的分析能力还不如你?"

我想了一分钟,然后说:"沙舍夫斯基根本不会做教练。"

脸上露出胜利微笑的里德表示,该买单走人了。

尽管皮蒂诺辞职意味着里德重新得到球队总裁的头衔,但皮蒂诺的失败让他并不好受。"他失败意味着我们也失败了。"里德说,"事情是这样一个结果,我真的觉得太糟了。假如我们第一年能得到邓肯,也许会有一个不同的结果。但你不能仅仅把希望寄托在那些事情上。事情没能按照预想进行,就要换一个计划继续前进。我不确定里克是否走出了那个阴影。"

毫无疑问,有可能执教邓肯是促使皮蒂诺离开"肯塔基王座"的原因之一。此外,1000万美元的年薪、对球队的绝对控制权以及球队总裁头衔,也分别起到了作用。里德那时候并不会去批评球队。他对皮蒂诺的继任者吉姆·奥布莱恩有好感,他也喜欢球队新的"三人老板组合"——维克里夫·格罗斯贝克、H.厄文·格罗斯贝克和史蒂夫·帕格里奥卡,他们在2002年从加斯顿家族那里买下了凯尔特人。让里德感到痛苦的,就是凯尔特人糟糕的成绩。所以2003–2004赛季对里德来说简直就像受了水刑一样煎熬,凯尔特人无论怎么挣扎,球队胜率也仅是接近50%。当奥布莱恩在赛季中期因为阵容问题和丹尼·安吉产生分歧并辞职后,里德感到无比失望。

"如今的教练太缺乏安全感了。"里德说,"他们要求一切都得按照自己的想法进行。吉姆是个非常优秀的教练,我觉得他在我们球队做得很好。但是他喜欢某一类球员,他喜欢会防守的人,而安吉喜欢另一种,他更偏爱进攻能力强的。两个人产生矛盾是不可避免的,这挺不幸的,因为他俩都是好人。"

我向里德建议,奥布莱恩辞职那天是他复出的最佳时机。毕竟像杰克·麦基昂、乔·吉布森、比尔·帕赛尔、迪克·弗梅尔、胡比·布朗和兰尼·威尔肯斯这样的老资格那时都纷纷复出重新做起了主教练。

“哈哈！”里德大笑道，“你知道最让那些家伙痛苦的是什么吗？训练前后换衣服。我没开玩笑。一旦过了60岁，换衣服这种事就不那么轻松了。我所有60岁后还在做教练的朋友都会这么说。”

里德不愿意干涉凯尔特人的操作和运营，不过只要有人咨询，他都愿意提供建议。新老板们在买下球队后不久就来到华盛顿和里德见了面，表明了他们的立场，他们还鼓励里德尽可能多地到波士顿去。里德在凯尔特人主场舰队中心出现总会引起轰动；仅仅走到座位上这个动作，就能引起全场球迷的起立致敬。里德平常会看很多篮球比赛，包括职业联赛和大学比赛，甚至连高中比赛都看。尽管不愿意承认，里德有时甚至还会看乔治·华盛顿大学的女子篮球比赛。他对球员水平的高低也有着非常明确的观点。

“我们送走了太多球员，他们在其他球队都成了有用的拼图。”里德说，“不幸的是，现在最重要的，是要有人懂得如何使用薪金空间。大卫·韦斯利、里克·福克斯和丹尼·福斯特是皮蒂诺犯下的错误。但你再看看我们失去的其他人：昌西·比卢普斯、罗德尼·罗杰斯、波派·琼斯和罗恩·莫瑟尔。这些都是非常好的球员，但是按照工资帽的规定我们没法给他们开合同。一旦得到好球员，你就要想办法留住他们。”

里德经常到现场观看华盛顿地区的大学比赛。他很少错过乔治·华盛顿大学的主场比赛，他也经常去看乔治城大学的比赛，因为当时乔治城大学的主教练约翰·汤普森既是老凯尔特人，又是他的老朋友。有重大比赛时，里德还会长途跋涉去看马里兰大学的比赛。他对马里兰大学的新球馆康卡斯特中心不是很感冒。“太吵了。”里德说，“不是观众太吵了，是音乐和特效那些东西。如果你的球队好、比赛打得好，谁需要那些东西？”

现场看比赛时，大多数时候里德身边会有一两个“中国多尔帮”

的成员，还有他女儿南希。一般去的是雷德·柯林斯、罗伯·艾德斯和穆雷·利伯曼。穆雷会随身带着能查看比分的小电脑，如果有凯尔特人的比赛，里德每隔三五分钟就会问他一句“怎么样了”。如果凯尔特人打得不好，穆雷就会声称自己的电脑坏了。“我当然知道他在说谎。”里德说，“我也顺着他一起演下去。我知道，假如他不想让我知道比分，那是因为比赛肯定不是我希望的结果。”

里德总是在关注不同球员。上赛季杜克来乔治城大学比赛时，里德大部分时间都在关注二年级投手JJ·雷迪克。“我知道他会投篮。”里德说，“但我想看看他其他方面的能力。他比外界想象得更有运动能力。他在防守上很努力，速度也比人们想象中的快。我觉得他能成为一个很不错的NBA球员。”

和很多NBA工作人员一样，里德对目前的联盟有一些担心。NBA比赛的收视率出现了下滑，球场上座率也在减少，自从迈克尔·乔丹第二次从公牛退役后，联盟的受欢迎程度就在逐年下降。“想找到解决方法并不容易。”里德说，“我觉得允许区域联防是个办法，反正球队都在作弊，或多或少都在打联防，所以为什么不正式允许呢？不过我认为很多问题的根源都是钱——不是球员挣多少钱，而是教练挣多少钱。教练的薪水都是几百万美元，正是因为拿了这么高的薪水，外界期望他们能马上取得胜利，而且一直赢下去。如果赢不了，他们就会被解雇。没人愿意丢掉价值百万美元的工作，所以大多数人采取的方法就是控制一切。”

“听着，我理解他们的想法。我最初做国会队教练时，很多球员跟我年龄差不多，甚至比我年龄还大。我从一开始就告诉他们，我们必须按照我的方法做事。如果我失败了丢掉工作的话，那只是因为我采用了我认为最适合球队的做法。如果成功不了，那就成功不了吧。但我不会因为球员不听我的话而丢掉工作。”

“我还记得有一场比赛，我换下了一个名叫马特·祖尼克的家伙。

他是比我小几届的乔治·华盛顿大学的学弟，所以我们俩彼此很了解。即便我知道他脾气不好，但还是决定试一试用他。在学校里，我们叫他'疯狂马特'，因为他对任何事情都能发火。那天晚上他冲到板凳席，开始冲我大喊大叫。'你为什么换我下来？你没理由换我下来。'我让他坐下，冷静了几秒钟，然后叫他和我坐在一起。我敢肯定，他以为我被吓到了，以为我要重新派他上场。'现在听我说。下次我换你下场时，你再这样试试。如果我换你下来，肯定是有原因的，因为我相信对球队那是最好的选择。我不欠你任何解释。如果你不喜欢这样，你可以退出球队。如果你再这样，我就会炒了你。行了，走吧。'"

"这种程度的控制我是能理解的。你对球队必须拥有这样的控制，但在现在，这样的控制力越来越难获得了。但你必须知道该在什么时候停手。你不能控制场上的每一回合。现在的教练明白，他们无法像控制半场阵地进攻那样控制快攻。他们不喜欢为比赛提速，因为那样会让他们失去对球队的控制。他们希望球员慢速带球过半场，这样他们就能站起来控制每一回合的进攻，控制每一次传球。这样的话，他们就更有安全感。也就是这个原因，我们现在看到一支球队一场比赛只能得60分或70分，有时候甚至只有50分。这太荒谬了。作为教练，你的任务就是尽可能得到最好的球员，尽最大努力好好执教他们。最终，无论是否喜欢，总要相信他们的能力。你做不到控制比赛的每一个细节。菲尔·杰克逊做得好的一点，就是信任自己的球员，这也是球员愿意为他打球的原因之一。他不会每次进攻都站起来，告诉球员该把球传到什么地方去。湖人输球时，外界总是指责他，因为他没有在对方连续两次进攻得手后冲球员喊叫或者叫暂停。很多教练那时候会站起来骂球员，或者叫暂停，显得自己好像很会做教练一样。如今，人们关注的都是自己的形象。"

"这种做法有效吗？也许对某些人是有效的，但最有效的，永远是胜利。你可以是世界上最会穿衣打扮的人，可以是最会应对媒体的人，也受球员的拥戴。可如果赢不了比赛，你就会丢掉工作。看看现在的东部联盟吧，所有教练都是2002–2003赛季结束之后上任的。这就是挣钱太多的问题：外界对你没有耐心。你必须立刻做出成绩，否则就得走人。”

“这里牵扯到了太多的钱，现在的薪金实在太高了。当然，情况可能更糟，还好我们不是棒球队。”

里德几年前和当时在波士顿红袜做总经理的迪克·奥康纳是好友。“当篮球的薪金开始飙升时，奥康纳总会嘲笑我。”里德说，“他会对我说：‘你们这些人什么都不懂，不知道自己在干吗，你们这是在毁掉篮球。’我叫他等等再看。棒球也会一样，情况还会比篮球更糟。事实当然如此，而且球队老板们的态度太差，逼得球员工会一定要坚持到底，掏光老板们口袋里所有的钱。篮球虽然也面临着相似的情况，但大卫·斯特恩和拉里·弗莱彻却处理得很好，他们想出来工资帽这个概念，拯救了我们。”

“所以当棒球中出现一个又一个疯狂的大合同时，奥康纳又对我说：‘我们该怎么做？我们到底该怎么做？’我说：‘迪克，耐心点，见招拆招。’”

里德在这么多年里认识的人，数量和名气都大得惊人。一般来说，只要提到一个有名气的人，里德不仅认识，还能讲出和那个人相关的故事。

有一天，里德说：“柯辛红衣主教，现在这家伙真成了一个人物了。”

柯辛常年担任波士顿的大主教。按照里德的说法，他和柯辛的友谊，始于某次他应摩根·伍腾之邀，在德玛沙高中发表演讲后无意间说出的一句评论。“我正往外走，学校里的一个神父拦住我，问为什么凯尔特人在波士顿花园球馆为我退役的是2号而不是1号。好吧，任何了解凯尔特人历史的人都知道，我们已经把1号给了沃尔特·布朗。但我那时候想开玩笑，于是我对他说：'在波士顿，只有一个人有资格做1号，那就是柯辛红衣主教。我们剩下的人只配争夺第二。'"

"我根本没多想。很快我就发现，我收到了一封柯辛红衣主教的信！他在一份全国性的天主教报纸上看到了我在德玛沙高中说的话。柯辛在信里说，我的那番话让他受宠若惊，他希望有机会我俩能聚一聚，因为他是个忠实的篮球迷。在那之后，我们就成了很亲密的朋友。"

里德有一次问柯辛，他认为球员罚球前在胸口划十字祈祷有没有用。"我觉得确实有帮助。"柯辛答道，"如果他们是好投手的话。"

里德的朋友中，很多是体育圈之外的知名人士，不难想象，其中很多人是马萨诸塞州人。里德和提普·奥尼尔的关系不错。已经去世的奥尼尔是众议院前议长，他认识肯尼迪家族多年，与参议员爱德华·M.肯尼迪是好友。里德还与约翰·F.肯尼迪参议员是好友——"一个真正的篮球迷"，里德这样评价道。里德还经常与众议员艾德·马基交流，马基对篮球非常狂热，他连高中比赛都不愿意落下。"在所有我认识的政治人物中，马基是最懂篮球的。"里德笑着说，"我觉得他比我还喜欢篮球。"政治人物经常寻求里德的帮助。2000年，阿尔·戈尔的人接触过里德，询问他有没有兴趣帮助戈尔竞选。这些人说服里德的角度，是两人和阿尔巴尼都有联系——里德曾在那里做过教练，戈尔在那里毕业。里德挺有兴趣。"戈尔看上去是个好人。"里德说，"不过最后没成，我觉得是其他原因造成的。"

里德和泰德·肯尼迪的关系非常亲密，甚至在泰德12岁的儿子小泰德因为癌症要截肢时，他还打过电话安慰对方。里德还主动提出去医院看望小泰德。"第一次去时我带上了哈弗里切克。"里德说，"我觉得那孩子挺受鼓舞的。我们和他在一起聊了三个小时的篮球，他是个了不起的孩子。手术后一周，他就和他父亲一起来看比赛了，好像什么都没发生一样。”

那时肯尼迪在距离波士顿花园球馆不远的地方有一栋大房子，他经常邀请凯尔特人全队过去做客。“他喜欢体育。”里德说，“他会尽量去现场看比赛。我觉得只要有时间，他也会去看棕熊和红袜的比赛。这对他是一种消遣，不必总是面对参议院里那些严肃的问题。”

里德还与约翰·F.肯尼迪总统以及他的儿子小约翰·F.肯尼迪是朋友。事实上，当小约翰·F.肯尼迪担任政治杂志《乔治》的编辑时，他曾经到华盛顿专程采访过里德。“他想聊的总是篮球，我想谈政治。”里德说，“他是个聪明的孩子。我很好奇，想知道他对事物的看法。他不停地问我尼克斯到底哪里出了问题。他是个真球迷。”

其实据泰德·肯尼迪说，他或多或少是从兄长、已故总统那里“继承”了与里德的友谊。“里德最初来波士顿时，我还在上大学。当然我们都会成为他的球迷，因为他做得太好了，把凯尔特人变成了真正的强队。”泰德·肯尼迪表示，“我通过哥哥认识的他。给我留下最深印象的，就是他对球队参与社区建设重要性的看重。50年代他就这么做了，到80年代，他还在做那些工作。我还记得里德安排拉里·伯德和我一起去公立学校参加活动，就像他50年代让库西、沙曼、海因索恩和拉塞尔做的那样。”

不出意料，泰德·肯尼迪对里德印象最深的，就是他儿子生病那段时间。“他们第一次来看望泰迪，为他带来的影响太大了，因为泰迪深爱着凯尔特人。”泰德·肯尼迪说，“能看到里德·奥尔巴赫和约翰·哈弗里切克拿着写有全队签名的篮球走进病房，还和他聊了那么长时间，你可以想象那对一个身患癌症的12岁男孩意味着什么。”

说到这里，肯尼迪沉默了一会儿。“即便现在说起来，还是感觉很痛苦。”他说。小泰德·肯尼迪现在已经41岁了，他身体健康，还有两个孩子。泰德·肯尼迪深呼吸了一下，继续说道：“手术后，泰迪在很长一段时间里，每周五都要去麻省总医院接受治疗，这种治疗非常痛苦。从本质上说，他知道，每次去医院，他都要在极端痛苦中度过三十六小时。我们帮助他撑过那些周末的方法，就是周六下午带他去看凯尔特人的比赛。他知道，治疗结束后有那样的'大餐'等着他。我真的认为是那样的期待帮他挺过了那些日子。"

"我们去看比赛时，里德总会特意来看看我们。有一次，他让戴夫·考文斯到医院看望了我们。在参议院医疗委员会任职这么多年，我懂得的一件事就是，孩子在重大健康问题上的恢复程度，很大程度上取决于他们的态度和性格。如果他们意志坚定，还受到鼓励、感到快乐，痊愈的机会就更高。泰迪就是这样，里德和凯尔特人在其中起到了重要作用。我永远也不会忘记。"

肯尼迪还记得，当里德和凯尔特人球员到他家拜访时，人们总会围在里德身边，听他讲故事。"他就是那种受所有人欢迎的人。听他讲故事不仅是一种好的娱乐活动，听他讲话你都能学到东西。"

尽管里德很喜欢与泰德·肯尼迪及其他政界人士做朋友，但这么多年来，里德最亲密的朋友，都来自体育圈。虽然经常和媒体打嘴仗，但他最信任的朋友中，还是有不少媒体的人。比如已故《波士顿环球报》的威尔·麦克唐纳就是他的知己，还有传奇的纽约播音员马蒂·格里克曼。"在他做尼克斯解说时，我和马蒂就是朋友了。"里德说，"尽管他是尼克斯的人，但他是个特别好的人，而且非常职业，所以我非常尊重他，我们的友谊就是这样开始的。夏天他也会去库特谢尔，我俩会在一起交流。"

格里克曼可以算得上转行为解说的最优秀的运动员。他曾经以短跑运动员的身份参加过1936年柏林奥运会，原本是美国队4×100米接力的成员之一。原定参加接力的运动员中有两个犹太人，格里克曼就是其中之一。就在比赛开始前不久，当时的美国奥委会主席艾弗里·布兰德齐决定同时换下格里克曼和萨姆·斯托勒。美国代表队非常了解阿道夫·希特勒的反犹政策，布兰德齐觉得这样做就不会“冒犯”希特勒。那次接力赛，为杰西·欧文斯带来了第四枚奥运金牌。

“我不知道马蒂到底有没有从那个事件的阴影中走出来，我不会责怪他。”里德说，“过去每个人就那么一次参加奥运会的机会，因为你还得想办法谋生。那时候和现在不一样，现在做田径明星也能挣到很多钱，可以参加多届奥运会。马蒂的机会就在那年，但他的机会被剥夺了，因为布兰德齐事实上是个反犹主义者。马蒂一直相信，布兰德齐是很高兴把他撤下4×100米接力队的，他恨死了布兰德齐。奥运会结束后，田径队在欧洲巡回参赛，马蒂又重新进入了接力队。他们的实力高出其他队太多，他们不可能赢不了奥运金牌。马蒂的金牌是被布兰德齐偷走的。”

里德和格里克曼每年夏天都会在库特谢尔安排属于他们自己的“一对一”奥运会。“我们可是‘十项全能’啊。比赛项目有网球、划艇、手球、篮球。”里德说，“我绝不参加任何和跑步、游泳有关的项目——因为这两项我根本不是他的对手。篮球和手球我能击败他，划艇他能赢我，网球的话我俩基本平手。当然，如果我俩比跑步的话，结果想都不用想。”

能说明里德尊重格里克曼有一个最好的例子——格里克曼是唯一一个说服里德改变执教风格的人。“有一次他找到我，说他认为我在伤害球队和自己的形象，因为我在比赛中太激动、太喜欢指责裁判了。”里德说，“我知道他是真的担心我，再加上我尊重他的意见，所以我决定试一试。有两场比赛，我没有因为任何一个吹罚站起来抱怨，没指责过一个裁判，也没在暂停时骂过球员。那两场比赛我们输惨了。”

“第二场比赛结束后，马蒂对我说：‘我错了，你还是应该对比赛更有激情一些。你要为了自己、为了球员给裁判施压。’于是我又恢复了过去的做法。”

在格里克曼的播音生涯里，他就是纽约尼克斯、纽约巨人、以及后来纽约喷气机队的代言人。每周他还会去当地电视台解说高中的美式足球及篮球比赛，他还为杨克斯跑马赛做过十二年解说。“我一直觉得他最大的错误，就是那些年留在杨克斯做解说。”里德说，“我知道他擅长解说那个比赛，也知道他喜欢那份工作，薪水也很不错。可是专门为杨克斯工作，在他播音生涯最巅峰的黄金年代，他就没法为其他电视台进行全国转播比赛的解说。他应该去做全国转播的解说，因为那时他是最好的解说之一。他本该成为某家电视台的头号美式足球解说，也可以是头号篮球解说，如果他想解说棒球，他也能说得很好。可他喜欢留在杨克斯，这些结果都没能出现，我觉得挺遗憾的。”

在一个问题上，里德和格里克曼永远无法达成统一意见，那就是美式足球。格里克曼太喜欢这项运动了，除了解说NFL的比赛之外，他还自愿每周六上午11点为纽约本地电视台解说高中比赛。里德向来尊重美式足球的运动员，但他不觉得这项运动很有吸引力。“我还记得很多年前我去波士顿学院看过一场比赛。”里德说，“我的座位非常好：第八排，五十码线处。比赛开始了，第一次进攻时，坐在我前面的人都站起来了。我心想：‘好吧，这是一攻。’第二次进攻，他们又都站起来了。第一节过半时我才想到，如果想看这该死的比赛，每回合我都得站起来。于是我站起来了——站起来转身走人了。”

“几年后，马蒂说服我跟他一起看了一场巨人队的比赛。他说我可以和他一起坐包厢，没人能挡住我的视线。我会拥有最好的座位。他说得没错，确实完美。我坐在一张扶手椅上，面前摆着食物，包厢很好，也很暖和。唯一的问题是，我觉得自己快睡着了。”

里德在播音解说界的另一个知名朋友，是约翰尼·莫斯特，也就是贯穿了从拉塞尔到拉里·伯德再到最后整个凯尔特人光荣岁月的传奇解说。“我跟约翰尼唯一有矛盾的一次，就是他把孩子送到我的夏季训练营的那次。”里德说，“对我们来说，约翰尼是完美的解说。人们总是对我说：‘他太差劲了，太偏向主队。要是他解说，他觉得凯尔特人一个犯规也没有。’我会告诉他们：‘你们他妈的说得没错。我就想听这样的！’我跟约翰尼说：‘你这是凯尔特人台，听你解说的都是凯尔特人球迷，你要像一个凯尔特人球迷那样去解说。’我觉得我们可以肯定地说，他听了我的建议。”

里德对解说嘉宾就没那么多好感了。“大多数都是被炒了鱿鱼的教练。”里德说，“如果他们真的那么了解比赛，为什么会丢掉教练的工作呢？你说，做教练失败了，他们给了你一个麦克风，突然间你就成了世界上最伟大的篮球专家，这事好不好笑？有些还行。我喜欢道格·柯林斯，因为他能把比赛解释得很清晰。他不会坐在那里质疑其他教练，我受不了那样的行为。我们把其中一些人捧成了明星，这太疯狂了。艾尔·马奎尔也不错，因为他很有趣，也不会装成执教天才的模样。当然，他不是被炒鱿鱼的，对吧？他是自己决定退休的。”

里德曾经给鲍勃·奈特提过建议，让他不要去做解说。1981年，奈特在印第安纳大学赢得第二个NCAA全国冠军后，他曾经认真考虑过CBS电视台的邀请。CBS电视台当时从NBC电视台那里抢到了NCAA全国锦标赛的转播权，所以奈特考虑，要不要放弃做教练，转行做电视台的头号分析专家。奈特给里德打了电话，想听听他的意见。“我告诉他，要是真这么做了，他就是疯了。”里德说，“首先，他是个伟大的教练。尽管有时候他会感到沮丧挫败，但他还是爱着篮球。每个人都会沮丧。可他要是真去了电视台做解说，媒体一定不会放过他的。做教练时，媒体没什么批评他的机会，因为他太厉害了。可只要他进入解说界，但凡做错一点，人们就会把他整得不能翻身。奈特在过去那么多年一直对媒体穷追不舍，而这就是媒体报仇的机会。千万别以为媒体不会这么做。我就是这么跟他说的。”

尽管有很多媒体圈的朋友，但是和大多数球员及教练一样，里德倾向于用怀疑的眼光对待媒体。里德自然和记者产生过很多矛盾，最早可以追溯到他刚到波士顿的那段时间。那时很多本地的专栏作家鄙视NBA、鄙视凯尔特人，看不起一个有胆量把库西叫成“乡巴佬”的年轻教练，尽管里德后来承认，他对库西的判断出现了失误。里德是个老派人，他的思想保守到甚至会反对女性记者进入更衣室。但是他和《波士顿环球报》的杰姬·麦克穆兰关系很好，里德也非常尊重麦克穆兰。

里德有时候还喜欢捉弄记者。去年是约翰·F.肯尼迪总体遇刺四十周年，一家本地电视台找到里德，希望他在自己的办公室里谈谈他与肯尼迪的友谊。“来了一群人，进来就开始布置灯光。”里德说，“没完没了的。他们捣鼓的时候，我只能坐在那里等着，这让我基本上什么事也做不了。好吧，我能忍。然后那个计划要采访我的女人出现了，她来晚了。我们都在等她。进来之后，她没道歉，她又说还需要几分钟化妆。好吧，至少她化完妆回来了。但她又要调整灯光，我又等了一会儿。最后她终于准备好了。她有一个写字板，上面写着她要问的问题。她看了一眼写字板，问了第一个问题：‘当你听到肯尼迪总统被枪击时，你身在何处？’”

据参与那次采访的一个技师回忆，里德对那天具体情况的描述非常准确，他描述了接下来发生的事。“她问了问题。里德的眼睛睁得大大的，雪茄从嘴里掉落，他探过身去，说：‘你说他们开枪杀了肯尼迪？没人跟我说过这事！’我觉得我们的记者都快气晕了。”

里德在媒体圈关系最好的朋友，应该是《波士顿环球报》的专栏作家威尔·麦克唐纳，他大概是体育新闻报道历史上重要人脉关系最广的一个记者。“这些年我们之所以保持亲密关系的原因，就是我从来不向他透露任何消息。”里德说，“我从来没误导过他，假如他要爆料的话，我也会确保他得到保护。但他从来不会专门找我，要我给他爆料。不过他确实很优秀，无论有没有我，他都能得到消息。我知道我可以对威尔说一些事，听听他的观点，我说的话也不会见报。反过来他也知道自己肯定是第一个得到消息的人，我绝不会让他处于需要解释自己消息源的地步，也不会先告诉别人而不告诉他。”

2003年初麦克唐纳的去世给里德带来了很大的冲击，因为他失去了一个无论白天黑夜可以随时打电话聊天、交心的朋友。尽管里德认识很多人，但能让他那样随心所欲交流的人并不太多，麦克唐纳就是其中一个。麦克唐纳去世前几周，我曾经和他聊起过里德。

“关于他，你需要理解几件事。”麦克唐纳说，“首先，他比你聪明，比我聪明，他比我们都聪明。他很善于观察人，这也是他做教练如此伟大的一个原因。人们总说他手下有伟大的球员。可你不想想是谁选择了这些球员？想想十年内赢得九个冠军是什么概念吧。难道忘了自由球员会拆散一支球队？忘了球员一个个自负的心理？看看他的球队都有谁吧——拉塞尔、库西、沙曼、海因索恩，还有哈弗里切克、萨姆和KC·琼斯，还有很多人。这些都是名人堂球员，但每一个人都听里德的话，为了胜利，里德让他们做什么他们都愿意。所以里德一直说，他不‘操控’球员。他从来没试着去操控任何人。他坦诚地对待每个人，告诉他们自己的期望，让球员自己选择，要么听他的，要么走人。他从来不会含糊其辞。”

当我把麦克唐纳对里德执教风格的描述转述给里德后，他听完大笑。“过去我经常对他们说，他们有两个选择：要么听我的，要么我就把他们发配到西伯利亚——也就是明尼苏达。”

除此之外，麦克唐纳说，所有和里德相处过一段时间的人都明白，里德冷漠的外表下，他是一个极有同情心的人，对家人和朋友无比忠诚。“做他朋友，最难的就是想帮他的忙。”麦克唐纳说，“我几乎痛恨向他提要求，因为我知道他肯定会答应。但我还知道，如果我想为他做点什么，那几乎是不可能。第一，他确实没什么需要；第二，就算需要，他也不喜欢向别人提要求。他不是那样的人。”

里德的朋友对他都有相同的抱怨。在我与鲍勃·奈特对话的最后，我感谢他抽出时间和我交流，我说：“鲍勃，我知道你是为了里德才和我谈的，但我希望你知道，我很感激。”

奈特没有一丝犹豫。“不。”他说，“我应该谢谢你。我没有太多为里德做事的机会，对我来说，这有着重要的意义。”

这个意义，就像里德在他心目中的地位一样，就像里德在很多人心目中的地位一样。

13

还是那个人

“现在的教练有点儿要把我逼疯了。每当我听到他们在赛后说，必须看录像才能搞清楚比赛发生了什么时，我都能被逗死。我的意思是，他们以为自己在开什么玩笑？你输掉了一场比赛，你应该清楚地知道到底为什么输掉了比赛。你应该知道是谁搞砸了，如果不知道，首先你就不该做教练。我做教练那会儿，我们哪有比赛录像这些东西。你以为我不知道谁会打球、谁不会吗？现在这群人想让你相信，他们搞的那套是科学。做教练其实很简单：你需要好球员，你需要那些好球员还是好人。有这样的球员，你就能赢。没有的话，你可以是历史上最伟大的教练，可你还是赢不了比赛。”

里德尊重现在的很多教练，他也愿意承认，现在的教练要承受更多的压力，这些压力在他那个时代是不存在的，特别是应对媒体已经成为日常工作的一部分。可是看到教练们把制定优秀的进攻战术搞得好像分子物理一样那么复杂、高端，里德还是会忍不住大笑。“困扰我的就是这个。比赛还剩三十秒，一个教练叫了暂停制定战术。首先，如果他真的是个好教练，他其实并不需要这个暂停，因为这会让对手做好防守的准备。不过有时候你必须要叫暂停，也有可能暂停是其他人叫的。好吧，这没问题。但他这时候拿出战术板，开始在上面画战术。你在开玩笑吗？你觉得在比分紧咬所有人都处于兴奋状态时，球员还顾得上看他画的战术、听得懂他在说什么？抽空看看球员有没有在认真听。当然没有。其实一半时间里，教练也不关心球员有没有认真听他的话。他是在为自己画战术，这样他就可以说：'我布置了这个战术，但是没能成功……'你必须为那种情况做好准备，球员最好也了解你的准备。你希望某个特定球员能在比赛时间所剩无几时能够得到出手机会，但你也需要一个备选，以防对手包夹你的第一选择。就是这么简单。接下来再去争抢篮板就对了。"

"教练们犯的最大的错误，就是过度执教。当你看到一个人站起来，特别是在职业比赛里，试图控制每一回合，这就是过度执教。如果你的球员不知道该朝哪传球，不了解自己的防守对象，或者比赛开始后不知道自己的防守位置，有麻烦的应该是教练。不过就像我说的那样，其实一切都和'控制力'有关，跟'看起来自己掌控局面'有关。"

"这并不是说你不需要关注细节。过去我经常和球队一起参加热身，因为你也不知道能从对手那边看到什么。也许有人脚步有些蹒跚；也许有人看上去无精打采，好像病了一样；也许你会发现自己的某个球员不太对劲。谁知道会发现什么呢。"

"还有一件需要做的事，特别是在NBA，就是选好自己的座位。我的意思是，你不能每场比赛都要站起来走那么远为全体球员鼓劲。在重大比赛里，你其实不需要做什么。过去我们和湖人或者有张伯伦的76人、或者任何顶尖强队打比赛时，我一句话都不用说。我知道球员们肯定会做好准备。真的需要你给球员压力的，是那些和烂队的比赛，因为那种比赛他们很可能放松警惕。"

说到这里里德笑了。"当然，就算这样你也可能搞砸。我记得有一年，我们连赢了十七场比赛，追平了联盟的连胜纪录。接下来的那场比赛，是新年当天对辛辛那提皇家队，他们是一支很糟糕的球队。我想确保球员们新年前夜别跑出去玩得太狠，省的没法为第二天的比赛做准备，没法继续连胜下去。于是我告诉球员，都到我的房间来，我们自己办个派对。打打牌啊、看看电视之类的。所有的费用都是我掏，吃的喝的，一切费用都由我出。我这么做的目的，只是想知道他们在什么地方，保证他们能在合理的时间上床睡觉。”

“所有人都在我的房间集合，我们玩得挺开心，每个人也都很早就回去睡觉了。第二天，我们被对手打爆了。我的意思是，我们被屠杀了。为什么会这样？因为我过于重视这个问题了。他们知道我想的是什么，也知道我很少这么看重一场常规赛。于是他们开始过多地考虑战绩的事，上场后的状态糟糕透了。这就是过度执教！如果前一天晚上我不管那么多，让他们想做什么就做什么，他们本可以管好自己，不过多地想战绩的事，我们肯定能赢上20分。那次真的是我搞砸了。”

“重大比赛前，大多数时候我都会告诉球员，紧张是比赛的一部分。我会对他们说：‘听着，我很紧张，我知道你们也紧张。感到紧张就对了。但是想想对手，他们的对手可是我们。想想他们该多紧张吧！’”

里德很少出现过度执教的情形。曾经在他手下打过球的人，都惊叹于里德体系的简洁——通常来说，凯尔特人只有七个基本战术，仅此而已——里德有能力在球员没有被逼迫的感觉下激发他们最大的潜力，他只会在真正的关键时刻才会对球员施加压力。

“我做教练时，在赛季期间，我的训练时间会越来越短。”里德表示，“为什么？首先，随着赛季进行，你得让球员得到休息，这样他们就能在季后赛开始时保持充沛的体能。其次，赛季后期的训练不需要和前期一样多，有些东西你只能重复那么多遍，多了他们就不听了。如果球员们没有做好努力比赛的准备，我也许会延长训练时间。不过球员都明白，他们知道只要做好准备尽全力训练的话，我们最多练上一个半小时，赛季期间可能还会更短。”

“我去看过大学的训练，我看到有个人1月还是2月的时候让他的球队训练三个小时。那太疯狂了。顺便说一句，如果你相信大学教练真的遵守NCAA的规则（限制训练时间，一周和球员见面时间不超过二十小时），那还不如相信我是个大地主这种话。为什么有人觉得他可以在这种问题上开玩笑？”

“还有一个让我不满意的问题：教练从不背负骂名。你知道吗？有些时候，责任就是你的。我特‘喜欢’那些冲坐在板凳上的孩子喊叫的教练，世界上最容易的事就是冲替补喊叫了。我猜，也许你看上去像是一个强硬的家伙。是你叫错了一个战术，或者布置错了一次防守，要么把错误的球员换上了场。也有可能，你的球队里拥有的就不是合适的球员。无论你做了多少功课，或者你觉得自己做了多少功课，挑选球员时还是有可能失手。我记得有一年（1963），我看到一个名叫比尔·格林的科罗拉多州大球员。我去看过他两场比赛，因为有时候看一次是不够的。你有可能恰好碰上一个人状态好的时候，也可能碰上状态不好的时候，没法确定。我真的觉得他能帮助我们。他有6英尺8英寸的身高，很强壮，跑动能力也很强。于是我在第一轮选下了他。训练营开始时，他告诉我，他不喜欢坐飞机。事实上，他痛恨坐飞机。”

“听着，我同情他的情况。我还记得最初一大早赶飞机的时候，我出现了很严重的晕动症。我试过所有方法——正着坐、反着坐、把枕头盖在脑袋上什么的。没有一个方法起作用。可想在NBA做教练，我就必须习惯坐飞机。就这么简单，我必须自己克服。我跟那个孩子说，我理解，但是不坐飞机是没法在这个联盟生存下去的。我的意思是，他准备怎么办？坐火车去洛杉矶和旧金山吗？他说他明白了。季前赛最初几次去客场时，他说他想坐火车，不过他还说，赛季开始时他就能做好坐飞机的准备。我同意了。我们的最后一场季前赛是在圣路易斯，我对他说：‘比尔，到时候了，你必须和我们一起坐飞机。’他说他明白，但他又问我能不能坐火车去，再坐飞机和我们一起回来。我说行啊。打完比赛后他对我说：‘教练，我还是没准备好。我必须坐火车回家，我坐不了飞机。’”

“我对他说：‘比尔，我不能让一个没法好好休息、为比赛做好准备的人进入常规赛的大名单。如果现在你上不了飞机，我只能裁掉你。’那时候我想，如果这个威胁都不起作用的话，我也找不到别的让他上飞机的方法了。他说他就是坐不了。最后他坐火车回去了，第二天清空了自己的更衣柜。选他之前，我和任何人都没想过问他害不害怕坐飞机。到了现在，球队了解新秀的一切信息，连一个人幼儿园时午饭吃过什么都知道。即便信息这么全，我们还是会在选择球员上犯错。”

里德一直认为，应对任何错误的最好方法，就是承认自己犯了错，然后继续向前看。当然，这并不等于里德承认自己犯过很多错误，可是当他确实犯错时——比如选下比尔·格林，他就会承担错误带来的后果。三年前，里德鼓励凯尔特人用三个首轮选秀权之一选下北卡的约瑟夫·福特，福特是个手感柔和的后卫，他决定在大二结束后参选。里德喜欢福特低调的球风，喜欢他总能寻找到出手空间。因为福特曾经在德玛沙高中为摩根·伍腾打过球，所以里德以为福特应该是比较成熟的，应该能为球队带来强硬的作风。

只不过，里德想错了。

凯尔特人后来交易走了福特，由于在新球队和球友发生冲突，再加上违反队规，福特最终被新球队裁掉。“我们到底漏掉了什么？”有一次吃午饭时，里德问摩根·伍腾，“我真觉得那孩子能帮助我们。”

“你也不知道谁会在背后给那些孩子提建议。”伍腾说，“他从我这儿离开时，我敢发誓他能拥有一个非常优秀的职业生涯。第一年时我还是这么认为的，更别说他还是在北卡打球。后来就出问题了，可我也不清楚到底出了什么问题。”

里德和吉姆·奥布莱恩都认为，福特可以在凯尔特人打上十年的控卫。“有一天他穿着一件湖人的T恤参加训练，我们就知道坏了。”里德说，“你不能做这事，尤其是新人。我给摩根打了电话，让他跟那孩子联系，和他谈谈。他尝试去联系那孩子，但那孩子没接他的电话。在我看来，他听了不该听的建议。”

“这就是如今的问题。”里德说，“这些孩子过早地获得了太多东西，他们不知道该怎么面对。而这种事是没法预测的。”里德叹了口气，“这个是我看错了。”

要是对比里德职业生涯的成功与失败，显然，一个是高山，一个是小土堆。和所有好胜的人一样，里德记得更清的是那些少见的错误，而不是经常出现的成功。“有意思的是运气起到的作用。”里德说，“我这辈子得到的最差劲的球探报告，就是布拉德利那个教练告诉我切特·沃克是个没种的球员。这事都过去四十年了，但我还是不知道那家伙为什么会这么说。当然，只要哈弗里切克还在，我肯定选他。可如果选不到哈弗里切克了，我又错过了沃克怎么办？真那样了我现在会怎么想？”

抛开福特，直到今天，里德对球员的感知仍然非常准确。孟菲斯灰熊选下保罗·加索尔后，里德稍微关注了一下，就认定迈克尔·乔丹在选秀中用状元签选下夸梅·布朗而非加索尔犯下了巨大错误。在拜伦·斯科特被炒鱿鱼几周前，他就肯定地说，新泽西篮网已经“彻底放弃”了斯科特。斯科特被炒时，篮网的战绩是21胜20负；在代理主教练劳伦斯·弗兰克的带领下，球队第一次取得了12连胜，其中11场的分差为两位数。2003–2004赛季，在电视上看过一场斯坦福大学的比赛后，里德表示，他们是最好的大学球队。1月时，里德在马里兰大学主场看了他们赢下北卡的比赛，他表示马里兰大学肯定会遇到问题。“他们不会投篮。”里德说，“你可以教会球员防守，教他们打你的战术。但你没法让他们在一个赛季里就能练成投手。”那个赛季的马里兰大学，投篮命中率创造了十一年的最低纪录。

里德一直认为，一个NBA老板成功的关键，是相信那些自己雇来的管理层。1950年他离开三城黑鹰队的最主要原因就是老板本·肯纳无视他的建议，在季后赛开始前交易走了替补中锋约翰·曼肯。

在五十四年的凯尔特人生涯中，只有一次，里德差点考虑离开——也就是70年代末，麦迪逊广场花园总裁索尼·沃布林招募他的时候。“我还记得坐出租车去波士顿机场，准备和沃布林第二次进行面谈。”里德说，“报纸上登出了我正在和尼克斯谈判的消息。坐进出租车后，司机看了眼后视镜，说：‘里德，你要离开我们去纽约了，是不是？这么多年了，别这么做。’你知道我心里怎么想的吗？就在那时，就在那辆出租车上，我就知道我不会接受那份工作了。那个人说的没错。我是在纽约长大，但我的心属于波士顿。如果真的到了要走的时候，我不确定自己能下定决心。”

能够逼里德离开的唯一可能，就是约翰·Y.布朗没能在里德规定的十四天最后期限内卖掉自己的球队所有权。毫无疑问，约翰·Y.布朗卖掉球队股权的部分原因在于，如果背上了赶走里德·奥尔巴赫的骂名，就算是球队老板，他的日子也绝不会好过。要是把里德赶到尼克斯去，那情况就更糟糕了。“我真的不是在威胁他。”里德说，“我只是不想再为他工作了——我没法再为他工作下去了。”

“你知道啊，一直以来，教练都是我想做的一份工作。就算小时候还是孩子时，我想的都是上大学，做老师和教练。不知道为什么，我就是想做教练。我喜欢研究比赛，喜欢和人相处。我从来没想过其他运动，就是篮球。小时候我们没有美式足球，在我家附近也没有草皮，所以我们只打过街头棒球。我们小时候就是篮球和手球，就是这俩。我还记得高中时，有一天一个老师抓住我，把我按在墙上，冲我吼道：‘奥尔巴赫！你以为靠打球、靠关心体育你就能度过自己的人生吗？你搞错了！你最好马上想明白，人生还有比体育更重要的东西，否则你就会有大麻烦了！’”

“我想，我从来就没搞清楚过，不是吗？”

除了惊人的记忆力，87岁的里德留给别人最深的印象之一，就是他的手书。他的字非常清晰工整，让人忍不住想起小时候坐在自己身边、每天都在练习书法的女孩子。“我必须写得清楚一些，这样我才能看清自己写的东西。”里德表示，“我受不了写字难看的人。想读懂有些人的字，有时候真的能疯掉。”

感谢上帝，我和里德沟通无须通过手写的字条。他绝对看不懂我写的字。

差劲的书法是里德讨厌的事情之一。事实上，他的书桌里还有一份“让我不爽的”事项清单——自然，这份清单也写得工工整整。

清单里的一些话题是他经常谈及的：爱炫耀的教练、奏国歌时不在场地上的球队、不听话的球员、现在的人不尊重老一代的球员。“佩蒂特和库西，甚至拉塞尔，这些人的巅峰期根本没有比赛录像这种说法。”有一天早上里德这样说道，“我记得有人问过拉塞尔，问他认为自己和奥尼尔对位能打成什么样。你能看出来，这个问题让他生气了。拉塞尔看着那人说：‘问题应该是，奥尼尔对我能打成什么样。’我说：‘拉塞尔，你说的太他妈对了。’我告诉你会发生什么：拉塞尔会不停奔跑，直到耗光奥尼尔的体能。我敢保证。”

里德并不是那种厚古薄今的老古董。他只是忍不了那些认为“媒体大爆炸”出现前什么都不重要的人，毕竟是媒体的突破性发展，才让运动员最终变成了超级明星。“现在人们对待球员的态度让我挺吃惊的。”他说，“我要称赞历任NBA总裁的一点，就是他们通过努力，让NBA变成了一份大产业。在凯尔特人的最初几年，我会带着球员来到超市外面——那时候还没有购物商场，我们会在卡车后面挂上个篮筐，为来往的行人演示篮球这项运动。我的意思是，所有人都会参加，每个球员都去。没人因此拿到额外的薪水，那就是工作的一部分。我们必须自己去推广这项运动，向人们解释说明这项运动。放在现在，你能想象让一个球员去商场演示篮球比赛？还是免费的？哈哈，我的意思是，现在你都得求着他们去参加训练。”

“我跟你说，最大的不同，其实是安保。现在哪儿都是保安。现在的球员随时都有私人保镖陪伴，有时候保镖人数还不止一个。一个教练进出球场时，他的身边总是跟着五个人。我曾经有过一个私人保镖。大学时我有个叫皮特·金的朋友，他后来去FBI工作了。他在圣路易斯工作，他算是个大人物，负责整个中西部地区的抢劫案与绑架案。我们去那边打比赛时，我对他说：‘过来保护我。’因为有太多的球迷追着我不放，也许他们还在因为我们得到了拉塞尔而生气。其实那时候我们和圣路易斯真是一对完美的世仇球队。他说没问题。比赛打完了，我们赢了。有个家伙冲出观众席，走到我面前3英尺的地方，朝我脸上扔了个鸡蛋，正好砸到我脑门上。那其实挺搞笑的，我也没受伤。那家伙扔完鸡蛋后，顺着过道狂奔，翻过几个座位就消失了。皮特追了他一会儿，但是没抓住他。我对皮特说：‘你这也叫保护？那家伙要是想，可以直接走过来开枪杀了我！’还好他没在特勤局工作，总统肯定会有生命危险的。”早期执教生涯中，里德曾经遇到过好几次类似情况。“比赛结束后，你得想办法穿过人群走回更衣室。”里德说，“并不总是那么顺利。”

事实上，里德曾四次在赛后和球迷发生冲突，最终导致他吃到官司。“如果有人敢对我动手，我绝不会躲避。”里德说，“我怎么会知道对方会做什么？大多数时候那些人都喝多了，所以我不得不保护自己，而我也这么做了。有一次，我们在辛辛那提惊险地赢下了一场胜利，那里的球迷真的是恨我们，因为赢球的永远是我们。那家伙跳到我面前，喊叫什么凯尔特人逃过了谋杀指控，说我恐吓裁判才偷走了比赛胜利。他不肯给我让路，所以我只能打了他的鼻子，把他打倒后继续往前走。几分钟后，那家伙带着警察出现在更衣室，他想让警察以伤害罪逮捕我。哈弗里切克坐在我旁边，于是我说：'伤害？你在说什么？故意伤害？那家伙踢了我，我那是自卫。约翰，你看到了，是不是？'哈弗里切克满脸困惑，愣了一分钟。于是我靠过去，说：'约翰，你看到那家伙踢我了，对不对？我，就是付给你薪水的我。'约翰看着警察说：'他太狠了，里德还能走路，我都惊呆了。'"

并不是所有里德遇到的冲突都能这么轻松地解决。没有一个案子最终进入法庭审理，但四个提起了诉讼的案子，里德最终选择了和解，也就是给每个"受害人"500美元。"这挺神奇的。他们都同意了相同的数额，然后撤了诉。"里德说，"我觉得他们只是想吹嘘，说他们让我掏了腰包。不过这些事还是让我感到非常生气。这些人跑到我面前大骂脏话，难道要我一走了之？几年后，我在一个派对上和最高法院的布伦南大法官聊天。我问他，为什么有人那样骂我，我在作出回应后还得吃官司。他说，按照法律规定，言语侮辱不等于有权暴力回应。他说，这是法律的规定。"

在里德的职业生涯中，他记得有一次自己在人群中真正感到了紧张。"那还是50年代的一个冬天，我还在三城黑鹰做教练。"里德说，"那时希博伊根有一支球队。你别想在那里赢球，门儿都没有。他们的比赛场地是一个高中体育馆，场边的一边是舞台，另一边是墙，板凳都在舞台那一边。他们会把所有门卫安排在墙那一边，如果你要在那边抢球，那些门卫就会拉住你，让你恰好够不到球。去那里打比赛时，我说，除非把所有门卫撤走，否则我就不打。他们照办了。比赛开始后，现场观众开始朝我扔曲别针。我不知道他们是从哪儿搞到那些东西的。每次暂停，我得跳下舞台才能跟球员说话。说完后，我再伸出手，让舞台上的人拉我上去。舞台太高，想跳或者爬都挺费劲的。”

“那天晚上，有个裁判因为天气原因没法到场。于是他们找了个本地人做替补裁判，这家伙就是想搞死我们。我冲他怒吼，说他作弊，他吹了我技术犯规。我仍然追着他不放。他走过来对我说：‘你给我听着。我是警察，如果你不闭嘴，我不仅要把你驱逐出比赛，我还会把你关到一个谁也找不到的地方。’我说：‘去你妈的。’他说：‘你被罚出去了，滚出去。’我不愿意离开球馆，因为外面只有华氏3度左右。他告诉负责更衣室的人不要放我进去。我别无选择，只能坐在阳台上，那是我唯一能去的地方。现场观众都在骂我。最后，我们队一个名叫迈克·托德洛维奇的球员被罚出场了，他是本地人。我朝他挥挥手，叫他上来和我坐在一起，这样等于多了个保镖。他过来之后，我终于感到自己安全一些了。”

“显然，我们输掉了那场比赛。”

幸运的是，希博伊根的那支球队那个赛季结束后就破产了。

14

从不乏味

“问你个问题：现在有几支NBA球队没有拉拉队或舞蹈队?”

里德微笑着把雪茄从嘴边拿下。“答案是一。那支球队就是凯尔特人，原因就是我。”

具体的原因，据里德说，其实并不复杂。“有太多潜在的问题了。”他说，“最好的情况，也就是她们和你的球员之间没有传出绯闻，但球员太太还是会生气。最差的情况，就是出了一件事后，搞得所有人都很生气，你知道这种情况很有可能出现。所以我一直坚持，我们球队不设拉拉队。我相信，等我死了，他们一定会弄来一百个拉拉队员。”

幸运的话，凯尔特人还得再等上一段时间。即便如今已经87岁高龄，里德仍以自己独特的方式，很大程度上影响着整个波士顿。波士顿人对他的尊重，就像他们关心自己的红袜队一样那么自然。2003年12月时，尽管身体不舒服，里德还是坐飞机来到波士顿，参加塞德里克·麦克斯维尔的球衣退役仪式。1985年，里德将麦克斯维尔交易到其他球队，因为麦克斯维尔的经纪人告诉里德，麦克斯维尔不能来波士顿检查受伤的膝盖——之前一个赛季他就因为这个伤病缺席了几乎整个赛季，因为他正忙着盖房子。

“谁给他开工资，好让他有钱盖房？”里德生气地说道。随后，他就用麦克斯维尔换来了比尔·沃顿，这个操作，为凯尔特人在接下来那个赛季赢得最后一个总冠军确定了最后一块拼图。

尽管生病，里德还是去了波士顿，因为他想让麦克斯维尔知道，他认可球队退役麦克斯维尔球衣的行为。里德希望麦克斯维尔明白，他的凯尔特人身份永远不会变，就算里德身体不舒服，他也不愿错过这个仪式。

唯一的问题是，在球衣退役仪式上，球迷对里德起立欢呼的时间，是麦克斯维尔、甚至任何人的四倍之多。

“我想你可以说，我这些年还是做出了些成绩的。”里德开心地笑着说。

但是那天晚上的结局，既不高调也不有趣。和往常到波士顿时一样，里德带上了穆雷·利伯曼。和利伯曼一起旅行有两个好处：里德喜欢和他在一起，而且利伯曼还是他的医生。比赛进行中，长期担任里德心脏专科医生的罗曼·德桑克蒂斯医生加入了穆雷和里德（里德曾在1993年做过心脏手术）。

里德和这两个人的关系都很亲密。某种程度上说，他俩先是里德的朋友，然后才是里德的医生。2003年夏天，里德和其他几个波士顿的标志性人物要在舰队中心球馆的一个晚宴上发言，里德的发言顺序排在冰球传奇菲尔·埃斯波西多的后面。埃斯波西多谈到了“今晚让我能够站在这里”的教练、朋友和队友。

轮到里德发言时，他谈到了所有让凯尔特人成为王朝球队的球员。里德最后说：“总之呢，我要特别感谢两个人，我可以发自内心地说，没有他俩，我今晚真的不可能站在这里。罗曼·德桑克蒂斯，我的心脏科医生；还有穆雷·利伯曼，我的泌尿科医生。”

麦克斯维尔球衣退役仪式那场比赛进行期间，里德告诉自己的朋友兼医生，说自己感觉真的不舒服。里德的样子让两个人非常担心。因为球馆就在麻省总医院的对面，所以他俩决定带里德做个检查，以防万一。

“我们只想确定他的心脏没问题。”穆雷后来回忆道，“我们做了几个检查，结果没有问题。他需要住院观察几天的唯一原因，是我们担心他其中一个肾脏有问题。里德有一个肾的状况很糟，这次有问题的是那个好肾。无需多说，没人愿意在这件事上冒险。”

无论什么时候，只要里德感觉不舒服，消息都会立刻在“中国多尔帮”里传开。这一次，每个人首先联系的都是穆雷，因为他就在现场。穆雷表示里德不是心脏的问题，而且保证一两天内他就能出院，这让大家安心了不少。后来传出了里德坚持要求凯尔特人的公关主管杰夫·特维斯和他住在波士顿的侄子偷偷带中餐到医院给他吃时，所有人都知道，里德没事了。

“医院给你的那些垃圾食物，吃一点儿你就够了。”里德说。

这一次，里德在差不多忍了一天后，终于决定去外面订中餐。

2002年球队所有权发生变更后，凯尔特人新老板中的两人，即维克·格罗斯贝克与史蒂夫·帕格里奥卡采取了和保罗·加斯顿相似的态度对待里德。两人都是40多岁，都在30多岁时做生意赚到了很多钱（凯尔特人的出售价格为2.6亿美元），不过根子里，两人都是狂热的篮球爱好者。即便还没正式得到凯尔特人所有权，两人仍然专程飞到华盛顿和里德见面，征求里德的意见，并且告诉里德，他们仍视里德为球队重要的一份子。“他们真的是非常好的人。”双方见过面后里德这样说道，“不管你信不信，我其实很紧张。这些年经历过这么多球队老板，我还是不知道怎么和新人相处。他们说，希望我更多地去波士顿，如果能让我的旅途更轻松一点，他们愿意让我用他们的私人飞机。我觉得他们很有诚意。”

格罗斯贝克和帕格里奥卡都是忠实的篮球迷，也是凯尔特人铁杆，所以他们从小就是里德的追随者。“能坐在办公桌对面，和他聊篮球，这已经足够让我俩兴奋的了。”格罗斯贝克说，“这可是真正创建凯尔特人的人。我们明确向他表示，我们希望他参与到球队中来，他不应该仅仅有球队总裁这么一个虚衔，我们需要他的意见。”

里德向来愿意提供帮助。不过在真正参与之前，他需要先考验一下新老板们。格罗斯贝克提过，帕格里奥卡因为70年代在杜克大学二队打过篮球，所以他是球队股东里真正懂篮球的那个人（凯尔特人总共有四个老板——维克的父亲、厄夫·格罗斯贝克、鲍勃·艾普斯汀和其他合作伙伴）。“你觉得今年谁会拿到NBA总冠军？”里德问道。

“国王。”帕格里奥卡回答。

“事实证明我错了。”帕格里奥卡说，“但里德似乎觉得我说得没错。所以我通过了那个考验。”

格罗斯贝克在波士顿长大，他自豪地表示，自己是当地四支职业球队的季票持有者。帕格里奥卡在波士顿出生，4岁时搬家去了新泽西，不过从小到大他都是凯尔特人球迷。两人一起，让凯尔特人的所有权自四十年前沃尔特·布朗去世后，第一次回到了波士顿本地人手中。购买凯尔特人的主意是格罗斯贝克想出来的，接着他联系了自己的朋友帕格里奥卡，询问投资的问题。“一个周日的早上，他从头到脚穿着凯尔特人的装备出现在我家门口。”格罗斯贝克说，“他说：‘我加入。有我了，需要多少钱？’收购计划从这里正式启动。”

格罗斯贝克和帕格里奥卡听过波士顿本地人的警告，说里德肯定会给他们列出一份“清单”——不要拉拉队，暂停时不要大声播放音乐，保有一个关系紧密的小团队——他们也的确得到了这样一份清单。“这没什么。”格罗斯贝克说，“如果不听里德的，我们还应该听谁的？”

帕格里奥卡的儿子是杜克大学篮球队的二年级候补球员。上赛季杜克来华盛顿和乔治城大学打比赛时，里德和帕格里奥卡坐在一起看了比赛。当杜克取得足够多的领先优势，所以乔·帕格里奥卡得到上场机会时，两人显得都很高兴。“他需要更有侵略性一些。”里德对帕格里奥卡说，“冒点险，让老K教练看看他的实力。”

比赛最后两分钟，乔·帕格里奥卡根本没看过篮筐，只要接到球，他就迅速把球传给其他队友。后来他告诉父亲，迈克·沙舍夫斯基命令杜克球员不要试着投篮，因为比赛已成定局。“不听迈克的话所冒的风险比他冒险还要大。”帕格里奥卡笑着说。

凯尔特人在2003–2004赛季糟糕的表现显然影响到了里德。人们可以拿各种话题对他开玩笑，唯独不能拿凯尔特人的糟糕成绩开玩笑。里德不会逃避这个问题，也不会找借口，但他也不觉得这是一件好笑的事。“打成这样真的很让人难过。”奥布莱恩辞职后，凯尔特人打出1胜9负的成绩时，里德这样说道，“我们做出了很多改变，我希望丹尼进行的运作都能取得成功。很多人都在指责他，这是可以理解的。以为过去几年我们都打进了季后赛，但今年看样子不行了。但我们不能立刻对一个交易的效果下定论。安东尼·沃克的这个交易，我们得到了两个首轮选秀权。在我们知道这两个新秀是谁之前，我们怎么去评价这个交易?”

里德不仅对凯尔特人投入了极大的感情，他也密切地关注着整个联盟的动向。大部分时候，他都会看电视看到很晚——他看的不止NBA的比赛，还有其他项目——如果看到不喜欢或者不公平的现象，他仍然会大发脾气。

“你看昨晚湖人和掘金的比赛了吗?”有一天早上里德问道，他明知道其他人的回答都是否定的，“老天，真是一场被毁掉的比赛。比赛最后，掘金领先两分，他们拥有球权，在进攻时间还剩2秒钟时他们出手，比赛时间还剩不到二十四秒。球擦到了篮筐——很明显碰到了，你可以看到球改变了运行方向——（掘金球星）卡梅洛·安东尼抢到了篮板。裁判吹哨了，说‘二十四秒违例’。那球绝对不可能是违例。裁判聚在一起，最后决定争球。争球！太荒谬了。湖人显然会让奥尼尔去争球，所以他们争到了球权，最后赢了比赛。那是抢劫！妈的，如果我还在做教练的话，我肯定会冲出去大喊大叫发疯的。放在今天，在我骂完那家伙前，我大概会收到2万美元的罚单。”

当然，放在今天，里德会拿到800万美元的年薪。

听到这个说法后，里德说：“说得好。也许我会被罚5万美元。”

显然，NBA认同里德对那个回合的分析，因为受到质疑的裁判在承认自己因为“疏忽”才吹哨后，被联盟禁赛三场。

对这个决定，里德还是很高兴的。但一般来说，他都不认同联盟处理争议的方法。“我觉得他们对（达拉斯小牛老板）库班太狠了。”里德说，“我并不是说他没错（不停地批评裁判，甚至在一次小冲突中直接冲上了球场，还有其他问题），可是处理这种情况，你应该私下和他交流。告诉他，他的做法对联盟整体没有好处，试着让他更多地了解联盟。让他感觉自己是你们的一份子，而不是与你对抗。”

“我们现在面临着形象问题。有球员拒绝参加训练时，外界怎么看你？我的意思是，你是篮球运动员，你就该参加训练，就是这么个道理。罚款起不到任何作用，因为他们太有钱，根本不在乎。这时候还是要私下里跟他们说：‘听着，这种行为是不可接受的。我不想把你摁在板凳席上，因为那不仅会伤害你，也会伤害球队。可如果你不遵守我的规定，我们就会交易你。’如果一个人对这种话也没反应，那你就该立刻交易他。”

“现在有太多球员从球队那里得到特殊照顾了。有一次库西问我，能不能请一天假不训练，好去纽约拍广告。拍那个广告，他能拿到5万美元。在那个年代，那可是很大一笔钱。十年里他没给我惹过任何麻烦，他也需要那一天时间。我当然同意。可每周都想这么干？没门。”

里德承认，他不理解现在很多教练的做法。“我看过很多大学训练。”里德说，“首先，训练时间太长了。孩子们集中精力的时间也就那么长，而且他们还要继续上课——有不少学校坚持要他们上课。即便训练这么长时间，学校也从不教他们基本功。你看现在的比赛，你是不是经常看到有人连基本的卡位都做不好？”

“我一直认为，你应该教球员他们能做到的事。库西和沙曼跳不起来，我的意思是，这两个人都不能扣篮，所以我从不要求他俩做任何和弹跳有关的事。但我坚持要他们学会卡位，这个不需要跳就能做到。现在，每个人都有那么多助理教练。说实话，我不知道他们都是干什么的。现在看一看一些NBA球队的板凳席，那里会坐着十个人。十个人！这几乎等于每个球员都配了一个教练。那么他们的基本功为什么那么差呢？大学教练指责高中教练，职业联赛的教练又指责大学教练。”

“为什么在德玛沙高中为摩根打球的孩子都有着扎实的基本功呢？你觉得这是巧合吗？还有奈特和沙舍夫斯基的球员？教练接受了太多球员给出的垃圾借口。我知道他们还是可以教出好球员的。拉里·布朗可以，兰尼·威尔肯斯可以，你只是不能接受球员说他不需要基本功这种说法。每个人都需要基本功。球员不想学卡位，因为那不拉风。一个优质的卡位动作不会让你登上《体育中心》节目，对吧？但卡位却能赢得比赛胜利。一个好的传球——简单的传球，也不会入选精彩镜头集锦，只有那些特别漂亮的才会入选。”

里德还认为，篮球比赛本身也有问题。“几年前我跟斯特恩说过，非法防守（区域联防）太荒唐了，因为无论如何，球员还是会这么打。他说：‘你说的对，我们应该做出改变。’必须要称赞他的是，他说到做到。可问题还有很多。我们必须摆脱过去几年的打法：把球传到低位，对方采取包夹防守，内线球员要么强行出手要么传出去由别的球员投三分。这种打法看多了谁也受不了。”

“你知道，最讽刺的是，引入三分线是为了提高比赛的得分。”里德说，“但目的没能实现。原因在于，现在的球员在进攻上越来越单一化。现在，每个人只想站在三分线外做定点跳投，没人愿意到中距离做急停跳投了。现在的球员已经不像过去那么有威胁性了，因为他们总是放弃培养某部分的进攻技术。现在，他们要么投三分，要么突破到内线扣篮。我们要么干脆取消三分线，要么增加三分线的距离。当然边线不能再延长了，因为三分线会出界的。”

里德笑了起来。“这也许是个主意，让三分线超过边线。”

“批评并不难，提出问题是什么，当然这都是真实存在的问题，我懂。但想出解决方案就不那么简单了。”里德微笑着说，“妈的，如果真那么简单的话，很多年前他们让我去做联盟总裁时，我就会接受了。沃尔特·肯尼迪卸任后，几个球队老板找过我。那时候我已经不做教练了，他们问我想不想做联盟总裁。我记得其中一个人说：‘反正联盟一直都是被你操控的，干吗不拿报酬呢？’我跟他们说，无论如何我对那份工作也不会有兴趣。你要一周工作七天，还要住在纽约，在一半人的眼中，你至少有一半的决定是错的。我不值得费那么大劲。”

“我想，这也是我经常和历任总裁争吵、但又和他们保持良好关系的原因之一。我尊重他们，他们尊重我，我理解他们的工作并不轻松。假如说我有不满意的话，那就是他们对纽约的偏爱。听着，我知道联盟需要在那个城市拥有一支强势的球队，特别是在过去那个年代尤其需要。但我觉得每个人，甚至沃尔特·布朗，有时候做得都太过了。这也是为什么我总拿斯特恩是尼克斯球迷开玩笑，我只是在提醒他，不要太照顾尼克斯了。如果我真认为他那么偏心，相信我，我绝不会只开玩笑这么简单了。”

斯特恩喜欢和里德的这种一来一往的交流。“我也会仔细听他说的话，因为不这么做，那我就太不明智了。”斯特恩表示，“第一，他是最后几个从一开始就在联盟的人之一。第二，他对比赛仍然有着深刻的理解，他非常关心联盟，希望联盟向着好的方面发展。当然，凯尔特人在他心里是第一位的，但排在第二的联盟和第一的差距并不大。”

斯特恩喜欢对其他人说，担任联盟总裁的最初几年里，他差点以为自己的名字不叫大卫。“而是叫‘愚蠢’。”斯特恩说。就像里德每次见面开头说的那句话一样，“嘿，愚蠢，让我告诉你这次你又搞砸了什么。”

同样让里德开心的是，只要有机会，他都会当着斯特恩的面说他“没种”。“无论斯特恩准备向哪个方向前进，或者看上去准备向哪个方向前进，里德都会说，那个选择证明斯特恩没种。最后，当斯特恩终于在某个问题上做出艰难的决定后——两个人都不记得是什么事了，里德给他打了电话，说：‘好吧，你有种。’”

“那就是我作为总裁得到认可的一刻。”斯特恩说，“在那之后，我觉得自己也许能在这份工作上干上几年了。”

里德和联盟第一次真正的争斗，也是他经常提起的那次争斗，还要追溯到1950年夏天，那时他刚刚被聘为凯尔特人主教练。“我想签下斯威特沃特·克里夫顿。”里德说，“我看过很多他的比赛，因为哈林篮球表演队经常在我们球馆进行表演，我知道他肯定能为我们球队提供帮助。我发现他和哈林表演队的合同已经到期了，于是我开车到宾夕法尼亚去见他，看能不能跟他签下合同。”

尽管华盛顿国会队当时正力图签约厄尔·劳埃德，但那时的NBA仍然存在种族隔离。里德的意图并非在政治上做出表态——他的关注点从来不在这个方面——他只是想签下一个他认为能帮助球队的球员。在那年春天的选秀中，里德已经在第二轮选下了查克·库珀这个非洲裔美国人，所以无论如何，那年秋天凯尔特人的阵容中都会有一个少数族裔的球员。克里夫顿和里德达成了协议，克里夫顿同意以7500美元的价格签约凯尔特人。凯尔特人把这份合同送到联盟办公室等待批准，他们以为这份合同会像其他合同一样顺利地得到批准通过。可事情进展得并不顺利。总裁莫里斯·波德洛夫拒绝签字批准。

“他对沃尔特·布朗说，他不想因为签走哈林篮球表演队最好的球员而引起对方的不满。”里德说，“那时候，哈林篮球表演队经常一天内和NBA球队连着打两场比赛。在绝大多数比赛城市，只有哈林篮球表演队在时，我们的球票才能售罄或接近售罄。波德洛夫告诉沃尔特，如果我们签了克里夫顿，他害怕（哈林老板）亚伯·萨伯斯坦毁约。我跟沃尔特说，这个想法太傻了，如果不去NBA球队的球馆，他还能去哪儿？这笔签约收益的是双方，不只是我们。但沃尔特不想在这件事上和总裁发生争执。我是个新教练，还没形成后来的影响力，这件事我也无能为力。”

“几周后，我在报纸上看到了一个新闻：克里夫顿签约尼克斯。我都要疯了。我找到沃尔特，问他怎么会发生这种事？波德洛夫不是不想惹萨伯斯坦生气吗？‘他和萨伯斯坦达成了协议。’布朗解释道，‘未来几年，联盟会多给哈林篮球表演队几次在麦迪逊广场花园打球的机会，对他们来说这当然是好事。作为回报，萨伯斯坦同意克里夫顿去纽约。’”

里德异常愤怒——他生所有人的气。他认为波德洛夫以凯尔特人为代价试图帮助尼克斯，他觉得布朗在凯尔特人最不该被欺负时放任别人欺负球队。还让里德感到愤怒的是，这一系列事件的受益者只有当时尼克斯的总裁兼总经理奈德·艾利什。

“现在我对这家伙有怨恨了。”里德说。

时至今日，里德心里依然藏着这股怨恨，尽管现在距离艾利什去世已经过去了三十多年。里德对艾利什的不满，最早可以追溯到

1940年，里德那时还在乔治·华盛顿大学读大四。乔治·华盛顿大学相信自己能接到那年NIT锦标赛的邀请。在那个年代，因为比赛地在纽约麦迪逊广场花园球馆，所以NIT锦标赛是最有名气的季后赛系列。根据里德的说法，艾利什向比尔·雷因哈特做出了承诺，但却在最后一刻改了主意，违背了诺言。因为艾利什觉得，对于参加NIT锦标赛的纽约球队来说，乔治·华盛顿的实力有些过于强大了。

“记住，我可以原谅别人，但绝不会忘记过去发生的事。”里德说，“我现在其实挺喜欢艾利什的。他是个好人，是个能信守承诺的人。可那一次，他没有履行自己的承诺，我们没能进入NIT锦标赛。我们球队那年的实力特别强。所以我对他一直有怨言，我们没得到去锦标赛打比赛的机会，就是因为他考虑了太多政治因素，为了保护纽约的球队。”

由于赛程安排的缘故，劳埃德成为第一个在NBA打球的非洲裔美国人。那年秋天的10月31日，国会队开始了新赛季的征程，劳埃德就是球队的一员。第二天晚上，凯尔特人和尼克斯在揭幕战中遭遇，凯尔特人队中有库珀，尼克斯有克里夫顿。在这三人中，克里夫顿在NBA最有名气，他为尼克斯效力了七年，最终因为伤病过早地结束了职业生涯。“斯威特沃特受伤后，沃尔特·布朗帮他在芝加哥买下了辆出租车，从这你就能看出沃尔特是什么样的人。”里德说，“斯威特沃特一直想在退役后干这行，在老家芝加哥开自己的出租车。我记得他后来拥有了两辆出租车，经营得也很好。但帮他起步的是沃尔特。像这样的事让我很难对沃尔特生气。”

每一个了解篮球的人都知道，在篮球实现种族融合的进程中，里德扮演了重要角色。除了成为最早签约黑人球员的球队之一，还在同年选下了黑人球员，凯尔特人还是第一支使用五名黑人球员做首发的球队。还有，1966年，拉塞尔成为主流职业联盟中第一个黑人主教练。直到1974年，职棒大联盟才有第一个黑人总经理，更值得注意的是，直到1989年，NFL才有第一个黑人主教练。当打破种族隔阂的话题被提起时，里德笑了起来。

“听着，对我来说不是这么回事。”他说，“从小我在布鲁克林长大，种族从来就不是什么问题。犹太人、黑人、天主教徒——到了球场打球时，没人在乎你是什么身份，唯一重要的就是你的水平。这就是体育伟大的一面。当你选择一支球队时，无论是校队还是NBA球队，没有人会问你的肤色是什么，问你的信仰是什么。那些在乎这些问题的，不管在哪儿都注定失败，所以干吗要在乎他们的想法?”

“我关注的永远是胜利。如果一个球员是白人，技术不错，我的球队就愿意要他。如果是个有能力的黑人，我希望我的球队里有他。但我同样重视个性，重要程度和球技一样。坏人就是坏人，好人就是好人。我从来不觉得让五个黑人球员首发，我就该获得更多的赞誉。那么做我只有一个原因：我认为那样我们更有机会赢球。就这么简单。聘用拉塞尔也是一样，因为对球队来说，那是最佳选择。”

“教练做的事里，还有一件困扰着我。”里德在一天上午这样说道。和往常一样，前一天晚上他看电视看到很晚，那次看的是大学比赛。“其实不只是教练，所有人都这样。前几天我去看了马里兰和北卡的比赛。现在，无论是赛前还是赛中，他们总是竭尽所能创造敌对气氛，贬低客队。不只马里兰，几乎所有球队都这样，但马里兰比很多球队更糟糕。他们发出嘘声，骂着脏话。在入场仪式时，他们在介绍客队球员时放低声音。接着突然打开全部灯光，搞出来什么灯光秀，调大现场广播的音量，声音大到耳朵都快受不了。他们用这种方式介绍主队球员，好像他们刚刚拯救了地球一样。比赛进行时，球迷对每一次吹罚都大喊大叫，教练也一样。”

“这就是敌对氛围。你想怎么说都行，但这就是敌对氛围。”

“好了，比赛结束了。现在所有人又站成一排互相握手。他们不该这么做。”

里德点燃了雪茄。我忍不住问道：“你讨厌体育道德精神？”

他差点把雪茄扔到我头上。“体育道德精神！”他说，“那不是体育道德精神。那是虚伪，是假的，他们根本没这想法。更重要的是，这可能引来麻烦。比赛结束时，球员仍处于激动状态，特别是比分接近的比赛。假设两个球员互相说了点儿难听的话；假设球迷开始扔东西——你知道有可能发生这事。如果两名教练真的是朋友，他们完全可以挥手致意。过去如果对方是我朋友，或者和我的关系还不错，我就是这么做的。可现在这样，你必须站好，还要握手致意，其实大多数时候互相根本看不顺眼，这就是个笑话。”

在大学篮球的重量级比赛层面，虚伪是大量存在的。事实上在NCAA锦标赛期间，在教练拿到的赛前安排上有一条标注，上面写着“当现场解说介绍您时，请走到数据台前，和对方教练握手”。

“太傻了。”里德说，“这是形象的事。我还要跟你说一个大学比赛里的蠢事：比赛开始前裁判和教练握手。这也是虚伪。我可不想跟一个十五分钟后我要骂的人握手。不管怎么说，你也不该和裁判做朋友。他们有自己的工作，你也有你的工作。做好你的工作，剩下的听天由命。”

15

怀念赞恩

2003年寒冷的冬天里，里德有一天说道：“年龄大后最难的是，感冒不再是感冒，病毒不仅仅是病毒，流感也不是流感那么简单了。如果生病了，那就是真的病了。而且你会害怕。”

赞恩这次居然认同了里德的说法。“没错。”他简单地回了一句。

尽管里德出现过不少健康问题，甚至做过心脏手术，还有眩晕症，但从表面上看，赞恩比他要脆弱得多。部分原因是两人的身材：里德身高接近6英尺，体重差不多有200磅。虽然已是87岁高龄，但他看上去仍然非常健硕。身高比里德矮几英寸、体重至少轻50磅的赞恩，在对比之下总显得有些瘦弱。尽管如此，赞恩仍是每周二第一个抵达餐馆的人，面对任何争论他都不会退缩，而且否认自己的健康可能有问题的说法，甚至连想都不去想。

其实每周二，赞恩都把车停在距离餐馆几个街区远的地方，因为医生告诉他，走路有利于他腿部的循环。就算是最冷的时候，当其他人都尽量把车停在靠近餐馆的地方时，赞恩依然我行我素，每次都要走上很长一段路。

2003年1月，赞恩的情况开始引起每个人的担心。赞恩走路明显变得更加吃力，他的速度还没有为了保持平衡拄着手杖的里德快。

吃午饭时，他变得比过去更加沉默。赞恩只喝汤，有人问他为什么胃口不好时，他总是不愿意认真回答问题。

“今天不需要吃东西。”

“为什么不吃？”

“昨天吃过了。”

紧接着，赞恩又出现了咳嗽症状。赞恩是个已经戒掉烟瘾的老烟鬼，所以偶尔咳嗽并不稀奇。可现在的情况变得更糟糕，咳嗽的时间越来越长，声音也像是从身体更深处传出来的一样。赞恩的女婿斯坦利·科普兰德本想说服赞恩，由他开车送赞恩参加午餐会，赞恩当然不同意。“问题在于，他是地球上唯一一个和里德一样固执的人。”斯坦利说。

赞恩有时候本不应该参加周二的午餐会。天气变得越来越糟糕，他的咳嗽症状每周都在持续加重。可赞恩压根没想过错过任何一次午餐会。“我该做什么？”有一次吃饭时赞恩问道，“躺床上咳嗽？这有什么好处？”

2月初的第一个周二，气温已经降到了华氏10多度，寒风凛冽，赞恩带着一脸病态的苍白走进了餐馆。坐下来后他就一直抱着自己的汤，不停地咳嗽、发抖。

“赞恩，你把车停在哪儿了？”斯坦利问。

“还是我经常停的那地方。”赞恩回答。

“好吧。”斯坦利说，“把钥匙给我，我帮你开到门口。”

“一边呆着去。别想着照顾我……”

“嘿，赞恩，帮我个忙，把钥匙给他。”

说话的是里德，他是最后一个公开提出照顾自己弟弟的人。赞恩的心情里德感同身受，因为别人照顾他的时候他也会感觉不自在。可现在，里德很明显地担心了。

“我没事。”

“听着，赞恩，我也老了。”里德说，“我知道你现在感觉有多糟糕，把钥匙给斯坦利。”

“我不信任他开我的车。”

一起吃饭的人纷纷站出来，主动要求代替斯坦利做赞恩的司机。最后，在特勤局做特工的鲍勃·坎贝尔靠过去，小声说：“赞恩，我去取车。你可以信任我。”

赞恩一脸天怒人怨地把钥匙交了出去。

接下来的一周，午餐小团体之间的很多话题都围绕着赞恩的健康。最后大家得出结论，只有里德才能说服他去看病，这个话题换作我们其他人去说，都会听到直截了当地拒绝。里德同意了，他也和赞恩谈了。赞恩说他会考虑考虑，这意味着他已经了解到了我们的担忧。

下一个周一的晚上，我家的电话准时在9点7分时响了起来。按照老规矩，接电话的是丹尼。

“我爸爸想知道你有没有好好照顾自己。”丹尼说。

我听不到赞恩的回答，不过丹尼说了类似“告诉他爸爸管好自己就行”的话。等我接电话时，赞恩的开场白直奔要点：“你告诉丹尼，我会在他的婚礼上跳舞，好不好？”

我笑了，我跟赞恩说，我会把这话转告给丹尼。可我有一种直觉，赞恩好像觉得他再也不会跟丹尼说话了一样。尽管如此，赞恩的声音还是很硬朗，他坚称自己感觉好多了。“明天见。”赞恩说道，“别迟到。”

第二天，赞恩的气色比前一周好了一些，可他还是只喝汤。这次鲍比找他要车钥匙时，赞恩没再争执。让我担心的就是这一点。离开时我问里德，问他觉得赞恩是否还好。

“希望还好吧。”里德说，他又重复了过去的话，说上了年纪之后生病会变得更痛苦。他说他会提醒赞恩去医院看病。

第二天晚上，我到宾夕法尼亚州的伊斯顿看一场篮球赛。比赛结束后给家里打电话时，我的妻子玛丽说，斯坦利给家里打过电话。我顿时打了个机灵。“是赞恩吗?”

“他住院了。”玛丽说，“他们认为是心脏病发作。”

只能说，我一点儿也不意外。我心里有一丝侥幸，可能情况没那么严重。我想，至少赞恩这次终于到医院看病了，尽管这用的不是最理想的方式。一听到斯坦利的声音，我就知道，任何乐观的想法都是愚蠢的。“如果能撑过今晚，也许他还有机会。”斯坦利说，“但我觉得机会渺茫。唯一的好消息就是目前他的情况还算稳定。”

赞恩是在家里晕倒的，他的妻子格特鲁德打电话叫来了救护车，随后他被送到了银泉的圣十字医院。她给斯坦利和自己的女儿艾伦打了电话，他们又给里德打了电话。里德立刻打电话找到穆雷·利伯曼，问他能不能去医院一趟，这样抢救室里至少有一个赞恩认识的人。穆雷赶到时，赞恩正在被推出抢救室。他的状态已经稳定下来，而且意识清醒。穆雷和为赞恩检查的医生进行了交流，他知道赞恩的情况很危急。不过他还是微笑地走到赞恩的轮椅床边。

“赞恩，听着，这些人会让你感到舒服起来，所以听他们的话。”穆雷说道，“过一会儿你就能好起来了。”

赞恩抬头看着穆雷，“我会好起来?”

“当然。”

“穆雷，你真是在扯淡。”

穆雷不再笑了。赞恩了解自己的身体，和往常一样，他只想听到真相。

“休息一会儿。”穆雷说。

“搞得我好像有选择一样。”

第二天一大早，里德就在雷德和南希的陪伴下赶到了医院。赞恩还在硬撑着，但那时他的意识已经不清醒了。里德在病床前停留了几分钟，他看着自己的弟弟，希望赞恩能睁开眼睛，继续讽刺自己。医生那时已经通知所有人，赞恩的意识不太可能恢复了。“我得走了。”里德轻声说道。他暗示自己有事要办，尽管事实并非如此。那时距离他坐在医院、亲眼目睹多萝西去世，才过去了两年多。他无法忍受干坐在那里，等待医生将弟弟去世的消息传达给他。

整个早上，午餐会的成员要么来到医院，要么打电话，询问能否帮忙。斯坦利负责向每个人告知最新进展，他说，现在最好不要到医院来。“他意识不清醒了，你也没办法跟他说话。”斯坦利说，“问题只是你想不想现在见他……见到他现在这个样子。”

即使是最后的那几个小时，赞恩还是能够为我们带来快乐。斯坦利和赞恩的儿子乔恩想起了之前一次赞恩因为颈部手术住院时的情形。“他醒来后我们都说：‘你怎么样？’”乔恩回忆道，“在他面前的墙上挂了一个木制耶稣被钉在十字架上的雕像。爸爸看了一眼，指着耶稣说：‘我觉得我比他舒服多了。’”

罗伯·艾德斯和我都赶到了医院，见了赞恩最后一面。斯坦利说的没错。赞恩身上连着各种仪器，无法自主呼吸，这个场景确实太让人难过。克里斯·华莱士人在纽约，他不时打来电话询问最新情况；摩根要参加一个演讲，他也在赶来的途中；只要做完工作，鲍勃·坎贝尔也会来医院，还会带饭给守在医院的每个人；杰克·科瓦岑正在参加联盟的会议，“今晚我就回来。”他说，“回到华盛顿我就过去。”

没有必要了。在2月13日的下午3点，赞恩停止了呼吸。显然，他不愿意撑过情人节。“那不是他最喜欢的日子。”格特鲁德说。说这话时，她勉强挤出了一丝笑容。

赞恩肯定不会喜欢繁琐的葬礼，不愿意太多的人在他的葬礼上致辞——尽管任何认识他超过五十分钟的人，都能讲出很多有关他的故事。他的悼念仪式原本安排在2月17日周一这天，但暴风雪在周末袭击了华盛顿，使得无论外地还是本地人都寸步难行。所以仪式被推迟了二十四小时。

那个周末，每个人都关注着里德的情况。和多萝西去世后一样，他不希望人们长篇大论地对他说什么“为你失去亲人感到难过”这些话。不过显而易见的是，他希望听到其他人的声音。和往常一样，话题很快就转到了篮球上面，因为无论里德表现得多么坚强，继续谈论赞恩对他来说太过痛苦了。里德一直没哭，但说话时，他的声音变得很柔和，几乎太过温柔了。要是能听到他哥哥这样说话，赞恩肯定受不了。

悼念仪式那天早上，天气情况仍然非常糟糕，悼念仪式在距离赞恩家不远的一个殡仪馆进行。赞恩的所有孙辈都参加了仪式，很多他在《华盛顿星报》多年的好友也到了现场。除了人在外地、找不到航班及时赶回来的皮特·道林，“中国多尔帮”的全体成员也参加了仪式。

摩根·伍腾走进门时吃了一惊，因为里德跟他打了招呼，说：“我现在身边真的需要朋友。”

“在我认识里德的这么多年里，那是我第一次听他那样讲话。”摩根表示，“从这一点我就知道他有多么伤心。”

罗伯·艾德斯进行了简单的发言，我也是。不过那天上午最引人注意的还是赞恩18岁的孙子伊安，他满怀感情地谈到了祖父对自己的爱，让我们看到了赞恩不为人知的另一面。

仪式结束后，格特鲁德和赞恩的家人通知所有人，欢迎他们去家里休息、吃点东西，最后一次举杯向赞恩致意。参加午餐会的人问里德是否要去赞恩家里，里德摇了摇头。显然，一个上午都沉浸在悲伤中，让他有些难以承受。那时差不多到了上午11点。

“我们去吃饭吧。”里德说，“离这儿不远有个吃饭的好地方。”

当然，吃的还是中餐。

午餐会小团体的每个人都觉得，在2月一个大雪纷飞的寒冷日子里上午11点去吃中餐是个好主意。换做赞恩，他也绝不会有意见。

毕竟，那天是周二。

后　记

赞恩去世后的几周里，我们对午餐会的未来有一些担心。一个非正式的委员会就这样成立了。有人会在每周一打电话给里德，看他是否一切都好。我们决定采取“没消息就是好消息”这个计划：如果午饭不吃了，就会有人打电话通知。否则，11点准时在“中国多尔”见。

最初，赞恩的座位被空了出来。可即便没人明说，赞恩空出来的座位对里德来说还是太过显眼了。到了第三个周二时，斯坦利·科普兰德坐到了赞恩以前的位置上。

弟弟去世后，里德变得更加沉默。本可以勾起他许多回忆的故事，也不像过去那样能让他那么激动了。每个人都很理解。不出意料，里德在心态复原上迈出的第一步，出现在一场篮球赛里。在一个阳光明媚的周日下午，当数周以来天气终于不那么糟糕时，里德去看了一场乔治·华盛顿大学和拉萨利大学的比赛。雷德·柯林斯和南希陪着里德，同去的还有乔治·华盛顿大学的荣誉退休教授乔·格林伯格。只要不在佛蒙特州退休后的疗养院里住，格林伯格就会参加午餐会。（格林伯格第一次见到里德，是在乔治·华盛顿大学的更衣室，球队刚刚结束训练。“你是里德·奥尔巴赫！”格林伯格喊道。“你没开玩笑吧?”里德回答。两个人的友谊就是这样开始的。）我带上了丹尼，我知道里德一定很喜欢和他聊篮球。

那场比赛打得很胶着，下半场进行到一半，裁判做出了几个对乔治·华盛顿大学不利的判罚。如今里德已经很少指责裁判了，但是当乔治·华盛顿大学陷入犯规危机、领先优势开始消失时，他开始沮丧得有些坐立不安了。最后，当拉萨利大学一个看上去明显的进攻犯规被吹成乔治·华盛顿大学的阻挡犯规后，里德转头看着丹尼，伸手指向天空，说：“为什么？为什么我非得来看这种比赛?!”

丹尼看着他，明显有点搞不清状况。他说：“这是什么问题？你来看比赛是因为你爱篮球!”

里德盯着丹尼看了一秒，接着开心地笑了起来。那天下午，里德又恢复了过去的活跃，不仅批评裁判，还骂教练、球员的出手选择和比赛质量。当乔治·华盛顿大学最后取得胜利时，里德的脸上出现了满意的微笑。

随着天气逐渐转暖，午餐会上的笑声渐渐多了起来。可能是因为想念赞恩，里德扩大了小圈子的范围。华盛顿子弹队的退休总经理鲍勃·费里成了午餐会的常客，《华盛顿邮报》几乎同时退休的体育编辑乔治·所罗门也是如此。有新人加入时，里德的状态总是最好的。因为《华盛顿邮报》的传奇专栏作家谢里·波维奇，里德和所罗门争论了很久。波维奇从1924年开始就为《华盛顿邮报》撰写稿件，直到1998年以92岁高龄去世时，他仍笔耕不辍。

“我来跟你说说你兄弟波维奇。”有一天，里德一边摇着手指一边对所罗门说，“他恨篮球。我理解不了。他唯一一次写篮球，还是四十年前给《体育画报》写的那篇篮球运动员‘脑垂体异大’的文章。我不知道还有谁能让我更生气。他连一场比赛都没去看过！那些年他在报纸上连一篇篮球的文章都没写过。一次都没写过!”

“里德，你太夸张了。”所罗门坚持表示，“他不太写篮球，这你说的没错，但他偶尔还是会写的。”

“绝对没有!”里德说，“一次都没写过！你自己去看!”

所罗门和波维奇的关系极好，他还为波维奇的精品专栏文章整理过一本选集，所以他自然接受了这个挑战。“我会去查的。”所罗门说，“我会把文章带给你看。”

一周后，一脸窘迫的所罗门出现在我们面前。“一篇也没找到。”压抑着笑，他说道，“我查了超过七十年的记录，居然找不到一篇文章。”

里德自然是一副得意洋洋的表情。“我跟你说过了吧。”里德说。然后他靠回椅背，说：“我不是说他是个坏人。他人不错，但就是对篮球狗屁也不懂。”

取得胜利后的里德一向很是大方。

凯尔特人在这段时间里取得的胜利却屈指可数。皮蒂诺辞职后，取代他的吉姆·奥布莱恩曾经带领球队实现过短暂的复兴。从皮蒂诺的桎梏下解放后，球员们好像松了一口气，他们愿意听奥布莱恩的话，认真打比赛。这种情况在NBA并不少见。一旦球员认定自己不愿意为某个教练打球，那么不管这个教练有多优秀，他也没有机会继续留在球队了。

凯尔特人拥有保罗·皮尔斯和安东尼·沃克这两个一流球星，

特别是皮尔斯。他们在2002年打进了东部决赛，经过6场苦战后输给了新泽西篮网。只看球队的历史很难相信，可假如凯尔特人赢下那次东部决赛，那会是球队自1987年伦·拜亚斯死亡那年之后，第一次打进总决赛。球队的命运出现了多么大的转折。在里德做主教练的十六年里，凯尔特人十次打进总决赛，拿到了九次总冠军。在接下来的二十个赛季里，凯尔特人又拿到了七次冠军，输掉了一次总决赛。这些意味着，在三十六年里（1950年到1986年），凯尔特人打进共十八次总决赛，赢下了十六个总冠军。只要会算数就知道，在最辉煌的那段时间，凯尔特人有50%的时候都在打总决赛。可是现在，伦·拜亚斯死后，在十八个赛季里，凯尔特人仅仅打进过一次总决赛，时间还是在十七年前。2003年，他们又在东部半决赛里输给了底特律活塞。

一开始，聘请丹尼·安吉的想法很受波士顿人的欢迎，可是到了上赛季结束时，支持他的人越来越少。尽管里德一再强调，只有时间才能证明安吉的操作是否成功，可短期内，凯尔特人面临的却是灾难性的结果。交易走安东尼·沃克后，凯尔特人从骑士队得到的是同样极具争议性的里基·戴维斯。戴维斯是个有天赋的球员，但却无组织无纪律。这一操作直接导致吉姆·奥布莱恩辞职，凯尔特人的状况也开始直线下滑。凯尔特人打出了36胜46负，只不过身处实力孱弱的东部，他们才得以进入季后赛。若是身在西部，他们的排名会处于十一名开外。而在东部，凯尔特人排在第八，他们抓住了最后一个季后赛席位，但这只不过给了他们一个被印第安纳步行者羞辱性地四场横扫的机会。全部四场比赛，即便是在波士顿主场进行的两场比赛，凯尔特人也没能表现出一丝一毫的竞争力。奥布莱恩辞职后被任命为代理主教练的约翰·卡罗尔在赛季结束后也没能留下。

在NBA，主教练总是循环往复地卸任、上任，奥布莱恩后来去了费城76人，丹尼·安吉则聘请了道格·里弗斯，后者在赛季初刚被奥兰多魔术炒了鱿鱼。里德对聘请里弗斯的决定很满意，他认为里弗斯是魔术大规模伤病的受害者。“他是个聪明的家伙。”里德表示，“他对自己的工作很了解。我觉得这对球队是一个良好的开始。”

自然，成为凯尔特人主教练后，里弗斯做的第一件事，就是否定里德的一个观点。里德总喜欢说：“那些做解说的都是被炒了的教练，搞得他们真成了篮球天才一样。如果他们真那么聪明，为什么还被炒了鱿鱼?”

被魔术解雇后，里弗斯得到ABC电视台的聘任，成为首席解说嘉宾，这让他成了里德口中被炒教练变身解说的典范。里弗斯和凯尔特人订立的合同约定，他可以在季后赛里继续前往ABC电视台做解说。这意味着，里弗斯不仅是个丢了工作的教练，也是一个得到了新工作的教练。“我跟你保证一件事。”提到这个话题时里德说，“顶替他的绝对是个被炒了鱿鱼的教练。”

虽然距离9月份87岁的生日越来越近，但里德仍和过去一样，时刻关注篮球圈的新闻，而且对任何都有着鲜明的态度。夏天的时候，他非常担心参加雅典奥运会的美国男篮。“（美国男篮主教练）拉里·布朗遇到了很棘手的问题。”里德有一天这样说道，“应该参加奥运会的人，有一半不想去。这些人的比赛一直打到了6月，他们都累了。他们挣到的钱太多，不管你愿意给他们多少钱，也不会让他们觉得值得放弃整个夏天去打奥运会。可是这次情况更糟，因为球员们害怕了。受到这么多恐怖威胁，他们不愿意去雅典。更重要的是，我们必须取得胜利。两年前（世锦赛上）发生的一切，是美国篮球史上的巨大耻辱。第六名！你敢想吗？由NBA球员组成的球队拿了第六名！这个结果没法忍。”

里德摇了摇头。“里面有太多是教练的问题。那些年我到海外开办训练营时，我总是说：‘你知道吗？总有一天，这些国家的实力会对我们产生威胁，因为这些人在用心倾听。’你看看那些国外来的孩子，他们每个人都有着扎实的基本功。我们这里的人没有。没人能做他们的教练，因为他们都觉得15岁的自己已经是明星了。他们不觉得自己需要教练，因为有太多的人拍他们的马屁——大学教练、球鞋厂商、AAU（业余联赛）的人、经纪人，还有那些想在他们有钱之后分一杯羹的朋友——所有人都在巴结他们。哪都是这种情况。等到十八九岁进入联盟后，他们发现自己不会打球了。有时候肯定有在执教发展联盟球队的感觉。”

“那些国外的孩子，他们真正学到了打球的正确方式。”里德笑着说，“妈的，有外国教练跟我说，他们就是按照我那本指导手册做教练的，就是我1952年写的那本。那里都是基础内容，最基本的东西，可那些基础永远不会改变。这就是我在如今国际球员身上看到的最大不同：国外的孩子不如我们的孩子那么有天赋——到目前为止，我们的天赋水平还是最高的——但他们知道该怎么打比赛。我们的孩子什么都不懂，他们也不想懂。”

“这个局面拉里是赢不了的。如果他拿到了金牌，所有人会说那是因为球员太有天赋；如果没能拿到金牌，所有人又会说是他搞砸了。我告诉你：如果我们赢了金牌，他自己就该得到一枚特殊的奖牌。因为我敢保证，这事绝没有那么容易。”

2003年底健康出现问题后，里德的恢复情况相当惊人。他曾经缺席过几周的午餐会，所以有人担心，午餐会的时代是不是要结束了。不过在里德从波士顿回来后，午餐会的“制定”又恢复如初，里德又开始讲故事，不停地抛出自己的观点，好像他缺席午餐会仅因为感冒、而非心脏或肾脏的问题。

“你知道啊，如果不是因为换训练服能累死我，我肯定会重新做教练。”奥布莱恩辞职后的一天，有人提到让他接手凯尔特人队时，里德这样表示。他笑了笑。“也许我可以只执教主场比赛，不去客场。跟你说，我会和现在大多数人不一样的。”

“他们不理解的是，你不能为了保住自己的工作而去执教。你必须为了赢球而去执教。有一半的时间，他们甚至无法让自己最好的球员参加训练。你知道怎么解决这个问题吗？我有一条简答的规则：你不训练，就别上场打球。也许你会因为老板支持明星球员而被解雇。可是如果控制不了自己的球员，你怎么的都会被炒鱿鱼，所以为什么不执行规定呢？也许到了那个时候，至少其他球员会尊重你。我总说，你不会因为自己在比赛中的执教表现赢得胜利，你会因为自己在比赛前的执教表现赢得胜利。你需要选择一支球队，做好各种准备，做好训练，了解对手的优势和弱点。一旦比赛开始，如果你没能掌控以上要素，你不可能仅仅因为自己是个战术天才就能赢得胜利。比赛时赢球靠的是球员，不是教练。”

湖人进入总决赛、菲尔·杰克逊有可能赢得个人的第十个总冠军戒指，这一事实不可避免地引发了新一轮“菲尔VS里德”的讨论。菲尔·杰克逊表现得有和里德和解的意思。他说两人之间的敌意，最早可以追溯到70年代尼克斯和凯尔特人的敌对状态。那时，菲尔·杰克逊是那支实力超强的尼克斯的一员，那支尼克斯在1973年经过七场大战，在东部决赛中战胜了由传奇巨星考文斯领衔的凯尔特人，最终拿到了尼克斯队史到目前为止的最后一个总冠军。里德承认，尼克斯和凯尔特人的世仇关系可能起到了一定作用；他也注意了杰克逊试图和好的努力。可是到了最后，里德对“禅师”的态度，无论如何也好不起来。

里德告诉ESPN、《华盛顿邮报》《波士顿环球报》以及任何询问他态度的人，他尊重杰克逊的能力，他也认为“杰克逊不是伟大教练”的想法是错的。“但让我不满意的是，他从来不提别人的功劳。”里德总是在重复这个观点，“他从来不提（前湖人总经理）杰里·韦斯特组建了一支好球队交到他手上这份功劳，他从来不称赞任何一个助理教练。我理解不了。”

午餐会上有人提起杰克逊时，里德会摆摆手，好像在说他已经听够了——或者说够了这个话题。可接下来，他还是会提到杰克逊。“我的专科学院的教练戈登·雷丁斯，是个伟大的教练。我是说，他真的是个伟大的教练。他把纽约大学打造成了一个篮球强校。后来他生病了，非常年轻时就去世了。一个名叫路·罗西尼的人接替了雷丁斯的工作，他用雷丁斯留下的球员赢了很多比赛。那家伙是个好教练。可他从来没提过雷丁斯，一次也没说过是雷丁斯率先打造出了那支球队。”

“因为这个，我永远不会原谅他。”

里德靠向椅背，好像话已经说完一样，然后他又俯过身来。“我知道，如果没有很多人，我是走不到现在这步的。我遇到了一个伟大的老板沃尔特·布朗；我拥有伟大的球员；我得到了媒体的很多帮助，特别是在50年代我们还没取得那么多成功前那段时间。还做教练那会儿，赢下一场比赛后，我只和记者聊上几分钟。输球时，他们想让我说多久我就说多久。我只是觉得，那是正确的做法。”

“到现在我还是这么觉得，作为教练你就该那么做。赢球时，把功劳分给其他人；输球时，责任自己扛。”

6月一个温暖的周二，至少有十八人来到了午餐会现场。据非正式的记录人安布雷·琼斯表示，这个数字打破了午餐会的非正式纪录。几个缺席的常客、半常客，分别是要庆祝结婚五十周年纪念日的摩根·伍腾；回佛蒙特避暑的乔·格林伯格；还有安布雷的父亲萨姆·琼斯，他人在佛罗里达。里德坐在自己经常坐的位置上，脸上带着大大的微笑和满桌的人交谈。正好在华盛顿的皮特·道林坐在自己的老位置上，不停地说："见到你们真的太让我高兴了。"彻底从癌症中康复的海米·珀洛冲皮特大喊什么卖光赚钱的事，还说我为什么不在里德说话时记笔记。"记笔记！"他喊道，"他说的话一点意义也没有，不过你到最后肯定都会写出来！"

海米的这通抱怨，让包括里德在内的所有人都笑得停不下来了。"他温柔了一些。"里德说。

曾经做过裁判，也做过华盛顿子弹队小股东的阿诺德·海夫特坐在里德对面。"你怎么看？斯马蒂·琼斯能拿到三冠王吗？"海夫特一脸无辜地问道。

"再提一句赛马，以后你就别来了。"里德说。

可能他在开玩笑，但海夫特不敢冒险，所以他换了个话题。里德在伍德蒙特相交多年的朋友赫尔曼·格林伯格坐在克里斯·华莱士身边，他说："如果没人吵架的话，里德就要不高兴了。"

"和别人争论是里德最开心的时候。"不再是新人的华莱士说道，"因为他总能争赢。"

莱夫蒂·德雷赛尔已经退休，这位未来的名人堂大学教练有时候会离开位于弗吉尼亚海滩的家，参加午餐会。他坐在里德旁边。有人谈起了大学教练的话题，莱夫蒂提到了常年在北卡州大和佛罗里达大学做主教练的诺曼·斯隆。斯隆于几个月前去世，莱夫蒂参加了他的葬礼。

“几乎没有大学教练参加葬礼。”和斯隆是好友的莱夫蒂表示，“我很吃惊。”

“我不惊讶。”里德说，“喜欢他的人并不多。我挺了解他的，以前经常和他一起打网球。他总是因为各种事情生气。1974年他在北卡州大拿到了NCAA全国冠军，可他还是生气，因为人们说迪恩·史密斯做教练比他更好。”

“难道这话不该让他生气吗？”莱夫蒂问。

“当然，我知道他为什么会生气。那时迪恩还没有赢得一个全国冠军。”里德笑着回答，“当然，迪恩·史密斯做教练就是比他好，但这不是重点。他总在生气。我不记得听他说过任何人的好话。”说到这里里德笑了，“其实我有点儿喜欢他。”

之前那个晚上，里德看了湖人与森林狼西部决赛的最后一场比赛。沙奎尔·奥尼尔一次犯规后，裁判艾德·F.拉什一度走到技术台，询问奥尼尔的犯规数。

“这太过分了。”里德咆哮道，“你不能这么做。裁判的工作就是执法比赛——就这么简单。知道哪个人有多少犯规不是他们的工作，那家伙应该被禁赛。他当然不会被禁赛，联盟肯定会维护他。”

联盟第二天宣布，不会对拉什采取任何措施——联盟认为他只是在尽职，因为技术台就奥尼尔到底有几次犯规出现了混乱。“是啊，没错。”里德说，“搞得他好像真的有机会第六次犯规，好像森林狼替补席上没人知道他被罚出去了一样。”

有人提到了奥尼尔糟糕的发球。“你怎么看？”里德说，“那家伙（菲尔·杰克逊）有五个助理教练，他居然找不到人教会奥尼尔罚球。这教练做得不错，对吧?”随后里德变得严肃起来，“你知道为什么沙克的罚球那么差吗?和张伯伦罚球差、拉塞尔罚球也不怎么好的原因一样：他们的手太大了。一个有着正常尺寸手掌的人，要在15英尺外把一个垒球投进篮筐，篮筐比垒球稍微大一点儿，想象一下这是什么感觉。你试过控制比那还小的球吗?篮球在那些人手里就是那种感觉，他们就是控制不好。我见过的罚球最好的大个子，是艾德·麦考利。他手在大个子里算的小的，和我的差不多一样大。所以他的罚球好不是巧合。”

尽管过去这么多年不断遭遇挫折，但里德仍然相信，凯尔特人能够再次赢得总冠军。“我们还差三个球员。”里德说，“当然，联盟里几乎每支球队都可以这么说。丹尼·安吉必须做出一些艰难的决定。我跟他说过很多遍，之所以现在的选秀这么容易出错，就是因为每个经理都把所有的球探集中在一个房间，让这些球探对球员投票。你怎么能投票!这事不是搞民主，应该是独裁!未来你要对自己做出的决定负责。丹尼会照我说的做的。他有胆量，如今想取得成功，胆量是必需的。你可以听球探的看法，甚至听取他们的建议，可是到了最后，你必须靠自己做出决定。”

凯尔特人在选秀中拥有15号签，里德希望圣约瑟夫大学的小个控卫贾米尔·尼尔森能掉到这个顺位。“我觉得他能成为一个非常好的球员。他很强硬，速度很快，有着大心脏。我喜欢他，但这个决定要由丹尼来做。”里德笑着说，“他做完决定后，我会告诉他做得对不对。”

安吉决定选择身高6英尺10英寸的高中生艾尔·杰弗森。里德像过去一样忠诚于球队，他坚称自己喜欢这个选择。“他的场均得分是42分。”里德说，“我不管那是什么联赛，总之那是很多分。”

那是一个下着大雨、天气非常糟糕的周六上午，办公室里的里德有些工作要做——给写信的人签名回信；回复其他信件（他的书写仍旧非常工整）；还要回电话。大楼里基本上没人了。因为菲尔·杰克逊对他纪录的冲击，里德又一次成了新闻人物。不过在底特律活塞的阻击下，菲尔·杰克逊的冲击没能成功。“现下做教练”与“在里德的年代做教练”这个话题又被提了出来。如果在今天想成为一个成功的教练，他需要做出什么改变？

“没太多需要改变的。”里德边说边点燃了一根雪茄，“现在对选秀要更谨慎，因为一旦选了一个糟糕的球员，由于保障性合同的存在，很长时间你都摆脱不了他。其他并没有什么变化。你需要得到想赢得胜利的好球员，而不是那些只想着挣钱的人。我们球队里出过一些靠打球变得非常有钱的人——拉塞尔、考文斯、伯德、麦克海尔、帕里什，但他心里一直没忘掉胜利。如果有球员只是为了钱打球，那你的球队就没法赢球。我觉得我们做得好的一点，就是能确定哪些是真正想着赢球的人。”里德停顿了一下，他的声音变得柔和了一些。“我觉得伦·拜亚斯就是那样的孩子。到现在我还是觉得，如果他没死，我们能在伯德、麦克海尔和帕里什退役前多拿几个冠军。”

“说到底，做教练的重点在于沟通。如果不能让你的球员尊重你，让他相信你的话，你就赢不了，不管你的球员有没有天赋。如果能说服他们，只要你的球员有能力，你就能赢。”

有人提到了阿伦·艾弗森。里德能做好他的教练吗？“开玩笑吗？我非常愿意做那个孩子的教练。首先，他的速度是最快的。除此之外，他还是个真正的勇士。我肯定能跟他相处得特别融洽，缺席训练这种事绝对不会闹得那么大。我会悄悄地跟他说：‘听着，你需要训练，因为这对我、对其他球员有重要的意义。’

你要做的，就是让他知道你觉得哪些事重要，让他知道自己是否尊重教练，你又是否尊重他。这就是关键：我的球员心里永远明白，只要他们努力打球，我就会照顾他们——不管是打球时还是退役之后。”

里德抽了一口雪茄，继续说道：“艾弗森让我想起了一个故事。几年前，NBA请我在全明星周末期间做新秀对抗赛的教练。我能记住这件事，是因为那是在艾弗森的新秀年（1997年）。赛前走进更衣室时，一个电视台的人正在给要参加比赛的克里·基特尔斯装麦克风。我走过去说：‘比赛期间我们球队的人不允许戴麦克风。’那个人说：‘教练，这只是表演赛。’他接着说：‘嘿，我们给你戴上麦克风怎么样？’我说：‘没门。’几分钟后，我把球员叫到一起。我说，我知道这是场表演赛，他们是来开心的，他们认为这种比赛不需要放手。我说：‘你知道吗？你没必要非要防守。可如果你不防守，我就不会让你上场。听懂了吗？’”

“电视台的人因为麦克风而沮丧，有几个球员大概因为防守的事很失望。但我就是这么个想法。如果别人不喜欢这样，那太糟了；如果人们愿意看你打球，上场后你不停地得分，还要为了胜利这个目标打比赛。那场比赛我们赢了。比赛结束后，艾弗森走过来对我说：‘教练，能为你打球是我的荣幸。’”

“你知道吗？整场比赛，他打出了非常漂亮的防守。”

到了吃完午饭去伍德蒙特打牌的时间了。里德走进电梯，一路下到地下车库。从电梯往车那边走的路上，一个一头金发、穿着短裙和高跟鞋、非常漂亮的女性走过里德身边。“嗨，教练。”她说道，脸上挂着大大的微笑。

“你好吗？”里德回以一个同样爽朗的笑容。

看着她离开，里德不住地点头称赞。“很不错，是吧？”里德说。

里德打开车门，然后回头。“嘿。”他说，“我有没有跟你讲过，有一次一个好莱坞的制片人想让多萝西去洛杉矶参加试镜？就在我们结婚前，那个人愿意付给她一天75美元的薪水……”

致谢

好了，终于写到这里了。出过十六本书后，我终于遇到了一个在致谢中要感谢的人比我还多的家伙了。当然，如果一个人活到87岁，还像里德·奥尔巴赫那样取得了那么多成就，想必在他的人生中，会有很多人扮演了重要的角色。这么说来，搬出椅子，点上雪茄，慢慢享受吧。任何进入这份名单的人，都会感到无比自豪：

家人：海曼与玛丽·奥尔巴赫；维克多·奥尔巴赫；南希·奥尔巴赫·柯林斯；雷德·柯林斯；兰迪·奥尔巴赫；朱莉及埃里克·弗雷杰；彼得·弗雷杰；霍普·弗雷杰；诺埃尔·弗雷杰；格特鲁德·奥尔巴赫；约翰尼·奥尔巴赫；爱德华及萨迪·刘易斯；艾德·刘易斯；凯蒂·刘易斯；埃内兹·斯宾瑟；希德·格罗斯曼；斯图尔特·格罗斯曼；斯坦利及艾伦·科普兰德。

过去与现在仍然保持紧密联系的凯尔特人：鲍勃·库西；弗兰克·拉姆西；吉姆·拉斯库特夫；鲍勃·布伦纳姆；汤姆·海因索恩；萨姆·琼斯；KC·琼斯；约翰·哈弗里切克；乔乔·怀特；比尔·拉塞尔；萨奇·桑德斯；约翰·汤普森；吉恩·康利；约翰·诺

兰德；韦恩·安布里；戴夫·考文斯；拉里·伯德；凯文·麦克海尔；罗伯特·帕里什；丹尼斯·约翰逊；查理·斯科特；比尔·沃顿；里克·卡莱尔；丹尼·安吉；比尔·芬奇；吉姆·奥布莱恩；约翰·卡莱尔；道格·里弗斯；里奥·帕培尔；艾德·拉克斯特；保罗·威斯特法尔；厄尼·德格莱吉利奥；M.L.卡尔。

球队老板、教练及顾问：沃尔特·布朗；马文·克拉特；唐、保罗及宝拉·加斯顿；哈利·曼古里安；维克·格罗斯贝克；史蒂夫·帕格里奥卡；鲍勃·艾普斯汀；阿伦·科恩；玛丽·弗拉赫蒂；斯坦利·罗森斯维格；肯·巴特尔斯；鲍勃·理查兹；杰森·沃尔夫；埃里克及M.L.沃尔夫；比尔·雷因哈特；戈登·雷丁斯；马蒂·格里克曼；诺曼·奈特；鲍勃·奈特；比尔·弗里德金；威尔及丹尼斯·麦克唐纳；迈克·格曼；摩根·伍腾；艾德·奥恩斯坦恩；厄夫·刘易斯；乔·加拉格尔。

医生及政治人物：罗曼及露丝·德桑克提斯；肖恩·德威尔；穆雷及布兰达·利伯曼；莫蒂莫尔·巴克利；卡尔·奥尔森；杰里·普特南；哈利·黄；哈维·米农伯格；麦克斯·费舍尔；阿尼·谢勒；C·哈特勒；泰德·肯尼迪；艾德·马基；乔·默克利；蒂普·奥尼尔；乔治·米切尔。

朋友、朋友，以及更多的朋友：杰夫·特维斯；弗兰克·贝洛蒂；杰里及简·沃尔克；史蒂夫·科利；约翰尼·莫斯特；艾迪·阿德尔曼；大卫·斯特恩；拉斯·格拉尼克；布莱恩·迈克因特尔；吉尔达·斯波尔斯特拉；萨姆·科恩；乔·菲茨杰拉德；丹·肖纳西；鲍勃·莱恩；保罗·桑；肯·杜利；雷·泰；米尔特及海伦·库特谢尔；约翰·詹宁斯；考隆全家及王全家；艾玛·李；阿兰·德肖维茨；乔·格林伯格；鲍比·奥尔；马克·沃尔夫；比尔·雷斯菲尔德；乔·德·洛伦佐；史蒂夫·莱利；里奇·庞德；托德·罗森茨威格；萨姆·凯恩；海·科赞；史蒂夫·格雷森；亚瑟·贝克；杰里·切尔纳；杰里·弗里德曼；杰里·西沃曼；拉里·西沃曼；路易丝·格里克菲尔德；马尔·谢尔曼；哈罗德·泽尔金；毛里·利普尼克；史蒂夫·特拉齐滕伯格；鲍勃·切尔纳克；迈克·加加诺；多姆·珀诺；约翰·波派尔；赛与波普·瓦格曼；劳埃德·利里；唐·罗德曼；赫伯·戴维森；皮特·内维尔；比利·康宁汉姆；史蒂夫·立波夫斯基；艾迪·多诺万；杰克·迪纳；赫伯·戴维森；乔治·格里芬；道格·邓肯；查克·汤普森；迈克·卢皮卡；桑尼·特莱丁尼克；尼克·德尔·尼诺；杰里·克朗格洛；巴德·柯林斯；鲍勃·罗斯；里德年纪最小的朋友丹尼·费恩斯坦。

我们两人，向“中国多尔帮”的所有人表示诚挚的谢意——一些人已经离开，大多数人现在健在，未来希望有更多人加入：摩根·伍腾；海米·珀洛；安布雷·琼斯；萨姆·琼斯；罗伯·艾德斯；杰克·科瓦岑；乔·麦基昂；斯坦利·科普兰德；雷德·柯林斯；皮特·道林；鲍勃·坎贝尔；阿尼·海夫特；克里斯·华莱士；斯坦利·沃克；厄夫·刘易斯；赫尔曼·格林伯格；乔·格林伯格；埃尔文·米勒；约翰尼·奥尔巴赫；斯坦利·沃克；迈克·贾维斯；汤姆·潘德斯；卡尔·霍布斯；查尔斯·索顿；乔治·所罗门；鲍勃·费里。我要特别感谢这个小团体里那些多年来愿意坐下来讲故事给我听的人。

接下来我要感谢的是多年来支持我的人：常年因我感到痛苦的经纪人埃斯特·纽伯格，以及她的两位优秀助理安迪·巴兹维与克里斯·鲍奇。迈克尔·皮特斯，你是任何作者梦寐以求的最优秀的编辑（这是我发自内心的声音），还有他的同事，特别是斯黛西·布罗迪、赞纳伯·扎卡里、海瑟·里佐、马丽娜·比特纳，以及海瑟·费恩，她是世界上最优秀的公关人员——她的良师益友是霍莉·威尔金森。

我还要感谢我的朋友，尽管大多数人更愿意登上里德的致谢名单：芭比·德拉姆；鲍勃及安·德斯蒂芬诺；大卫及琳达·马拉尼斯；杰克逊·迪尔与琼·哈普林；莱克西·沃登及史蒂夫·巴尔；汤姆及吉尔·米克尔；杰森与谢莉·克里斯特；比尔及简·布里尔；特里及帕蒂·汉森；特里·奇利；泰特·阿姆斯特朗；马克·阿拉里；克雷·巴克利；鲍勃·祖尔弗卢；皮特·提利；艾尔·亨特；鲍勃·诺瓦克；薇薇安·汤普森；韦恩·泽尔；迈克及大卫·桑德斯；鲍勃·维特摩尔；安迪·多里奇；玛丽·卡里洛；道格及贝丝·道蒂；大卫·提尔；贝丝·谢姆威；贝丝·谢莉–多恩斯；艾琳·莱森；杰西·马克森；鲍勃·索奇；皮特·范·波贝尔；弗兰克·达文尼；斯科特·斯特拉斯米尔；埃里克·鲁登；比利·斯通；迈克·沃汀；克里斯·诺奇；安德鲁·汤普森；乔·斯皮德；杰克·海克尔；伟大的迪克·佩特豪尔；史蒂夫·（慕斯）·斯特林；吉姆及蒂芬妮·坎特鲁普；德里克及克里斯蒂安·克莱恩；罗杰·布莱斯林；吉姆·罗姆；特拉维斯·罗杰斯；特拉维斯·罗杰斯；杰森·斯图尔特；托尼·科恩海瑟尔；迈克尔·威尔伯；马克·马斯克；肯·丹林杰；马特·雷尼；迈克·珀基；鲍勃·爱德华兹；杰弗里·卡茨；汤姆·戈德曼；马克·施拉姆；肯及克里斯蒂安·刘易斯；鲍勃·摩根；霍普斯·威斯；小桑迪·基尼留斯；珍妮弗·普劳德–米恩斯；大卫·菲；弗兰克·汉尼根；迈克·巴茨；迈克·戴维斯；玛丽·卢普斯恩斯基；马蒂·加菲；杰里·塔德；拉里·多曼；玛莎·爱德华兹；杰及娜塔莉·爱德华兹；伦及格温·爱德华兹–迪特尔；布莱恩及劳莉·爱德华兹；约翰·卡切尔与克里斯·爱德华兹；乔·维尔利尔；罗伯·柯文；安迪·科普兰；克里斯·斯文森；还有诺伯特·多耶尔，是他率先劝说凯尔特人雇佣里德。

我在篮球界的熟人：迈克·沙舍夫斯基；加里·威廉姆斯；迈克·布雷；汤米·阿梅克；弗兰克·苏利文；道格·沃奇克；里克·巴恩斯；戴夫·奥多姆；杰夫·琼斯；吉姆·拉兰纳加；吉米·帕特索斯；比利·汉恩；还有爱国者联盟的每个人。此外，还有传奇的霍华德·加芬克尔与汤姆·康查尔斯基，他仍是训练馆里最诚实的人。

我要感谢游泳选手（对不起了里德）：杰夫·罗丁；约翰·克雷格；马克·帕格里斯；玛丽·道林；卡罗尔·卡梅尔；玛格特·帕蒂琼恩；苏珊·威廉姆斯；艾米·威斯；A.J.布洛克；丹尼·皮克；沃伦·弗里德兰德；马绍尔·格利尔；汤姆·地恩斯；彼得·沃德；道格·切斯特纳特；鲍勃·汉森；保罗·多尔姆斯；已经去世但不曾被遗忘的潘尼·贝茨；当然，还有FWRH俱乐部的克雷·布里特、瓦力·迪克斯和迈克尔·费尔。

还有费恩斯坦“顾问委员会”：基斯·德拉姆；威斯·希利；戴夫·金德里德；弗兰克·马斯特兰德里亚。其实并不是我听他们说，而是他们听我倾诉。

当然，还有我最最耐心的家人：吉姆及艾琳娜；卡基、斯坦和安；安妮、格雷格、鲁迪、加斯和哈利；吉米和布兰登。此外，还有：爸爸和玛西亚；玛格丽特、大卫、伊森和本杰明；鲍比、珍妮弗、马修和布莱恩。丹尼和布里奇特，他们在以极快的速度成长。最后，我还要感谢玛丽·克莱尔·吉本斯·费恩斯坦。她如何做到的一切，我不知道。但我永远感谢她。

——里德·奥尔巴赫与约翰·费恩斯坦

2004年7月